댓글부대

장강명 장편소설

댓글부대

은행나무

차례

1장

선전원의 가장 중요한 임무는
매일 매시간 민중의 맥박 소리에 귀 기울이고,
어떻게 맥박이 뛰는지 듣는 것이다.

대체로 2012년 대선 당시 국정원이 운영한 댓글부대를 1세대로 본다.

1세대 댓글부대가 조악하고 원시적이기만 했던 것은 아니었다. 그들은 논리보다는 감정을 자극해야 한다는 점을 알았고, 대형포털과 중소포털, SNS에 서로 달리 대응할 줄도 알았다. 이들이 주로 사용한 반복법, 강조법은 무식한 테크닉 같아 보이지만, 사실은 지금도 가장 중요한 전략 전술이다.

당시 민간 온라인마케팅 업체들의 수준도 크게 다르지 않았다. 팀-알렙도 이 시기에 사업을 시작했는데, 초창기에는 '실시간 검색어 순위에 몇 번 오르게 해주겠다'는 내용의 제안서를 들고 개인병원이나 의류 쇼핑몰, 다이어트업체, 영화 배급사, 작은 게임업체들을 찾아다니는 게 일이었다. 실시간 검색 순위 조작은 '봇'이라 부르는 매크로 프로그램을 쓰거나 아니면 진짜 수작업을 이용하기도 했다. 실시간 검색 순위는 단순히 검색량이 많다고 해서 상위권을 차지하는 게 아니라, 그 검색량이 얼마나 빠르게 증가하느냐 하는 변화도에 따라 매겨지므로 생각보다 조작이 쉽다.

대단한 기술이 필요한 것도 아니므로 온라인마케팅 업체는 우후죽순 난립했고, 곧 팀-알렙을 비롯한 많은 회사들은 양보다는 질을 조작하는 쪽으로 방향을 틀었다. 가짜 구매후기나 가짜 20자평을 올리는 일 등이었다.

그런 상품평을 꾸미는 일은 점점 대담해져서, 나중에는 과장의 영역을 넘어 거의 소설에 가까워졌다. 여행이나 연수, 유학과 같은 상품의 경우 잠재 소비자들이 자세한 후기를 원하는데, 가짜 후기를 올리자고 이걸 직접 체험할 수는 없다. 이런 때에는 해당 업체로부터 간단한 프로그램 정보와 이미추어기 찍은 듯한 사진을 여러 장 받아서 포스트를 만들고, 업체의 컨펌을 받아 가짜 블로그 계정에 올린다. 나중에는 레스토랑 후기들도 거의 이런 식으로 만들었다.

이런 작문은 팀-알렙에서 찻탓캇이 했다. 그는 팀-알렙의 팀원 세 명 중 가장 글발이 좋았다. 그가 쓴 〈우리 부부의 북미 대륙 자동차 횡단기〉는 사진이 5백 장 넘게 들어간 대작이었다. 실감 나는 에피소드와 맛깔스러운 문체 덕분에 이 포스트를 연재한 가짜 블로그 계정은 한 포털사이트에서 여행 부문 파워블로그로 선정되기도 했다. 그 가짜 계정 앞으로 여행 잡지에서 기고 요청이 오기도 했다. 정작 찻탓캇은 미국에 가본 적도 없었다.

　이즈음부터 온라인마케팅은 바이럴마케팅으로 진화한다. 바이럴마케팅 업체들은 메시지를 거부감 없이 사람들의 뇌리에 남기는 방법과 전파력을 극대화하는 방법을 터득했다. 말하자면, 사람을 낚을 줄 알았다.

　팀-알렙도 이런 바이럴마케팅 기법을 배웠다. 삼궁이 이런 잔꾀가 많았다. 그는 소위 '어그로'를 끄는 방법을 자주 활용했다. 가장 많이 쓴 방법은 된장녀가 쓴 허위 게시물을 만드는 것이었다. 된장녀는 남녀 모두에게 눈길을 끌고, 선망의 대상이 되며, 동시에 응징을 하고 싶게 만드니까. 사람들은 응징을 한답시고 문제가 된 게시물을 다른 게시판으로 퍼나른다.

　예를 들어 새로 나온 스파클링 와인을 홍보해야 한다고 치자. 이럴 때 팀-알렙은 다리 모델이나 가슴 모델을 고용해서 이 음료가 한구석에 슬쩍 들어간 사진들을 여러 장 찍었다. 모델들이 호텔 수영장 선베드에서 비키니를 입고 일광욕을 하는 셀카를 찍도록 한다. 이 셀카의 중심에는 탱탱한 가슴이나 잘 빠진 다리가 있지만, 한구석에는 바이럴을 일으켜야 하는 스파클링 와인 병이 교묘하게 배치돼 있다.

　이런 사진을 가짜 페이스북 계정에 올려놓고, 밑에는 '○○ 오빠 덕에 하얏트 갔던 날~ 맛있는 것도 많이 먹고 잼게 놀았따~ ♡♡♡ 초색시 수영복 입고 갔더니 남자들 눈빛이 아주 ㅋㅋㅋ 투자한 보람이 있었쒺~~~'와 같은 글을 달아둔다. 그리고 이 포스트를 화면 캡처한 뒤 남자들이 주로 몰리는 사이트에 그 캡처 파일을 올린

다. 제목은 '김치년 클라스 좀 보소' 정도가 적당하다.

가만히 놔둬도 불과 하루 이틀이면 이 사진은 중소형 포털 20~30 군데에 퍼지고, 수십만 명이 신제품 스파클링 와인을 보게 된다. 신제품은 하얏트호텔과 잘나가는 남녀의 호화로운 이미지를 공짜로 얻는다.

팀-알렙은 한층 더 은밀한 의뢰도 받아들였다. 청부 사이버공격, 이른바 '저격'이다.

초기 고객들은 인터넷강의 강사들이었다. 이런 강사들 중에는 자기 강의에 대한 호평보다는 경쟁 학원, 또는 같은 학원 내의 라이벌 강사에 대한 악평을 원하는 사람들이 많았다.

처음에 팀-알렙 팀원들은 이런 의뢰를 받아 일을 할 때 먼저 저격 대상을 연구했다. 성격이 어떻고 뭘 콤플렉스라고 생각하는지, 주변 평가는 어떤지 등. 그런데 그런 조사는 별 필요가 없는 것으로 곧 밝혀졌다. 뭐든 사소한 트집을 잡으면 그만이었고, 대개 외모를 문제 삼으면 되었다. 대상이 남자건 여자건 간에.

그들이 저격했던 대상 중에는 한창 떠오르는 유명 토익강사가 있었다. 웬만한 걸그룹 멤버 뺨칠 정도로 청순하고 귀엽게 생긴 여성 강사였다. 실력도 뛰어났고 무엇보다 가슴이 커서 남자 수강생 사이에서 인기가 많았다. 팀-알렙은 그녀의 가슴이 비대칭이라고 공격했다. 그들은 이 강사의 사진 몇 장을 포토샵으로 왜곡해 짝가슴이 심한 것처럼 보이게 만든 뒤 영어학원의 후기 게시판에 댓글과 함께 올렸다.

'인강 강사한테는 외모도 능력인데 저 정도면 패드를 대든지 수술하는 게 자기관리 아닌가? 수업 듣는데 존나 신경 쓰임.'

'얼굴 최고, 강의는 그럭저럭, 기억에 남는 건 짝가슴. 짝가슴성 애자한테 강추.'

'애인이 외팔이인가? 아니면 몰래 모유 수유라도 하나?'

결국 여성 강사는 악플을 견디지 못하고 가슴성형 수술을 받으러 활동을 중단했다. 의뢰인은 반색하며 팀-알렙에 보너스를 챙겨주었다.

그들은 아예 근거 없는 중상모략도 꽤나 효과적이라는 사실을 알게 되었다. '군대 있을 때 그렇게 후임병들 두들겨 팼다더라, 완전 이중인격자다'라든가 '한때 강남에서 모르는 사람이 없던 나이트 죽순이'라는 식의, 확인하기 어려운 모함이 잘 먹혔다. 삼궁과 찻탓캇이 그런 주장을 올리면, 01츄10이 '아니 땐 굴뚝에 연기 나겠이?'라는 취지의 댓글을 대랑으로 달았다.

단순무식한 물량공세도 효과적이었다. 한번은 교사에게 앉았다 일어나기를 백 번 하라는 벌을 받아 허벅지 근육이 찢어진 중학생의 아버지가 팀-알렙을 찾은 적이 있었다. 그 아버지는 교육청과 경찰에 신고를 했지만 체벌 수위가 다소 애매했던 탓에 관계기관의 반응은 떨떠름했다. 자신이 바라는 만큼 속 시원한 징계가 나오지 않을 것 같다고 판단한 아버지는 팀-알렙에 착수금으로 5백만 원을 주며 사건을 의뢰했다.

팀-알렙은 해당 학교 홈페이지와 그 학교가 있는 교육청 사이트를 쑥대밭으로 만들었다. 그 학교에 다니는 교직원의 개인 홈페이지들, SNS 계정들, 교직원의 자녀 홈페이지까지 공격했다. 몇 가지 샘플 문장을 성해놓고, 자동 댓글 프로그램을 이용해 매일 수천 개씩 댓글을 달았다.

'여기가 학생의 장래를 위해 병영 체험을 미리 시켜주신다는 참 스승 동료 분 홈페이지 맞나요? 님도 참교육 하시나요?'

'제가 군대 빨리 적응하려고 그러는데 ○○중학교에서는 수업시간에 얼차려는 몇 가지나 배울 수 있나요? 학교 홈페이지를 닫아 났기에 여기다 물어봅니다.'

'우리 애 강하게 키우고 싶은데 ○○중학교에 입학하려면 어떻게 해야 하나요? 허벅지 근육이 파열돼도 바르게 자랄 수만 있다면야 ㅋㅋㅋ'

결국 문제의 교사가 견디지 못하고 사직서를 제출하고 말았다. 그런 댓글을 사회 여론이라고 여긴 학교와 동료 교사들이 그에게 압박을 가한 듯했다.

팀-알렙은 악평이나 악플에 대응하는 설루션도 개발해 팔았다. 호평으로 악플을 덮거나, 알바 짓이라고 반격하거나, 글쓴이를 무식하다고 매도하는 작업이었다. 악플에 시달리던 몇몇 대기업들이 이런 서비스를 이용했다. 정확히는 그런 대기업과 계약한 홍보대행사가 팀-알렙을 다시 고용하는 형태였다. 하지만 찻탓캇은 대기업들에 있는 사람들 역시 팀-알렙의 존재와 역할을 알고 있을 거라 생각했다.

정치인들도 팀-알렙의 고객이 되었다. 무슨무슨 정치연구소나 무슨무슨 리서치라는 이름의 명함을 판 남자들이 찾아와 상대 후보에 대한 비방을 요구했다. 그들은 현금으로만 보수를 지불했다. 그건 팀-알렙으로서도 환영이었다. 바닥 민심이 중요하고 선관위가 인터넷 게시판들을 감시하는 진짜 선거보다는, 당내 경선처럼 참여하는 사람이 적고 비교적 유권자들이 동질한 작은 선거에 일감이 많았다. 교직원 아이디와 비밀번호를 몇 개 받아 대학 총장 선거에서 흑색선전을 퍼뜨리기도 했다.

팀-알렙의 리더 격이던 삼궁의 여의도 인맥이 넓어진 것도 이때부터. 삼궁은 술이 들어가면 자신들이 하는 일이 단순한 마케팅이 아니라 컨설팅이며, 자신들은 댓글 하청업자가 아니라 온라인 여론판을 기획하는 브레인이라고 주장했다. 그는 어느 재벌가 3세의 개인 이미지 개선 작업에 '온라인 영역 컨설턴트'로 참여하고는, 다른 팀원들에게 두고두고 그 일을 자랑했다.

삼궁은 이런저런 새로운 모임에 참석하기 시작했다. 파워블로거 대상 강연회, 기업 PR 담당자 조찬회처럼 별 영양가 없는 자리도 있었지만, 알토란 같은 계약을 따오는 술자리도 있었다.

팀-알렙이 W전자의 의뢰를 처음으로 받게 된 것도 그런 술자리에서였다. '2세대 댓글부대 시대'는 그렇게 막을 올렸다.

*

(11월 1일 녹취록 #1)

임상진 오늘 인터뷰부터는 녹음을 하려고 합니다만…… 괜찮으시겠습니까?

챗탓캇 녹음……이요? 안 하면 안 되나요?

임상진 그냥 취재 참고용이에요. 나중에 공개되고 그럴 염려 없습니다. 워낙 말씀하시는 분량이 많고 또 제가 잘 모르는 영역이니까…… 제가 컴퓨터 자판 치는 속도도 느리거든요. 그래서……

챗탓캇 저는 좀 싫은데요. 그 녹음 파일이 남으면 그걸로 성문 분석을 해서 제가 누군지 밝혀낼 수 있을 거 아닙니까.

임상진 신문기자가 엄청 대단한 정보력이 있다고 생각하시는 것 같은데…… 그런 거 저희 못해요.

챗탓캇 하지만 경찰이나 국정원이라면 밝혀낼 수 있을걸요. 성문 분석하는 전문가한테 오디오 파일을 가져다주고, 분석해달라고 하면.

임상진 걱정 마세요. 경찰이 기자 수첩이나 녹음 파일 보자고 할 수는 없으니까요.

챗탓캇 국정원은요?

임상진 국정원은……

챗탓캇 솔직히 제 얘기 안 믿으시죠?

임상진 아니, 믿어요. 믿으니까 오늘 이렇게 시간 내서 나온 거 아닙니까.

챗탓캇 전 정말 목숨 걸고 나온 거예요. 지금 이 자리도 국정원이나 기무사가 도청하지 않을까 겁이 나 죽겠어요.

임상진 제가 어떻게 해드릴까요. 녹음을 하지 말까요? 녹취록만 만들고 파일은 바로 지우겠다고 약속하면 믿어주시겠습니까?

찻탓캇 제 핸드폰으로 녹음을 할게요. 그래서 녹취록을 제가 만들어서 보내드릴게요.

임상진 (길게 한숨) 그러시죠, 그럼.

찻탓캇 그 휴대폰으로 녹음을 하고 계신 건가요? 저한테 주세요. 같이 녹취록을 만들어드릴게요.

임상진 예, 예.

(5분 정도 뒤)

임상진 이제 녹음되나요?

찻탓캇 예.

임상진 그럼 시작할게요. 우선 찻탓캇님이 함께 일한 기관이 국정원 맞나요? 아까 기무사 얘기도 잠깐 하셨던 것 같은데……

찻딧깃 저는 모르죠.

임상진 모르신다고요?

찻탓캇 자기들 입으로 우리는 국정원이다, 기무사다, 그렇게 말한 적은 없었으니까요. 그냥 우리가 추측했을 뿐이지. 기자님이 국정원 직원이면 나 국정원 직원이요, 이렇게 말하고 다니시겠어요?

임상진 그러면 어떻게 그 사람들이 국정원이나 기무사 출신이라고 믿게 되셨습니까?

찻탓캇 그래 보였으니까요.

임상진 그래 보였다고요?

찻탓캇 분위기가 정보기관 사람처럼 보이기도 했고, 몸들도 탄탄했고…… 핸드폰 번호 조회 같은 것도 잘해 왔어요.

임상진 그건 무슨 얘깁니까?

찻탓캇 저희가 어떤 사람 신상을 털 때, 제일 먼저 해보는 방법이 그냥 그 사람 이름을 구글에 돌려보는 거거든요. 예를 들어 기자님 신상을 털고 싶다고 쳐요. 그러면 '임상진'이라는 키워드랑 '010-'이라는 문자열을 함께 구글에 넣고 돌려요. 그러면 검색결과가 우르르 뜨죠. 중간의 세 글자나 네 글자가 별표 처리돼서. 010-****-6080, 이런 식으로요. 무슨무슨 이벤트 당첨자 발표가 제일 많고, 쇼핑몰에 질문이나 상품평 남긴 게 올라오는 경우도 흔하고, 중고품 거래 내역, 동문회나 동창회 주소록 같은 것도 많이 올라오죠. 기자님은 그냥 핸드폰 번호가 통째로 다 뜨네요?

임상진 제 핸드폰 번호가 떠요?

찻탓캇 여기 이 번호 아니에요?

임상진 어?

찻탓캇 K신문 오시기 전에 환경노동뉴스라는 곳에 있으셨어요? 거기 제보 코너네요.

임상진 아, 씨…… 거기 나온 지가 언젠데……

찻탓캇 뭐, 어쨌든, 대부분은 010-****-6080, 그런 식으로 떠요. 그러면 가운데 ****이 뭔지 좀 품을 팔아야 하죠. 제일 무식하게는 0000번부터 9999번까지 만 번을 돌리면 전화번호를 알아낼 수 있겠죠? 그런데 사실 그럴 필요는 없어요. 그 가운데 네 자리를 국번이라고 하는데, 국번 중에 안 쓰는 번호들이 많거든요. 우선 방통위가 아직 통신사들한테 안 준 국번들이 꽤 있어요. 6000번부터

6199번, 6900번부터 7099번, 뭐 그런 식입니다. 이런 번호는 제외해야죠.

찾으려는 사람 직업이나 쓰는 단말기 기종을 알면 몇천 가지를 제외할 수도 있어요. 아이폰 초기 모델 쓰는 사람이면 KT 국번일 것이고 LG 직원이면 LGT 국번이겠죠. 그리고 통신사 안에서도 국번 규칙들이 있어서 제외할 수 있는 번호들이 많아요. 자기들이 자체적으로 시험용으로 쓰려고 비워둔 국번들이 있고, 선불전화용 국번, 택시 공중전화 전용 국번, 호텔용 국번, 중고 단말기용 국번 같은 것들이 있어요. 대상자가 학생이나 프리랜서라면 법인용 국번도 빼야 되겠죠.

임상진 그래도 몇천 개는 남잖아요? 남는 건 일일이 다 걸어본다는 말인가요?

챗탓캇 생각보다는 오래 안 걸립니다. 대부분은 없는 번호니까요. 누가 받았는데 찾는 사람이랑 성별이나 나이가 확연히 다르면 바로 끊으면 되고, 좀 애매하면 대출이나 핸드폰 교체 광고 가장하고 말을 더 시켜보는 거죠. 그런데 그렇게까지 하기 전에 대부분 번호를 알아낼 수 있었어요.

임상진 어떻게요?

챗탓캇 뭐 가지가지인데, 의심스럽다 싶은 번호로 다시 구글링을 해보기도 하고, 인터넷게시판에서 전화번호 뒷자리랑 이름으로 게시물 찾아보기도 하고…… 보통 그런 게시판에 자기 전화번호 뒷자리로 비밀번호 쓰잖아요. 찾아내는 일이 노가다라서 그렇지, 작정하고 뒤져보면 어딘가에 반드시 허점이 있어요. 그때는 아직 중국 해킹회사니 그런 건 몰랐을 때죠. 아, 저건 있었어요. CD.

임상진 CD?

챗탓캇 개인정보들이 담긴 파일이요. 그걸 CD라고 불러요. 아마 처음에 CD 형태로 돌아다녀서 그렇게 부르나봐요. 왜, 카드 회사나 정유사 같은 데서 고객 정보 5백만 명 유출됐네 7백만 명 유출됐네 하고 기사 나오잖아요. 그걸 보통 중국에서 피싱사기 치는 애들이 사거든요. 한 사람 정보에 10원, 20원 이런 식으로. 근데 걔네들도 그걸 관리를 못해서 사본이 돌아다녀요. 저희도 그렇게 CD 두 장어치 개인정보를 어디서 복사했죠. 중국 애들 입장에서는 비싼 돈 주고 산 자료였을 텐데. 그 CD에 찾는 사람이 들어 있는 경우가 몇 번 있었죠.

임상진 그런데 어쨌든 그 정보기관 소속으로 보이는 사람들은 그런 노력 없이 핸드폰 번호를 금방 조회해왔다?

챗탓캇 네. 전화번호, 주민등록번호, 주소까지 싹 다요. 동명이인이 몇 명 있는데 각각 주민번호가 이렇고 직업은 뭐다, 이런 수준이었어요. 전과까지 알아다준 적이 있었으니까, 그냥 카드회사나 이동통신사 해킹한 건 아니었을 거예요. 우리가 팀장이라고 부른 사람이 있었는데, 그 사람이 우리 사무실에 있을 때 조회를 부탁한 적이 있었거든요. 그러니까 어디로 전화를 걸더니 '나다, 이런이런 이름 조회해봐'라고 지시를 하더군요. 그리고 조금 있으니까 문자메시지로 결과가 왔어요. 저희한테 도청 안 되는 기계라고 최신 스마트폰을 한 대씩 준 적도 있었어요.

임상진 그 팀장이라는 사람은 이름 모릅니까?

챗탓캇 몰라요. 그냥 팀장이라고만 불렀어요. 이름은 물어볼 생각도 못했어요. 사람이 인상은 그렇게 험악하지 않은데, 주변에 싸한 기운이 흘러서…… 잘못 하다간 어디 끌려가서 쥐도 새도 모르게 매장당할 거 같다, 그런 생각이 들었어요. 동작도 딱딱 절도 있고, 〈터미네이터 2〉에 액체로 변하는 터미네이터 있잖아요. 그 터미네이터처럼 생겼어요.

임상진 같이 일한 다른 사람들 이름도 모르는 거죠?

챗탓캇 저희랑 제일 자주 본 사람은 자기 이름이 이철수라고 했는데, 그게 본명일 리는 없을 거고…… 그 외에 다른 사람들은 그런 이름도 밝히지 않았어요. 작업하면서 저희들끼리나 아니면 자기들끼리 부르는 호칭만 있었는데 그게……

임상진 예, 말씀해주세요.

챗탓캇 그게…… 말씀을 드려도 별 도움이 안 될 거 같은 게, 그냥 직함들이거든요. 신짜인시 가짜인시노 노르는. 회상, 본부상, 님상, 대리, 사원, 이런 식으로요.

임상진 괜찮습니다. 말씀해주세요.

챗탓캇 일단 그 팀장이 있었고, 팀장 부하들로 보이는 남자가 두 명 있었어요. 그중에 나이가 좀 많아 보이는 사람을 대리, 적어 보이는 사람을 사원이라고 불렀죠. 대리는 아마 삼십 대 중반에서 후반 정도로 보였는데, 탈모가 심해서 정수리 부분은 머리털이 거의 없었죠. 본인도 꽤 신경 쓰는 거 같더라고요. 사원은 말쑥하게 잘생겼는데, 좀 김수현처럼 생겼습니다. 이렇게 세 사람이 정보기관 소속으로 보였어요.

임상진 이철수라는 사람은 정보기관 사람이 아니었고요?

챗탓캇 그건 확실히 아닙니다. 자기 입으로도 아니라고 했으니까요.

임상진 그러면 그 사람은 정체가 뭔가요?

챗탓캇 그 사람은 잘 모르겠습니다. 대기업 구조본에서 일하는 사람 같기도 하고, 그냥 집사나 프리랜서 같기도 하고…… 다른 사람들은 이철수를 이 실장이라거나 이 박사, 이 프로라고 불렀어요. 저희들은 선생님이나 실장님이라고 불렀죠. 철수라는 남자는 회장님이라는 사람을 대리하고 있었어요. 회장님, 아니면 어르신이라고 했죠. '이게 회장님 지시사항이다'라거나 '이게 어르신의 뜻이다'라는 말을 종종 했어요.

임상진 그 회장님이라는 사람은 누군지 모르나요?

챗탓캇 모릅니다. 저는 본 적도 없어요. 어쨌든 엄청난 흑막이라는 느낌이었어요. 자기들끼리 논쟁을 벌이다가도 회장 이야기가 나오면 팀장도 본부장도 한 수 접는 듯했습니다. 그런 걸로 봐서 정치 거물이라든가, 진짜 재벌 회장이라든가, 그런 인물 아닐까 싶었습니다. 조폭 두목 따위는 아닌 것 같고. 저희가 한 일을 생각해보면 알쏭달쏭하죠. 일반적인 정치인이나 기업인이 관심 가질 만한 일은 아닌데.

임상진 팀장과 대리, 사원은 국가기관 쪽이고, 철수와 회장님은 어디 소속인지 모르겠고, 그러면 본부장은 어디서 온 사람인가요?

챗탓캇 경제연구소나 경제단체 사람이지 싶습니다. 밑에 있는 박사들이나 연구원들에게 알아보게 하겠다, 분석을 해보겠다, 그런 말을 종종 했던 걸로 봐서는. 모임에서는 이 사람이 제일 꿋발 안 서는 사람이었습니다. 나이는 한 사십 대 중반쯤 돼 보였고, 안경 쓰고, 좋은 양복 입고, 살집 두둑하고, 그랬습니다.

임상진 그러니까 총 세 군데 조직 출신 사람들이 모인 거네요? 국가기관, 경제단체, 그리고 수수께끼의 민간인들, 이렇게?

챗탓캇 네 군데죠. 저희도 있었으니까. 팀-알렙 말입니다. 저희 전에도 같은 일을 했던 온라인 PR업체가 있었던 것 같아요. 어쩌면 저희 외에 다른 업체한테도 외주를 주고 있었는지도 모르겠고. '너희가 일을 제일 잘한다, 일처리가 스마트하다' 이런 얘기를 몇 번 했어요. 그 철수라는 사람. 철수가 이 모임의 실질적인 브레인이었습니다. 나이는 팀장이나 본부장보다 젊었지만. 저희를 처음에 이 모임에 소개한 것도 철수였어요. ███전자 건이 계기가 됐죠.

임상진 자기들끼리는 그 모임을 부르는 이름이 따로 없었습니까?

챗탓캇 합포회라고 불렀습니다.

임상신 합포회. 합포외라……

20

2장

거짓과 진실의 적절한 배합이
100%의 거짓보다 더 큰 효과를 낸다.

엘리베이터에서 내린 팀장은 자신이 어디로 가야 하는지, 무엇을 해야 할지 몰라 머뭇거렸다.

그가 받은 문자메시지에는 강남구 역삼동 아이즈타워 12층에 있는 '라이브임팩트스퀘어'로 오라고 돼 있었다. 인터넷 지도로 찾아보니 라이브임팩트스퀘어는 강남역 근처에 있었고, '강연 전문 카페'라는 설명이 있었다. 팀장으로서는 '강연 전문 카페'가 어떤 곳인지 가늠이 되지 않았다.

'카페라면 다 뚫린 공간일 텐데…… 우리들이 그런 데서 만나도 되는 건가?'

카페 구조는 특이했다. 엘리베이터 바로 앞에 카운터가 들어오는 손님을 바라보는 방향으로 있었다. 아르바이트생이 "어서오세요, 라임스입니다"라고 고개를 숙이며 인사했다가 팀장을 보고는 살짝 의아하다는 기색을 비쳤다. 팀장은 그런 미세한 표정 변화를 관찰하는 훈련을 오랫동안 받았다. 정장 차림의 사십 대 중반 남자는 이 가게에 잘 어울리지 않았다.

당혹스럽기는 팀장도 마찬가지였다. 카운터 주변은 꽤 북적였고, 왼편으로는 통유리창 너머로 젊은이 열 명가량이 매트 위에서 태극권 같아 보이는 자세를 취하고 있었다. 카운터 뒤에 있는 방에서는 보타이를 한 남자가 프레젠테이션 중이었다. '섹시한 손글씨, 초속성 캘리그래피'라는 강의 제목이 보였다. 젊은이 일고여덟 명가량이 원형으로 배치된 책상에서 열심히 필기를 하는 중이었다.

몇 번 주변을 둘러봤음에도 끝내 이철수를 찾지 못한 팀장은 카운터에 가서 물었다.

"여기가 처음인데, 어떻게 이용을 해야 합니까?"

"네, 손님. 찾으시는 강연이 있나요?"

검은 유니폼을 입은 아가씨가 상냥한 미소를 지으며 팀장에게 물었다. 아르바이트생이 손바닥으로 가리키는 방향을 보니 메뉴판인 줄 알았던 화면에 강연 목록이 적혀 있었다. 팀장은 'F. 철수의 왕초보 소셜미디어마케팅'이라는 줄을 그때서야 겨우 발견했다.

"소셜미디어마케팅 연구인데요."

"네, F룸으로 가시면 되시고요, 음료는 여기서 먼저 주문하면 되세요."

팀장은 아메리카노를 주문하고 음료가 준비되면 울린다는 진동벨을 받아 돌아섰다. 그는 F룸을 찾다가 다시 카운터로 돌아왔다.

"F룸이 어디에 있습니까?"

"저 왼쪽 복도로 돌아가시면 되세요."

유리로 된 강의실 사이, 생각지도 못한 방향으로 좁은 복도가 나 있었다. 팀장은 그 복도로 들어가며 다양한 모양으로 생긴 소형 강의실 앞에 써 있는 강연 목록들을 읽었다.

'초아와 함께, 얼렁뚱땅 인문학 강좌'

'좌중을 사로잡는 탬버린 댄스'

'스물아홉, 어떻게 살아야 할까 ─ 워킹홀리데이에서 내 꿈을 찾은 이야기'

'공정커피, 그리고 지속가능한 사회를 위한 대안 연대'

F룸은 팔각형 모양이었다. 다행히 통유리로 된 방은 아니었다. 안에는 이미 이철수와 본부장이 와 있었다.

"늦어서 죄송합니다. 입구에서 좀 헤매는 바람에……"

팀장은 고개를 숙이며 자리에 앉았다. 자신보다 한참 어린 연배인 이철수에게 몸을 굽히는 데에는 이미 익숙해져 있었다.

처음에는 회장과 이철수가 자신의 약점을 잡고 협박을 하는 바람에 어쩔 수 없이 몇 번 협조했다. 자신이 개인적으로 저지른 공작과 횡령을 회장이 어떻게 알았는지는 지금도 미스터리다. 그러나 그렇게 해서 이철수와 함께 한 작업은 팀장의 회사가 보기에도 괜찮은 결과를 가져왔다. 회장과 이철수의 존재를 모른 회사는 팀장이 혼자서 그런 성과를 냈다고 판단하고는 그를 크게 칭찬했다. 이후로도 그런 일이 몇 번 더 있었고, 팀장은 이제 이 기묘한 이익공동체에 적극적으로 참여하고 있었다.

"이런 데서 뵈니까 색다르지요? 도청 걱정도 없고."

이철수가 가식적으로 웃으며 팀장을 반겼다.

"아, 아주 신선하네요."

본부장이 배알 없이 맞장구를 쳤다.

"글쎄, 저는 나이를 먹어서 그런지 호텔이 더 편하긴 하네요."

팀장이 말했다.

"그게 팀장님 회사의 문제점입니다. 너무 투박해요. 사실은 성의가 없는 거죠. 젊은이들이 뭘 하는지, 무슨 생각을 하고 있는지 알아볼 생각을 안 한단 말입니다. 인터넷 심리전이 중요하다, 온라인 홍보를 강화해라, 그러면 고작 한다는 게 야당 후보는 좌빨이네, 면상이 비호감이네, 그런 댓글이나 달고 있어요. 그 댓글을 다는 사람들이 얼마나 그 일에 대해서 고민이 없었는지가 그냥 다 보입니다."

"솔직히 뭐, 써 내키는 업무는 아니니까…… ㄱ 직원들이 ㄱ 일만 했던 건 아닙니다."

팀장이 진동벨을 만지작거리며 얼버무렸다.

"회장님께서는 처음에는 드디어 그 회사가 인터넷의 중요성을 알아차렸구나, 하고 반색하셨다가 나중에 신문으로 심리전단이 단 댓글들을 보시고는 역정을 내셨습니다. 그따위로 일을 하려면 아예 하지 말라고, 당신께서 회사에 계실 때에는 그런 식으로 하지 않았다고요. 그걸 또 들켜서는 청문회까지 받게 된 과정이나, 다른 걸로 덮어보겠다고 검찰총장 스캔들 터뜨린 거나, 희망이 안 보인다고 하셨습니다."

"검찰총장 스캔들은 효과가 꽤 있었는데요."

"오십 내 이상한테나 그렇죠. 신문 읽는 사람들. 그 사람들은 애초에 우리 편이었어요. 요즘 이삼십 대들은 그런 걸로는 꿈쩍도 안 합니다. 아마 이십 대는 그런 스캔들이 터졌다는 거 자체를 모르는 애들이 절반이 넘을걸요?"

그때 진동벨이 울렸다. 본부장이 "아, 마침 화장실 가려던 참인데 제가 가져올게요"라고 말하면서 잽싸게 방을 빠져나갔다.

"저희도 따라잡아야겠다는 생각은 하지만, 요즘 젊은이들 문화가 워낙 다양해서…… 하나하나 공부하겠다고 달려들면 끝이 없어집니다. 그 사이에 또 그 문화가 바뀔 테고."

팀장이 우물거렸다.

"인터넷 속어를 다 찾아서 외우라는 말씀이 아닙니다. 열린 마음으로 큰 흐름을 봐주십사 하는 거죠."

팀장은 무성의하게 고개를 끄덕였다. 이천수는 얄밉게 웃더니 말을 이었다.

"스터디 카페가 죽고 요즘은 이런 강연 카페가 새 유행이랍니다. 강남 한복판에 땅값 비싼 데 이런 카페가 있다는 거 의미심장하지 않습니까? 오시는 길에 이런 카페가 여러 곳 있는 거 보셨습니까? 종로에도, 홍대 앞에도, 이런 카페가 우후죽순 생기고 있답니다. 이 밑바닥에는 분명히 큰 흐름이 있습니다. 애정을 갖고 한번 주변을 살펴보십쇼. 뭐가 보이십니까?"

"책 읽기 싫어하는 젊은이들이 보이는군요. 강연 문화는 책 읽는 걸 싫어하는 사람이 많을 때 흥합니다. 우리나라도 이제 미국처럼 강연회가 많아질 모양입니다."

"이 친구들의 자기계발과 배움에 대한 열정이 대단하다는 생각이 들지 않습니까? 저 다양한 주제들 좀 보십쇼. '좌중을 사로잡는 탬버린 댄스'라니…… 탬버린 댄스 같은 걸 가르치고 배우는 사람이 있을 거라곤 저는 어제까진 상상도 못했습니다."

"그런데 제대로 공부하는 건 무서워하는 모양입니다. 인문학 강의 같은 걸 여기서 한두 시간 강연을 듣는다고 달라질 게 뭐가 있겠습니까?"

"거기에 화를 내실 필요가 없지요. 오히려 저희들한테 유리한 점 아닙니까? 팀장님이 온라인에서 너무 힘겹게 싸우시다보니 자꾸 방어적인 자세를 취하시는 거 같은데, 이 아이들이 고집불통인 것처럼 보여도 사실은 순진하고, 사회 경험이 없어서 남의 얘기를 스펀지처럼 빨아들이는 아이들이란 말입니다.

제가 팀장님이 오시기 전에 여기 강연을 조금씩 몇 개 들어봤어요. '얼렁뚱땅 인문학 강좌'는 정말이지 강사의 용기를 칭찬해야 할 수준이더군요. '워킹홀리데이에서 내 꿈을 찾은 이야기'는 꼰대도 이런 꼰대는 없겠다 싶을 정도로 고리타분했습니다. 그런데 듣는 학생들은 아주 열심이더란 말입니다. 눈이 초롱초롱해져서는 연사한마디 한마디를 놓치지 않으려 하고 있었어요. 왜 그랬던 것 같습니까?"

"글쎄요……"

"강사가 자기들의 언어를 썼기 때문이죠. 여기 강사들 중에 제일 나이 많은 사람도 기껏해야 삼십 대 중반인 거 눈치채셨습니까? 기성세대가 말하는 건 일단 불신하고 보는 세대입니다. 인터넷에는 말도 안 되는 음모론이 판쳐요. 그런데 자기들끼리 서로 가르쳐준다 싶은 건 팥으로 메주를 쑨다 해도 믿는 아이들이에요. 우리는 이 점을 이용해야 합니다."

'젊은 직원을 댓글부대에 투입하는 건 우리도 하고 있다'고 팀장이 반박하려 할 때 문이 열렸다. 커피를 들고 온 본부장 뒤로 노트북가방을 멘 청년 하나가 어리둥절한 표정으로 얼굴을 들이밀었다. 스물두셋 정도 되어 보이는 젊은이였다.

"저는 팀-알렙의 삼궁이라고 하는데요…… 이철수님이 혹시 어느 분이신가요?"

*

(11월 1일 녹취록 #2)

임상진 합포회가 ■■■전자 건을 의뢰한 건가요?

찻탓캇 음, 그건 아닌 것 같아요. ■■■전자에서 바로 온 거 같습니다.

임상진 같다고요?

찻탓캇 정확히 어디서 왔는지는 저희도 몰라요. 그런 기업 의뢰는 하청을 여러 번 하거든요. 기업 홍보실이 홍보대행사에 외주를 주면 그 대행사가 댓글 작업만 하는 대행사를 또 고용하고, 그런 대행사가 저희 같은 해결사를 찾고…… 그런 식이에요. 손가락이랑 키보드만 있으면 할 수 있으니까 영세한 업체가 엄청 난립해 있고, 기업 입장에서는 하청 구조가 복잡해질수록 꼬리 끊기 좋고. 윗대가리에 누가 있는지는 우리도 잘 모르죠. 우리가 하는 작업이 홍보인지 역공작인지 잘 모르는 채로 일을 한 적도 있었으니.

임상진 알겠습니다. ■■■전자 건을 다시 상세하게 설명 좀 해주시죠. 시간순으로. 처음에 들을 때 큰 줄기만 들었던 터라……

챗탓캇 예. 처음에는 대행사 사람이 왔어요. 두툼한 자료집을 들고 왔더라고요. 그때가 그 영화가 막 개봉하려고 시사회 열고 바람잡이 하려던 때였거든요.

임상진 〈가장 슬픈 약속〉 말이지요?

챗탓캇 예, 그 영화요. 그때가 〈도가니〉니 〈변호인〉이니 〈부러진 화살〉이니 해서 그런 실화 영화들이 승승장구할 때였거든요. 막 사회적으로 화제도 되고……

임상진 〈가장 슬픈 약속〉도 그렇게 화제가 될 수 있었는데……

챗탓캇 뭐, 그건 모르죠. 저희야 저희 작업 때문에 그 영화가 묻혔다고 생각하지만…… (웃다가 갑자기 웃음 그침) 기자님은 그 영화 보셨어요?

임상진 봤습니다. ■■■전자 백혈병 사망 진상규명위원회에서 표를 보내줬습니다.

챗탓캇 영화 괜찮던가요?

임상진 저는 정말 좋게 봤습니다. 챗탓캇님은 그 영화…… 보셨나요?

챗탓캇 안 봤습니다.

임상진 그렇군요.

챗탓캇 죄송합니다.

임상진 괜찮습니다. 지금에라도 이렇게 인터뷰를 응해주시니까……

챗탓캇 ■■전자도 똥줄이 탔을 거예요. 그 영화가 〈도가니〉랑 〈변호인〉처럼 되는 건 어떻게든 막고 싶었을 테니까요.

임상진 ■전자가 그 영화 막으려고 동분서주했다는 이야기는 저도 다른 데서 많이 들었었어요. 상영관 못 잡게 방해하고, 언론에 기사 나가는 거 막고…… 국제영화제 심사위원들 상대로 로비도 했다고 들었어요.

챗탓캇 그런가요? 그런 얘기는 몰랐네요.

임상진 예매 사이트에 디도스 공격도 했다던데……

챗탓캇 그건 저희는 모릅니다.

임상진 뭐, 아시는 부분만 말씀해주시죠.

챗탓캇 예, 저희한테는 처음에 대행사의 임원이 찾아왔어요. 책을 한 권 들고 왔더라고요. 영화 내용에 대한 ■■전자 측 반박 논리가 적힌 책이었죠. 응, 그래, 제가 여기 휴대폰에 메모를 해놨는데…… 아, 여기 있네. 읽어드려요?

임상진 예.

챗탓캇 음…… 일단 그 진상규명위원회가 주장하는 사망자 수는 근거가 없는 거다, 그 사망자가 누구냐고 물어도 위원회가 말을 안 해준다고 하더라고요. 그 사람들이 진짜 ■■전자에서 일했던 사람인지 아닌지도 알 수가 없다고……

임상진 이런 양아치 새끼들……

챳탓캇 그리고 그 숫자를 다 인정한다 해도 ■■■전자 직원 수가 십만 명이 넘는다, 그 정도 발병률이나 사망률은 일반인 평균보다 낮은 거다, 서울대랑 같이 발암물질 조사해봤는데 일반 대기 중에 함유된 것보다 더 낮게 나왔다, 진상규명위원회랑 공동조사도 제안했는데 위원회가 거부한다.

임상진 진짜 그렇게 적혀 있었어요? 나쁜 놈들이네, 진짜. 혹시 그때 자료 사진 찍어놓거나 그러신 건 없어요?

챳탓캇 그런 건 없는데요. 그냥 제가 키워드 몇 개 적어놓은 게 전부예요.

임상진 또 다른 얘기는 뭐라고 적혀 있었나요?

챳탓캇 나머지는 뭐…… 그렇게 논쟁적인 이야기는 아니었어요. 서울대 말고 무슨무슨 기관에서도 작업장 검사하고 갔고, 무슨 해외 전문기관에서도 왔다갔는데 문제없다고 했고, 전에 벤젠인가 다이옥신인가 검출됐다고 진상규명위원회가 막 기자회견 열고 그랬는데 그 검출량이라는 게 진짜 미미하다, 무슨 법적 기준의 천분의 일만큼 나왔다, 또 자기들이 직원 건강 보호하기 위해 얼마나 노력하고 있는가, 자기들 제품이 한국 경제에 얼마나 큰 비중을 차지하고 있는가, 그런 것들이었어요. 그런 내용들을 가지고 인터넷에 포스트나 댓글들을 많이 올려달라는 주문이었죠. 예시문도 몇 개 있었어요.

임상진 예시문이요? 어떤 거였나요?

챳탓캇 '중소기업에서는 백혈병 걸려 죽는 놈 하나도 없냐? 그래서 중소기업 앞에서는 시위 안 하는 거냐?' '아예 ██전자에서 오래 근무했더니 몸이 늙더라고 주장하지 그러냐? 그것도 ██ 전자 탓이잖아' '1년 365일 남 탓 하는 새끼들, 진짜 지겹다' 이런 것들이요.

임상진 그런 댓글들 실제로 많이 본 거 같은데.

챗탓캇 저희 말고 다른 업체한테 맡겼겠죠. 저희는 거절했어요. 아니, 거절했다기보다는 역제안을 했는데 그게 받아들여지지 않았죠.

임상진 조건이 마음에 안 들었었나보죠?

챗탓캇 조건이 문제가 아니라…… 이건 저나 삼궁이나 같은 생각이었는데, 그런 댓글들 아무리 많이 달아봤자 바뀌는 게 없어요. 생각해보세요. 반도체 만들다 유해물질 많이 접해서 백혈병 걸렸다, 대기업이 자기네 이미지 안 좋아질까봐 그거 부인한다, 소송 건다고 했더니 깡패를 고용해서 괴롭힌다, 얼마나 이해하기 쉽고 와닿습니까. 거기다 대고 백혈병 평균 발병률이 얼마고, 외국 권위 있는 조사기관이 뭐라고 말하고 갔고, 이런 건 다 들어봐야 '아, 뭐 그런가' 하는 정도죠. 그리고 한국 사람들, 눈물에 약해요. ██전자가 괴롭혀서 직장 쫓겨나고 쌀 떨어지고 젊고 예쁜 여자가 병 걸려서 죽어가는데 아버지가 옆에서 울부짖고 이런 거에 대놓고 비판 못해요.

임상진 쌀 떨어지는 건 영화에 없어요.

챗탓캇 뭐 어쨌든…… 영화 내용이 좀 감상적이기는 하잖습니까? 저희도 예고편은 봤어요.

임상진 그래서, 성공을 못할 것 같아서 거절하셨나요?

챗탓캇 아니, 거절이 아니라 역제안을 했다니까요. 사실 저는 그런 경우에도 그냥 보수만 맞으면 의뢰를 다 받아들이는 편이었어요. 솔직히 영화가 잘돼서 ■■전자가 검찰에 털리든지 말든지, 망하든지 말든지 제 알 바 아니잖습니까. 그냥 우리는 댓글 천 개 달라고 하면 천 개 달고, 좋아요 만 개 누르라고 하면 만 개 누르고, 그런 거죠. 그런데 삼궁은 저랑 달라요. 기업가정신이 있었어요. 그래서 삼궁이 역제안을 했죠.

임상진 역제안이 뭐였나요?

챗탓캇 그게 참 천재적인 아이디어였어요. 대행사 사람도 아이디어를 듣고는 한편으로는 난색을 표하면서도, 한편으로는 '이건 된다, 실행할 용기만 있으면 100% 성공이다' 이런 생각을 했던 거 같아요. 저희더러 한번 이야기는 해보겠다, 기다려보라고 하더라고요. 결국은 며칠 뒤에 안 된다고, 그런 일은 안 한다고 연락이 왔죠. 그래서 저희는 ■■전자하고는 이걸로 끝이구나 싶었는데 그때 합포회가 저희를 찾아온 거죠. ■■전자하고 합포회가 어떻게 연결되는지는 잘 모릅니다. 뭐 자기들끼리 네트워크 같은 게 있지 않았을까요?

*

팀장과 본부장이 홀짝홀짝 커피를 마시는 동안 삼궁이라는 청년은 주섬주섬 가방에서 노트북을 꺼내 설치했다.

빔 프로젝터는 방에 기본으로 설치돼 있었다. 삼궁이 노트북 케이블을 그 프로젝터에 연결하자 동영상 플레이어가 나왔다. 삼궁은 화면과 소리를 조정한 뒤 동영상을 틀었다.

'기업이 성장하면 일자리 많아지, 고!

일자리 늘어나면 여유 생겨나, 지!

내 주머니 지킨다고 남의 의욕 막아대면 머니 쓸 사람 없어지고 피해는 내게 돌아와

그것이 시장경제 이치,

개인 능력 부정하면 자유국가 수치,

다 같이 못살자는 못된 심보 백치.'

초로의 신사가 야구 모자를 거꾸로 쓰고 무대에서 어설픈 랩을 읊는 모습이 나왔다. 신사 뒤로는 진짜 래퍼로 보이는 젊은이 두 명이 라임을 맞춰주고 있었다. 이 어설픈 힙합 그룹이 공연을 펼치는 장소는 어느 대학 강의실로 보였다. 자리에 앉아 있는 청중들은 이십 대 학생들로, 책상 위에는 노트나 필기도구들이 놓어 있었다.

청중들은 몹시 거북한 기색이었는데, 그건 화면을 보고 있는 팀장 역시 마찬가지였다. 젊은 여자의 환심을 사고 싶어 주책을 부리는 늙은이의 모습을 보는 기분이었다. 본부장 역시 이 민망한 쇼를 제대로 쳐다보지 못하고 헛웃음을 짓고 있었다.

"전국경영자연합회가 주최한 대학생 대상 경제학 캠프 영상입니다. 저 래퍼는 D대학 송영욱 교수님이세요. 하버드에서 경제학을 공부하신 분이죠. 한국 청년들이 너무 경제 기초지식에 대해 무지하다고 한탄하시다가 경영자연합회에서 자금 지원을 받아 저 힙합 그룹을 결성하셨다고 합니다. 그룹 이름은 '송박과 거리의 이코노

미스트', 약자로 송거리라고 합니다."

삼궁이 설명했다. 팀장은 삼궁이 동영상을 멈췄을 때 안도감마저 들었다. 본부장도 화면이 바뀌자 작은 소리로 휴, 하고 한숨을 내쉬었다. 이철수는 싸늘하게 웃고 있었다.

"그러면 송 교수님의 이 프로젝트 그룹이 인터넷에서 어떤 반응을 얻는지 한번 살펴보시겠습니다."

삼궁이 그렇게 말하고 마우스 버튼을 눌렀다. 팀장의 얼굴은 다시 화끈 달아올랐다.

'와 씨발 아주 대박이다. 존나 안구와 고막을 동시에 테러하고 있어!'

'왜 부끄러움은 언제나 나의 몫일까… 전에 걸그룹 흉내 낸 대학 총장도 그렇고 이 인간도 그렇고…'

'본격_경제학이_힙합에_모욕감을_주는_영상.avi'

'뭔가여 이 분? 명령 치드셨나여? 시금 뿡 싸셔서 낭황해서 저러시는 거죠? 누가 제발 그렇다고 말해줘 ㅠㅠ;;;'

"영상 하나 더 보시겠습니다. 경영자연합회 대학생 서포터즈 1기 결과물 중 일부입니다. 우수상을 받은 작품이에요."

삼궁이 말했다. 그가 마우스 버튼을 누르자 아마추어 뮤직비디오가 나왔다. 역시 삼인조 힙합이었다. 화면 아래로 자막이 나왔다.

'모두가 착한 가게를 말하지

하지만 나는 그게 뭔지 알지 그건 hypocrite

너희들 twitter에서만 분주한 whistle and bustle

마트 못 가게 하면 재래시장 갈 거라고?

소비자들이 바보라고 생각해 아니면 착하다고 생각해,

그게 네가 말하는 민주화? 내가 볼 땐 병신화

감성 팔지 마, 형 니 논리 진짜 bullshit!'

"저희가 이십 대 패널들한테 물어보니까 대상이나 최우수상 수상작보다 노래는 이게 더 낫다는 평가가 많더라고요. 아마 경제인연합회 심사단이 저희 패널들하고는 평가기준이 상당히 달랐던 듯한데…… 그러면 이 노래에 대한 댓글들을 한번 살펴보겠습니다."

삼궁이 화면을 넘겼다.

'플로우도 없고 라임도 없고… 아직도 말 빨리하면 랩인 줄 아는 애들이 있다니 신선하다.'

'솔직히 가사야 뭐 유명 래퍼들 노래 중에도 여자들 강간하자 마약하자 이런 것들 수두룩하니까 별 신경 안 쓰는데, 이건 그냥 랩 자체가 구림.'

'싼하네요. 나중에 저 영상 보고 무슨 생긱들 하게 될지…… 취업 때문에 저러는 건가요? 설마 학점 때문에?'

이 뮤직비디오는 상당히 볼 만했다고 생각한 팀장은 뜻밖의 반응에 약간 놀랐다.

"내 이럴 줄 알았소. 이건 안 되는 게임인 겁니다. 축구를 하는데 축구장이 한편으로 기울어져 있달까. 프로 래퍼가 와서 해도 이건 안 돼요. 요즘 젊은애들은 저 듣고 싶은 것만 듣소."

본부장이 신랄하게 불평을 쏟아냈다. 삼궁이 말을 이었다.

"그렇죠. 메시지가 마음에 안 드니까 메신저를 공격하는 거죠. 그런데 이 영상의 가장 큰 문제점은 젊은이들이 악평을 해댄다는 점이 아닙니다. 아예 안 본다는 점입니다. 저희가 저 평을 찾느라 굉장히 힘들었어요. 인터넷에서는요, 올라오는 글이나 그림, 영상의 99.9%는 그냥 묻힙니다. 돈을 들이든지, 팬들이 도와주든지, 그도 저도 아니면 본 사람들이 자발적으로 나서던지 해서 처음에 어느 정도 궤도까지 끌어올려야 합니다. 그런데 이건 스폰서도 없었고, 팬도 당연히 없고, 상당히 공들여 만든 영상이지만 그렇다고 사람들의 감탄을 자아낼 정도는 아닙니다.

이건 말이죠, 접근법 자체가 틀렸어요. 아마추어가 아무리 정성 들여 뮤직비디오를 만들어도 프로처럼 만들 수는 없어요. 아마추어 영상은 이래선 안 돼요. 여기엔 결정적인 요소가 없어요.”

“그게 뭡니까?”

본부장이 물었다.

“그 얘기를 하기 전에, 다음 영상을 먼저 보실까요?”

삼궁이 마우스 버튼을 클릭했다. 아코디언 선율이 흐르더니 듣기 좋은 남미 남자 목소리가 나왔다. 팀장과 본부장이 어리둥절한 얼굴로 멕시코 노래를 듣는 동안 화면 아래로 한글로 번역된 가사가 지나갔다.

‘아베라도는 한 시간 뒤에야 겨우 눈을 떴네

차가운 사막 위에서, 배에 총을 맞은 채로

라파엘은 이미 싸늘한 시체가 되어 있었지

아베라도는 울면서 빌었네, 용서해달라고’

“멕시코에서 최근 몇 년 사이에 국민가요 수준으로 인기를 끌고 있는 노래입니다. 아베라도라는 멕시코 청년이 사촌동생 라파엘과

국경을 넘어 미국으로 밀입국을 하려다 죽어가면서 자신의 선택을 후회한다는 내용입니다. 곡이 좋고, 가사가 심금을 울리죠. 불법이 민이라는 소재가 멕시코 사람들에게 크게 어필하기도 하고요."

"그런데요?"

팀장이 물었다.

"사실 이 노래는 미국 국경수비대가 만든 겁니다. 밀입국 시도를 줄여보려고요. 효과가 상당하다고 합니다. 이 노래가 성공을 거둔 다음에 후속곡을 여러 곡 더 만들었지요. 후속곡들은 가사가 더 강해졌어요. 밀수업자에게 딸이 강간당하는 모습을 지켜보며 절규하는 어머니가 나오는 노래도 있고, 좁은 트레일러에서 수십 명이 천천히 탈수증으로 죽어가는 묘사를 담은 노래도 있습니다. 그 노래들도 다 히트했습니다. 국경수비대가 CD를 수천 장 만들어서 뿌리고, 멕시코의 방송국에도 로열티를 내지 않아도 되는 곡이라면서 삿다췄시요. 이 노래들을 스페인어로는 '미그라 고리도스'라고 합니다. 이민 노래라는 뜻입니다."

팀장과 본부장이 입을 딱 벌렸다.

"멕시코에서도 알 만한 사람들은 이 노래가 미국에서 만든 노래라는 걸 압니다. 그런데도 이 곡들은 여전히 인기가 있어요. 국경수비대는 여기에 큰돈을 들이지 못했어요. 작사 작곡은 미국의 라틴계 인디 가수들이 했고, 뮤직비디오는 만들지 않았습니다. 그런데도 엄청난 성공을 거두었어요. 어떻게 그럴 수 있었을까요?"

삼궁은 연극적인 효과를 내기 위해 거기서 잠시 말을 멈췄다. 팀장은 슬슬 삼궁의 말투가 거슬리기 시작했다.

"저는, 그게 진실의 힘이라고 생각합니다. 대형마트 규제와 경제민주화를 비판하던 대학생에게는 그게 없었어요. 진실, 진심, 좋은 콘텐츠, 그리고 약간의 관점 전환. 우리한테도 그런 게 필요합니다."

삼궁이 말했다.

*

(11월 1일 녹취록 #3)

챗탓캇 글은 삼궁이 초안을 잡은 걸 제가 고쳐 썼습니다. 팀-알렙에서 제가 그런 거 담당이었어요. 반성문 대필 알바를 오래했거든요.

임상진 그런 아르바이트도 있습니까?

챗탓캇 음주운전 반성문 대필 알바랑 형사사건 반성문 대필 알바가 따로 있습니다. 자기소개서 대필보다 훨씬 돈벌이가 좋습니다. 반성문에 따라 진짜로 형량이 왔다갔다 하니까. 요즘은 그쪽도 경쟁이 너무 치열해서 호소문이나 탄원서 대필 쪽이 뜬다더라고요.

임상진 그렇군요. 다시 〈가장 슬픈 약속〉 이야기로 돌아가시죠.

챗탓캇 뭐, 예. 제가 올린 글은 '저는 영화산업 노동자 ○○○이라고 합니다'라고 시작하는 게시물이었습니다.

이 게시물의 화자는 5년차 촬영 스태프이고, 언젠가는 영화감독이 되고 싶은 꿈이 있는 남자, 하지만 지금은 끼니를 걸러야 할 수준으로 생계가 어렵지요. 주방보조와 택배 아르바이트를 하지만 이 것도 쉽지 않습니다. 영화 촬영에 들어가면 하루 평균 열다섯 시간 도 넘게 현장에 매달려야 하니까 알바도 다 그만둬야 해요. 이쪽 업계 관행상 제대로 근로계약도 맺지 않고, 사실 정확한 근로조건 도 모릅니다. 제일 마지막에 만든 영화가 〈가장 슬픈 약속〉을 이번 에 개봉하는 나인쓰레드픽처스 작품이었습니다. 그런데 그때 받았 어야 할 임금 340만 원이 아직도 밀린 상태입니다. 언젠가 주시려 니 하고 기다리면서 카드빚으로 연명하고 있습니다.

이렇게 썼어요. '이번 〈가장 슬픈 약속〉 보도자료를 보니 대한민국 의 모든 노동자들을 위하는 마음으로 영화를 만드셨다고 돼 있더 군요. 이 영화가 ▣▣▣전자뿐 아니라 대한민국 모든 사업장의 노동 현실을 바꾸는 데 도움이 됐으면 좋겠다고 감독님이 말씀하셨더군 요. 저도 노동자니까, 한번 바라봅니다. 4대보험 같은 건 꿈도 꾸지 않고, 야근수당은 필요 없습니다. 제 밀린 임금 340만 원 주세요. 당장 밀린 고시원비와 핸드폰 요금을 내야 하는데 돈이 없습니 다……'

이 글을 텍스트 그 자체를 올리지 않고 화상 캡처를 한 것처럼 jpg 파일로 바꾼 다음에 '영화인들 보는 비공개 사이트에서 퍼온 글'이 라는 식으로 바꿔서 다음 아고라나 네이트 판 같은 대형 게시판들 에 올렸어요.

임상진 그게 다 거짓말이었단 말이죠?

찻탓캇 글쎄요? 뭐라고 해야 할까요? 저희가 나름대로 사전조사를 했어요. 저희가 올린 글의 주인공에 해당하는 실존 인물은 없습니다. 하지만 그런 비슷한 사연이 있는 사람은 여러 명 있었어요. 나인쓰레드픽처스가 그전에 영화를 찍고 제대로 임금을 지불하지 않은 건 사실이에요. 영화 스태프들 처우가 열악한 것도 사실이고요. 삼궁은 이렇게 표현하더라고요. 사실은 아니지만, 진실이라고.

임상진 진실이라……

챳탓캇 저는 삼궁을 좋아하지 않습니다. 우리가 지금 웹 3.0 시대를 사는 게 아니고, 팀-알렙 같은 돈벌이를 만들어내지 못했다면 틀림없이 여자들 속여서 돈 뜯어먹는 걸로 살았을 놈입니다. 재벌 3세네, 재미교포네 하면서 외제차 끌고 다니고 여자들한테 돈 빌려서 호화생활을 하고 그러면서 사기 치는 인간들 있잖습니까. 삼궁은 그런 사기꾼이 되려다 만 놈입니다. 생긴 건 번드르르하게 생겼고 여자들한테도 인기가 좋지요. 사람을 홀리는 재주도 있고, 천부적인 거짓말쟁이입니다. 하지만 이런 녀석이 하는 말이라고 다 허튼 건 아니에요. 우리가 올렸던 영화 스태프 이야기에는 진실이 있었습니다.

임상진 그 글을 일베에도 올렸나요?

챳탓캇 일베에도 올렸죠, 당연히. 글만 올린 게 아니라 01査10이 '나인쓰레드픽처스 대표님, 밀린 제 임금 340만 원 주세요'라고 적힌 피켓을 들고 〈가장 슬픈 약속〉 상영관 앞에 갔어요. 그래서 01査10이 1인 시위를 하는 시늉을 하고, 저랑 삼궁이 스마트폰 여러 대로 돌아가면서 그 사진을 찍었죠. 그리고 영화관 앞에서 시위하는 사람 봤다는 식의 목격담을 만들어서 가짜 트위터나 페이스북에 올리고, 그걸 또 화면 캡처해서 인터넷 게시판들에 올렸어요.

임상진 인터넷에서 반응은 어땠나요?

챳탓캇 일단 전파속도는 엄청 빨랐어요. 글을 올리자마자 그야말로 마른 들판에 불이 번지듯 온갖 게시판으로 퍼져갔어요. 사람들도 알고 있었던 거죠. ██전자에서 노동 탄압이 있었는지 없었는지 는 모르지만, 영화판의 노동 조건에 비하면 천국 같은 직장일 거라 는 사실을. 노동자 권익이니 남녀평등이니 하는 말들 입에 달고 사는 사람들 중에 자기 단체 직원들 권익 챙겨주는 사람은 많지 않다 는 사실을. 그리고 그즈음에 사회적으로 민감한 이슈를 건드리는 영화가 너무 많이 나왔잖아요, 〈도가니〉 이후로. 그 감독들이나 제 작사들이 그런 이슈를 실은 돈벌이로 활용하고 있다는 걸 사람들 도 눈치채고 불편해하고 있었어요. 그러다가 그 임금체불 건이 딱 터진 거죠.

임상진 휘발성 있는 재료였죠. 논란이 꽤 심하게 벌어졌었겠네요.

챳탓캇 막 엄청나게 화제가 되고 관련 글이 쏟아지고 그런 건 아니 었어요. 며칠씩 순위에 오르는 글에 비해서는 조회수나 댓글 수가 많이 모자랐습니다. 저는 사람들이, 특히 진보적인 성향의 사람들 이 그 글을 애써 외면한다는 인상을 받았습니다. 선뜻 동의하기는 싫고, 그렇다고 대놓고 반박할 수는 없고, 그런 느낌? 그것만 해도 소기의 목적은 달성한 거죠. 〈가장 슬픈 약속〉이 화제가 되는 걸 저 희가 올린 글이 차단했으니까요.

일단 진보 쪽 게시판에서는 이 영화에 대해서 말하는 거 자체를 꺼 리는 분위기였어요. 누가 이 영화에 대해서 '두 시간 내내 가슴이 먹먹했다, 잊지 않겠습니다'라고 감상평을 달면 득달같이 보수 쪽

누리꾼들이 '아따, 우덜식 노동착취는 착한 노동착취랑께요?'라고 댓글을 달았죠. 그런 분위기에서 누가 영화 얘기를 하고 싶겠어요? 원래 영화는 입소문 장사잖아요. 특히 〈가장 슬픈 약속〉처럼 사회성 있는 영화들은 사실 보고 나면 기분도 찜찜하고 보는 동안 재미가 있는 것도 아니니까, '나 이거 봤다' 하고 다른 사람들한테 자랑하려는 마음으로 보는 거예요. 그런데 임금체불 논란이 그런 움직임을 완벽하게 막았죠. 그리고 뭐 조용했다는 것도 다 포털이나 진보 쪽 사이트 얘기고, 보수 게시판들은 아주 난리가 났어요. '좌좀들 위선이 다 드러났다'부터 해서 '감독이랑 제작자에게 산업화 열사 표창장을 줘야 한다'는 개드립까지……

임상진 감독이나 제작자는 아무 대응도 없었습니까?

챗탓캇 그분들도 대응을 하셨죠. 그런데 대응을 아주 안 좋게 했습니다.

임상진 이렇게 했는데요?

챗탓캇 저희는 사실 그분들이랑 직접 맞부딪치는 건 피하려고 했는데, 보수 성향의 누리꾼들이 감독 트위터랑 제작사 홈페이지를 찾아가서 분탕질을 쳤죠. 감독님이 '해당 스태프는 나와 같이 일하지 않았고 나인쓰레드픽처스 상황은 잘 모른다'고 답변을 달았는데 그게 실수였죠. '그러면 너는 ███전자에서 일한 적이 있어서 그 영화 찍었냐?'라는 말이 바로 나오게 되니까. 감독님이 처음에는 점잖게 대응하다가 몇 번은 화가 나셨는지 험한 말도 트위터에 썼는데 주로 그런 게 캡처가 되어서 인터넷에 돌아다녔죠. '임금체불 스태프에 대한 〈가장 슬픈 약속〉 감독의 반응'이라는 제목을 달고요. 그건 저희가 하지도 않았어요. 그즈음에는 보수 누리꾼들이 알아서 감독이랑 제작사를 공격하고 있었어요.

그 누리꾼들이 왜곡도 많이 했죠. 저희가 처음에 올린 글에서 주인공인 영화 스태프는 나인쓰레드픽처스의 다른 영화에 참여한 걸로 돼 있었는데, 어느샌가 〈가장 슬픈 약속〉 촬영 스태프로 둔갑이 돼 있고, 감독이 그 스태프 협박했다더라, 영화관 앞에서 1인 시위하는데 진상규명위원회 사람들이 와서 끌고 갔다더라, 그런 루머도 돌았어요.

진보 성향 누리꾼들은 그 싸움에서 한발 물러나 있었죠. 싸우면 질 거 같으니까. 어떤 진보 성향의 인터넷 영화평론가가 '〈가장 슬픈 약속〉과 나인쓰레드픽처스에 대한 지지를 철회한다. 한 노동자의 권익을 침해해서 다른 노동자의 권익을 찾는 건 모순이다' 뭐 그런 선언을 자기 블로그에 올리기는 하더군요.

영화사는 그야말로 탈탈 털렸습니다. 일단 이 문제는 같이 일했던 스태프들한테 밀린 임금을 다 주기 전에는 절대 해결이 안 되는 거예요, 그렇죠? 그런데 돈이 없으니 그럴 수가 없잖아요. 〈가장 슬픈 약속〉은 그거대로 망해가고 있었고, 그 영화사가 정말 웃겼던 게, 하다하다 안 됐는지 '처음에 글을 올렸던 스태프를 찾아서 오해를 잘 풀었다, 정산을 마치는 대로 신속하게 임금을 주기로 했다'고 공지를 올리더라고요. 아니 그런 스태프는 애초에 존재한 적이 없는데 찾긴 뭘 어떻게 찾아. 자기들도 열심히 찾아보다가 그런 사람이 없다는 걸 알고 나서 그렇게 글을 올렸는지는 모르겠지만……

임상진 영화사가 그러지 않고 법적인 조치를 했다면 어떻게 됐을까요. 그런 게 두렵진 않으셨어요?

챗탓캇 별로 그렇진 않았어요. 영화사가 그 글에 대해 소송을 걸겠다, 이러면 누리꾼들 보기에 그게 어떻게 보이겠어요. 그 사람들도 대중 상대로 장사를 해야 하는 사람들인데 대중을 화나게 하지는 않을 거라는 믿음이 있었어요. 그리고 설사 이게 법정에 가더라도 저희가 붙잡히지도 않을 거고, 붙잡혀도 처벌은 받지 않을 거라고 생각했어요.

임상진 왜요?

챗탓캇 저희가 아이피를 나름 잘 숨겼거든요. 신촌 일대 카페와 대학을 돌아다니며 와이파이나 대학에서 제공하는 랜을 쓰기도 했고, 가상사설망을 돈 주고 쓰기도 했고. 그리고 미네르바 사례가 있잖아요. 미네르바도 자기가 외국계 금융기관에서 일한 적 있고 경제 전문가라고 뺑쳤는데 무죄 받았잖아요. 공익을 해칠 목적이 아니었다고. 광우병 시위 때도 자기가 전경인네 오늘부터 진압 거부하겠다고 글 올린 사람이 있었어요. 위에서 시민들을 개 패듯 패라고 했다고, 자기 동료들도 그래서 다 진압 거부하기로 했다고. 그 글 올린 사람이 사실은 무슨 대학 시간강사인가 그랬어요. 그 사람도 무죄 받았어요.

그러니까 우리도 괜찮을 거라고 생각했어요. 평소 영화계의 현실에 분노하던 차에 〈가장 슬픈 약속〉 제작사의 위선적인 행태에 질려서 스태프를 사칭해 글을 올렸지만 공익을 해할 목적은 없었다고. 오히려 공익을 위한 것이었다고 하면. 합포회가 시켰다는 사실만 숨기면 되는 거 아닌가요?

임상진 이게 ■■■전자가 시킨 게 아니라, 합포회라는 조직이 시킨 게 확실한가요?

챗탓캇 의심하려고 들면야 끝이 없겠지만, 저는 그럴 거라고 생각합니다.

임상진 왜요?

챗탓캇 일단 그 이철수라는 사람이 어느 기업이나 정부에 소속된 사람이라는 느낌이 잘 안 들었고…… 아, 그것보다 돈을 지불하는 방식이 특이했어요.

임상진 어땠는데요?

챗탓캇 보통 기업체 같으면 우리에게 줄 돈을 중간에 있는 대행사에서 경비 처리하거든요. 원청회사 회계는 깨끗이 하고요. 그 와중에 대행사에서 후려치는 것도 많고. 그런데 합포회는 그런 게 없었어요. 그냥 현금으로 3천만 원을 딱 주더라고요. 헌 돈으로, 만 원짜리 3천 장을 사과상자에 넣어서, 딱.

임상진 어지간히 마음에 들었나보네요.

챗탓캇 그때부터 합포회랑 같이 일하게 됐죠. 그런데 바로 긴밀한 관계가 된 건 아니었습니다. 그쪽에서 보기에는 한 번 정도는 이 녀석들이 운이 좋았을 수도 있다, 그렇게 생각했던 거 같아요. 〈가장 슬픈 약속〉이 망한 이유에 대해서는 영화 자체의 완성도가 문제였다는 평론가들 비평도 많았고…… 어쨌든 그 〈가장 슬픈 약속〉 건을 마무리 지으니까 합포회에서 다른 의뢰를 하나 해오더군요. 이거 우리가 골치 썩이고 있던 건데 한번 해봐라, 어떻게 하나 보자, 그런 느낌이었습니다. 좀 희한한 주문이었습니다.

3장

분노와 증오는 대중을 열광시키는 가장 강력한 힘이다.

3천만 원이라는 목돈이 그들 손에 현금으로 한 번에 들어온 것은 치음이었다. 이진까지 보수는 선낭 천만 원 수준이었는데 그 것도 일시불로 지급된 적은 몇 번 없었다. 삼궁과 찻탓캇, 그리고 01査10은 모두 복권에 당첨이 된 듯한 기분이었다.

"야, 술 마시러 나가자. 내가 쏜다."

삼궁이 말했다. 찻탓캇과 01査10은 조금 놀라면서도 삼궁을 따라 나섰다. 평소 삼궁은 지독한 노랑이어서, 자기 물건은 잘 샀지만 찻탓캇이나 01査10에게 돈을 쓰는 적은 거의 없었다.

그들은 신촌의 방 두 칸짜리 오피스텔에 살았다. 삼궁이 큰 방, 찻탓캇이 작은 방을 썼고, 01査10은 마루에 라꾸라꾸 침대를 놓고 살았다. 팀-알렙 활동으로 돈이 들어오면 일부를 공동생활비로 떼고, 나머지는 돈이 들어오는 즉시 삼분의 일로 나누는 것을 원칙으로 하고 있었다. 그 생활비로 먹을거리와 술을 샀는데, 삼궁은 그 돈으로 치킨을 시켜 먹는 것조차 아까워했다.

"일단 배부터 채우자."

그러면서 삼궁은 일행을 김밥천국으로 데려갔다. "야, 기껏 산다는 게 김밥이냐?" 하고 찻탓캇이 가게 앞에서 어이없어하자 삼궁은 "잠자코 들어가, 다 이유가 있으니까"라고 대꾸했다.

"무슨 이유?"

01查10이 묻자 삼궁은 "너희들 그냥 술만 마실 거야?"라고 되물었다.

"안주도 같이 먹을 건데. 지금 안줏값 아까워서 이러는 거냐? 야, 그냥 내가 살 테니까 그냥 삼겹살 먹으러 가자."

찻탓캇이 대꾸했다.

"병신아, 그거 말고. 여자도 불러야지. 난란 한번 가자, 오늘."

"단란주점? 거길 네 돈으로 가게?"

찻탓캇과 01查10의 눈이 휘둥그레졌다.

"내가 쏜다니까. 기왕 갈 거, 빨리 가려고 이러는 거야. 가서 김치들 부를 거 아냐. 그럼 몇 테이블 뛰고 술 꼴을 대로 꼴은 김치들이 서비스를 잘해주겠냐, 아니면 오늘 첫 테이블인 애들이 잘해주겠냐? 그리고 거기 빨리 가려면 고기 먹고 가야겠어, 김밥을 먹고 가야겠어?"

찻탓캇과 01查10은 군말 없이 김밥천국으로 들어갔다. 01查10이 볼이 미어지게 김밥과 떡볶이를 허겁지겁 먹는 바람에 삼궁과 찻탓캇은 웃음을 터뜨렸다.

"좀 천천히 먹어, 미친놈아."

01촱10도 입에 든 음식을 넘기고 난 뒤 무안했던지 히죽 웃었다.

그들은 신촌로터리에 있는 단란주점에 갔다. 삼궁이 앞장을 서고 찻탓캇과 01촱10이 쭈뼛거리며 뒤를 따랐다. 여자 실장이 들어와 "오빠, 양주, 맥주?"라고 묻자 삼궁이 "맥주 갖다주세요"라고 대답했다.

"양주 안 시켜도 되냐?"

실장이 나간 뒤에 찻탓캇이 물었다. 삼궁은 픽 웃기만 했다. 이윽고 맥주를 들고 온 웨이터에게 삼궁이 팁이라며 지갑에서 돈을 꺼내줬는데, 달랑 만 원짜리 한 장이었다. 그런데도 웨이터는 허리를 90도로 숙이더니 그 돈을 받고 술 한 잔 따라드리겠다고 했다. 삼궁은 맥주를 한 잔 받고서 웨이터에게도 한 잔 따라주었다.

"형님, 아가씨들은 어떻세…… 어떤 쥐향으로 불러드릴까요? 이십 대? 삼십 대?"

"저희들은 미시가 좋아요. 좀 나이 있는 누님들."

삼궁이 웨이터에게 말했다. 웨이터가 나간 다음에는 어색한 정적이 흘렀다. 삼궁이 병맥주의 뚜껑을 따고 잔에 술을 따르는 동안 찻탓캇은 한참 동안 방의 조명 스위치를 찾았다. 01촱10은 담배를 피우다 "난 너무 나이 많은 여자는 싫은데"라고 중얼거렸다.

"좀 있다 봐라. 나한테 고마워하게 될 테니."

삼궁이 말했다.

그들이 맥주를 한 병씩 마시고 01촱10이 홀에 나가 혼자서 노래를 부르고 있을 때 보도 아가씨들이 들어왔다.

"효주예요."

"지현이에요."

"아라예요."

여자들은 그렇게 인사를 하며 들어왔다. "형님, 어떠세요?"라고 묻는 웨이터에게 삼궁은 엄지손가락을 세워 보였다. 미처 찻탓캇이 말릴 새도 없었다. 찻탓캇이 놀라서 01査10을 쳐다보니, 01査10 역시 똥 씹은 표정이었다. 여자들이 너무 못생겼던 것이다. 그냥 못생긴 게 아니라 나이도 삼십 대 후반으로 보였다. 팁을 만원밖에 못 받은 웨이터가 엿먹어보라는 심정으로 이런 여자들을 일부러 구해 온 거 아닌가 하는 의심이 들 정도였다.

"오빠, 나 여기 앉아도 되지?"

"어어…… 응."

자기 이름이 효주라고 했던 여자가 찻낫캇 옆에 앉아 가슴을 철썩 붙였다. 짙은 화장 아래 눈가 주름이 자글자글했다. 딴에는 핫팬츠라고 짧은 바지를 입었는데, 허리선 위로 뱃살이 나와 아래로 처져 있었다.

"자, 자, 처음 석 잔은 의무, 그다음부터는 자율입니다."

삼궁이 맥주잔을 한데 모으더니 재빨리 잔을 채웠다. 찻탓캇은 '될 대로 되라'는 심정이 되어 삼궁이 따라주는 대로 맥주를 연속으로 석 잔 마셨다. 그러고 났더니 알딸딸해져서 겨우 몸에 준 힘을 풀 수 있었다.

삼궁 쪽을 쳐다봤더니 그 녀석은 이미 한 손으로 옆자리 파트너의 가슴을 주물럭거리며 입술을 쪽쪽 빨고 있었다. 챗탓캇은 '나도 저 정도는 해도 되겠구나' 싶어서 손을 슬그머니 올려 여자의 가슴을 만졌다.

"엄마, 이 오빠 왜 이래?"

보도방 여자는 이렇게 말하며 챗탓캇의 손등을 때렸다. 챗탓캇은 움츠러들었으나 여자의 그런 동작이 일종의 교태였음을 곧 깨달았다. 여자의 손이 그의 허벅지를 넘어 성기 바로 근처까지 왔다. 허벅지 안쪽을 간질이는 여자의 손놀림에 챗탓캇은 어쩔 줄 몰라 하다 다리를 벌리고 여자 쪽으로 돌아앉았다. 뜻을 알아챈 여자가 손으로 챗탓캇의 사타구니를 꽉 쥐면서 챗탓캇을 향해 히죽 웃어 보였다. 이래서야 누가 재미를 보는 건지 모르겠다고 챗탓캇은 속으로 한숨을 쉬었다.

여자는 한 손으로는 태평하게 맥주를 챗탓캇에게 따라주고 자신도 마시면서, 다른 손으로 챗낫캇의 바지 지퍼를 열고 팬티 안으로 그 손을 집어넣었다.

삼궁의 진도는 어디까지 나갔는지 보려고 봤더니 그쪽 남녀는 엉겨 붙어서 거의 섹스 직전이었다. 삼궁이 여자에게 낄낄대며 "누님, 함 합시다, 우리"라고 말했다. 그의 손은 여자 치마 안에 들어가 있었다. 여자는 "여기서? 이 오빠 미쳤나봐"라면서도 싫지는 않은 기색이었다. 서로 몸을 더듬고 쪽쪽 빨던 남녀는 방 한구석에 있는 화장실로 들어갔다.

'저 새끼 진짜 섹스를 하러 간 거야? 화장실에서?'라는 생각에 챗탓캇은 어이가 없어서 고개를 들었다. 그러다 얼굴이 벌겋게 달아오른 01査10과 눈이 마주쳤다. 01査10이 황급히 파트너의 손을 자기 바지춤에서 꺼내는 모습이 보였다.

"왜 오빠? 쌀 거 같아?"

01査10의 파트너가 뻐드렁니를 드러내며 웃었고, 01査10은 얼굴이 새빨개졌다. 여자가 낄낄 웃으며 "왜, 쌌어?"라고 다시 묻자 01査10은 갑자기 "야 이 씨발년아, 조용히 해"라고 소리를 질렀다. 목소리가 너무 험악했기 때문에 여자가 몸이 굳어졌다.

"오빠, 왜 욕을 하고 그래? 분위기 좋았는데."

찻탓캇 옆에 있던 여자가 몸을 일으키며 정색을 했다.

"뭐야, 분위기 왜 이래? 잠깐 사이에 왜 이렇게 됐어?"

화장실에서 나온 삼궁이 물었다. 앉아 있던 네 남녀는 대답을 하지 않았다. 대강 상황을 파악한 삼궁이 자기 파트너를 01査10 옆에 앉히고 01査10의 파트너를 자기 자리로 데려갔다. 그러고는 새 파트너와 귓속말로 한참 대화를 했다. 삼궁 옆으로 자리를 옮긴 여자는 천천히 얼굴이 펴졌다.

"듣고 보니까 이 누님이 잘못했네. 야, 얼굴 펴, 인마. 그런 날도 있는 거지, 뭐."

삼궁은 그렇게 말하더니 01査10에게 맥주를 한 잔 따라주었다. 그러고는 조금 전까지 자기 파트너였던 여자에게 얼굴을 가까이 대라는 손짓을 하더니 귓속말로 뭐라고 중얼거렸다.

"또? 내가?"

여자가 묘한 웃음을 지었다. 삼궁이 재빨리 그녀의 손에 만 원짜리 몇 장을 쥐어주었다. 여자는 물수건을 두 개 들더니 01査10의 팔짱을 끼며 자리에서 일어났다.

"오빠, 잠깐 나랑 화장실 좀 갔다 오자."

01查10이 여자와 화장실에 들어가 있는 사이에 삼궁은 새 파트너와 맥주를 마시며 잡담을 했는데, 이야기가 잘 통하는지 연신 웃음꽃이 피었다. 여자는 01查10 옆에 앉아 있을 때와는 완전히 다른 태도였다. 그런 모습에 챗탓캇은 묘한 질투심을 느꼈다.

'배 나온 아줌마들한테 인기 있는 게 뭐라고'라고 생각하며 그는 담배를 피우고 맥주를 마셨다. 테이블에는 어느새 빈 술병이 가득했다. 여섯 사람이 맥주를 스무 병 넘게 마셨다. 그렇게 술을 마셨는데도 안주는 처음에 시켰던 과일안주 한 접시뿐이었다. 삼궁이 미리 김밥이니 순대니 튀김이니 하는 걸 먹고 오게 한 이유가 있었구나 싶었다.

삼궁의 파트너였던 여자와 화장실에 들어간 01查10은 5분 정도 뒤에 다시 빙으로 돌아왔다. 화상실에서 나온 01查10은 거만한 태도로 담배를 피웠다. 챗탓캇은 센 척하는 강아지를 보는 것 같았다.

"너희들 화장실 들어가서 뭐하고 오는 거냐?"

챗탓캇이 묻자 삼궁은 "몰라, 씨발"이라고 대답했다.

"설마 저 안에서 빠구리를 뛰고 오는 거야? 저기서 그게 돼?"

"모른다니까, 씨발놈아."

삼궁이 화를 내는 척 소리를 높였고 01查10이 웃음을 터뜨렸다.

"그렇게 궁금하면 너도 갔다 오면 되잖아. 씨발 너는 오줌 안 싸? 씨발 혼자 선비냐?"

"아 씨발새끼, 왜 말끝마다 씨발이야 씨발놈아."

찻탓캇이 그렇게 대꾸하자 삼궁이 낄낄거렸고 01査10은 정신지체아처럼 "씨발씨발씨발"이라며 히죽거렸다. 찻탓캇은 자기 옆의 여자 손을 잡고 화장실에 들어갔다. 여자는 "아, 나 그런 거 안 하는데"라고 말하며 찻탓캇을 따라왔다.

화장실은 두 사람이 있으면 꽉 찰 정도로 작았다. 소변기가 하나, 수건걸이가 하나 있었고 세면대도 없었다. 여자는 물수건을 수건걸이에 걸더니 바닥에 쪼그려 앉았다. 여자는 웃으며 손가락 세 개를 펴 보였다. 찻탓캇은 그게 무슨 의미인지 몰랐다. 게다가 밝은 조명 아래서 보는 여자의 얼굴이 그가 생각했던 것보다도 훨씬 늙고 추해 보여 당황했다. 여자가 입을 열었다.

"3만 원."

지갑에는 마침 현금이 두둑이 있었다. 〈가장 슬픈 약속〉을 망하게 한 대가로 받은 돈이었다. 돈을 건네자 여자는 찻탓캇의 바지를 내리고 물수건으로 성기를 닦은 뒤 자기 입에 넣었다. 뺨이 홀쭉해지자 여자는 늙은 말처럼 보였다. 찻탓캇은 시선을 천장으로 돌렸다.

그는 〈가장 슬픈 약속〉에 대해 생각했다.

'나인쓰레드픽처스 대표와 영화감독은 연예인 지망생하고도 하고 그랬을 거야.'

그 광경을 상상하자 성기에 불끈 힘이 들어갔고 그는 여자의 입 안에 정액을 쏟았다. 여배우의 이름을 영업용 예명으로 쓰는 여자는 두 손으로 찻탓캇의 엉덩이를 잡고 가만히 그 정액을 받아냈다.

"오빠, 나 이거 여기다 좀 뱉어도 되지?"

여자가 물수건에 정액을 쏟고는 그렇게 물었다. 찻탓캇은 '아니, 왜 남들 다 쓰는 수건에 저걸 뱉지?' 하고 불쾌한 기분이 되었다. 앞으로 술집에서 물수건으로 얼굴을 닦는 일은 없을 것 같았다.

화장실에서 나와 보니 01査10이 마이크를 잡고 미친놈처럼 노래를 부르고 있었고, 삼궁의 파트너였다가 01査10의 파트너가 된 여자가 신명나게 옆에서 춤을 추고 있었다. 삼궁은 새 파트너와 꼭 껴안고 블루스를 추고 있었는데, 노래와는 아무 상관도 없는 박자로 몸을 움직였다. 그들은 서로 등을 더듬으며 진한 키스 중이었는데, 여자는 거의 무아지경에 빠져 있었다.

"오빠, 우리도 춤출까?"

여자가 찻탓캇에게 물었다. 찻탓캇은 "나 춤 못 추는데"라고 말하며 고개를 저었다. 여자는 입맛을 다시더니 담배를 꺼내 피웠다. 찻탓캇도 여자 옆에서 담배를 피우고 술을 몇 잔 더 마셨다. 삼궁이 그에게 노래방 책자를 억지로 귀이주며 노래를 부르세 시켰다. 그는 술을 몇 잔 더 마시고 모니터 앞으로 나갔고, 노래를 연달아 세 곡 불렀다. 록을 부르는데도 삼궁과 01査10은 파트너를 꼭 껴안고 블루스를 추었다. 01査10은 이모뻘인 상대의 옷 안으로 손을 넣어 가슴을 만지고 있었다. 찻탓캇의 파트너는 테이블에 올라가 혼자 섹시 댄스를 추었다. 제 흥에 겨워 추는 것 같았다.

"오빠, 그 번호로 꼭 연락해야 돼. 알았지? 꼬옥~. 약소~옥."

시간이 다 되어 나갈 때 삼궁의 두 번째 파트너였던 보도방 미시가 삼궁에게 새끼손가락을 흔들며 애교를 부렸다. 삼궁은 피식 웃었다.

카운터에서 계산을 하고 나오는 삼궁에게 챳탓캇은 돈이 얼마가 나왔느냐고 물었다. 삼궁이 40만 원도 나오지 않았다고 답하는 걸 듣고 챳탓캇은 깜짝 놀랐다.

"이제 왜 내가 미시 불러달라고 했는지 알겠냐? 맥주 서른 병 마시고 오럴 받고, 어디 가서 이 돈으로 어떻게 이렇게 노냐?"

삼궁이 으스댔다.

"이십 대 부르면 이렇게 못 노는 거야?"

01촢10이 물었다.

"젊은 김치들은 존나 뻗대거든. 가슴 만지기도 힘들어. 야, 그리고 우리가 그 짓 하러 거기 간 게 아니잖아. 술 마시고 노래도 부르고 여자 거기도 좀 만지면서 자축하려고 간 거지. 씨발, 그렇게 섹스가 하고 싶냐."

"아니, 뭐 그게 아니라……"

얼버무리는 01촢10을 보고 삼궁이 웃음을 터뜨리더니 말했다.

"야, 젊은 김치한테 제대로 서비스 받고 싶으면 단란 말고 안마방엘 가. 거기 가면 김치들이 네 똥꼬까지 빨아줄 거다."

그 말을 들은 01촢10은 갑자기 조용해졌다.

세 청년은 담배를 피우며 신촌 거리를 휘적휘적 걸었다. 거리를 걷는 사람들이 눈살을 찌푸리며 그들을 피했다. 그 광경에 챳탓캇은 괜히 기분이 좋아졌다. 주변에 그들만큼 취한 사람이 없었다. 시계를 보니 이제 겨우 저녁 아홉 시였다.

그는 짠돌이 삼궁이 왜 40만 원을 갑자기 쓰겠다는 마음이 들었는지 궁금해졌다. 그는 삼궁에게 물었다.

"그런데 우리가 뭘 자축한 거야? 돈 많이 받은 거?"

그 말을 들은 삼궁이 침을 튀기며 웃음을 터뜨렸다.

"아냐, 돈이 문제가 아냐. 그 영화 있잖아, 〈가장 슬픈 약속〉. 내 생각엔 우리가 그 영화 폭망시키면서 뭔가를 뛰어넘은 거 같아. 이 전까지 했던 거랑 달랐어. 그렇지 않아?"

그렇게 묻다가 삼궁은 뭔가에 발이 걸렸는지 몸을 휘청거리다 바닥에 넘어질 뻔했다. 그 역시 꽤 취한 듯했다.

"존나 천재적이었지."

찻탓캇이 고개를 끄덕여 동의했다.

"그렇지? 나도 그렇게 생각해. 그 영화 띄우려고 걔네들도 홍보 하고 광고하고 그랬을 거 아냐. 막 기자들한테 공짜표도 뿌리고 저 녁도 사 먹이고 그랬을 거잖아. H신문이랑 K신문에서 노골적으로 밀어주고 그랬잖아. 그런데 우리 셋에서 그걸 막았다고. 우리 셋에 서 세상을 바꿨어. 근데 씨발 이걸 아무도 몰라. 아니, 딱 하나, 그 이철수라는 새끼는 알아. 그 새끼는 보는 눈이 있더라. 그런데 내 생각엔 그래서 우리가 말이야……"

횡설수설하던 삼궁이 갑자기 말을 멈췄다.

"그래서 우리가 뭐?"

찻탓캇이 물었다.

"우리가 세상을 바꿀 수 있을 거 같다고."

삼궁이 찻탓캇에게 안기며 말했다.

*

(11월 2일 녹취록 #1)

임상진 녹음기 켜졌나요? 어제 하던 이야기에서 계속할까요, 그럼? 합포회가 아주 희한한 의뢰를 했다고 하셨죠? 그게 뭐였습니까?

챗탓캇 음…… 그게 뭐라 짧게 설명하기 힘든데…… 의뢰하는 사람도 자기가 뭘 의뢰하는 건지 정확히 몰랐거든요. '내가 요즘 이러이러한 게 고민인데 문제가 뭔지도 모르겠고 어떻게 해결해야 할지도 모르겠어. 어떻게 해야 할까? 너희들은 어떻게 생각해?' 이런 식이었어요.

임상진 의뢰하는 사람이라면 이철수 말입니까?

챗탓캇 예.

임상진 챗탓캇님도 이철수를 직접 만나셨어요?

챗탓캇 예. 그때가 처음이었어요.

임상진 01查10이라는 분도 같이 만나셨어요?

챗탓캇 아뇨. 그때는 삼궁이랑 저만 갔어요. 01查10은 2D 인간들이나 잘 다룰 줄 알지, 진짜 사람하고 만나는 일은 어려워해요. 데려갈 생각도 안 했고 따라올 마음도 없었을 거예요.

임상진 어땠나요? 그 이철수라는 사람은? 뭘 해결해달라고 요구하던가요?

챗탓캇 무슨 신문 기사를 보여주더라고요. K신문 기사였어요.

임상진 저희 신문 기사요?

챗탓캇 예. 핸드폰으로 기사 찾아보라고, 검색어를 몇 개 알려줬어요. 제목이 「저항도 연대도 빠르고 쿨하게」일 거예요. 작지만 끈끈하게 뭉치는 인터넷 커뮤니티들이 옛날의 학생회 같은 역할을 하고 있다는 내용이에요. 그러니 기존 오프라인 시민단체들이 이런 네트워킹에 주목해야 한다……

임상진 잠깐만요. 제가 찾아볼게요.

챗탓캇 아니면 그냥 K신문에서 쌍커, 세티, ■■■게시판, 마홀, 그렇게 검색하셔도 나올 거예요.

임상진 아, 찾았습니다. ■■■선배가 쓴 거였네. 무슨 육아 사이트 회원들이 신문에 국정원 비판 광고 내고, 영화 평론 커뮤니티가 정치인 초청 토론회 열고, 이거 말씀하시는 거죠?

챗탓캇 예. 그날 밥을 엄청 고급 일식집에서 먹었는데, 밥 먹다가 갑자기 그 기사를 보라고, 그게 요즘 자기 화두라고 하더라고요.

임상진 뭐기 회두리는 기예요?

챗탓캇 그 이철수라는 사람 말이 되게 그럴싸했어요. 처음에는 여기 기사에 나온 쌍커니 마홀이니 하는 사이트들 아느냐고 묻더라고요. 안다고 대답했죠. 자주 가보냐고 묻기에 그렇진 않다고 대답했죠. '이 사이트들은 그렇게 큰 사이트들도 아니고, 또 가입 절차가 까다로워서 저희가 잘 이용하는 사이트는 아닙니다.'

그 커뮤니티들 아마 회원 수가 몇만 명에서 몇십만 명 수준일 거예요. 그런데 그중에는 바로 가입할 수도 없고, 가입할 때 주민등록증 들고 사진 찍어서 보내야 하는 곳도 있어요. 다이어트 용품이나 육아용품 홍보해야 할 일이 있으면 또 모를까, 저희가 갈 일은 없는 사이트들이었죠. 저희가 좋아하는 얘기가 올라오는 곳도 아니고. 그랬더니 이철수가 하는 말이, 그 사이트는 우리 사회의 암적인 존재라는 거예요. 가만히 놔두면 큰일 날 거라고. '왜…… 그렇습니까?' 삼궁이 물었죠. 저기, 제가 이렇게 사람들이 했던 얘기 그대로 옮겨도 괜찮습니까? 좀 웃기지 않나요?

임상진 괜찮은데요? 무슨 연극 보는 거 같아서 재미있고 좋습니다.

챗탓캇 어제 인터뷰 녹취록을 보다보니까 제가 하는 말이 하도 두서가 없는 거 같아서, 오늘은 이렇게, 제가 메모를 해왔거든요. 키워드만, 생각나는 대로. 이철수하고 처음 만났을 때 오갔던 대화 내용을요. 그거 이렇게 계속 대사 읽고 설명하고, 그런 식으로 해도 괜찮죠? 아니면 기자님 많이 바쁘신가요?

임상진 전 괜찮습니다. 편하신 방식으로 하세요.

챗탓캇 알겠습니다, 그럼 그냥 이런 식으로 계속할게요. 하여튼 삼궁 이 녀석도 웃긴 게, 원래 그런 녀석이 아닌데 이철수 앞에서는 꼬리 내린 강아지같이 굴었어요. 뒤에서는 이철수를 호모 새끼니 게이 새끼니라고 까면서도 은근히 속으로는 이 인물을 대단하다고 봤던 거 같아요. 자기 아이디어를 인정해주는 데 대한 고마움도 좀 있었던 것 같고. 하여튼 삼궁이 그렇게 물었더니 이철수가 뚱딴지같이, 저희들한테 인터넷의 목적이 뭔 것 같으냐고 묻더라고요. '인터넷에 목적이랄 게 있나요? 인터넷은 이제 그냥 있는 거죠.' 저희는 그렇게 대답했어요. 그랬더니 이철수가 웃으면서 자기는 처음에 인터넷이 역사를 바꿀 줄 알았다는 거예요. '인터넷이 이미 역사를 바꾸지 않았나요?' 저희가 그렇게 물었죠. 그랬더니 이철수가 '그렇긴 한데, 인터넷이 역사를 좋은 쪽으로 바꾸는 건 이제 힘들 것 같다'고 하더라고요. 그러면서 이렇게 얘기했어요.

'처음에 인터넷이 등장했을 때 내 또래들은 정말 엄청난 도구가 왔다, 이걸로 이제 혁명이 일어날 거다, 하고 생각했지. 모든 사람이 직위고하에 관계없이 자유롭게 의견을 교환하고 토론으로 대안을 찾아낼 수 있는 길이 열렸다고 생각했지. 인터넷이 사회 부조리를 고발하고 권위를 타파해서 민주화를 이끌 거라고도 믿었어. 거대 언론이 외면하는 문제를 작은 인터넷신문들이 취재하고, 인터넷신문조차 미처 못 보고 넘어간 어두운 틈새를 전문 지식과 양식을 갖춘 블로거들이 파고들어갈 줄 알았어.

독재 국가에서는 지금도 인터넷이 그런 고발자, 감시자 역할을 해. 그런데 한국에서도 그런가? 인터넷신문이나 블로거들이 과연 그런 역할을 하냐고. 아니지. 그냥 거대 언론이 하던 나쁜 짓을 아마추어들도 소자본으로 하게 됐을 뿐이야. 거대 언론이 점잖게 기업에 겁을 주며 광고를 따냈다면 인터넷신문들은 대놓고 삥을 뜯지. 블로거들은 동네 식당을 상대로 협찬을 요구하고. 이것도 민주화라면 민주화지. 협박, 공갈, 갈취의 민주화. 누구나 더럽고 야비한 짓을 할 수 있게 되는 민주화. 그런 대신에 인터넷신문들과 블로거가 기존 언론이 쓰지 않던 무슨 좋은 기사를 내놓느냐 하면, 이런 거야. 누구누구 아찔한 뒤태, 남녀 생각 차이 열네 가지, 노래 따라 부르는 일본 강아지 화제……'

거기까지 듣는데, 뭐 말은 맞는데 그래서 어쩌라는 건가, 그게 커뮤니티 사이트랑 무슨 관계가 있나 싶더라고요. 설마 우리더러 지금 그런 인터넷신문이나 블로거를 교화시키라는 건가 싶기도 했고.

임상진 이철수라는 사람이 정말로 그렇게 얘기했어요?

챗탯캇 딱 이 말 그대로 한 건 아니었는데 대충 그렇게 얘기했어요.

임상진 말 되게 길게 하네요.

챗탯캇 말하는 폼이 전직 운동권 같더라고요. 사용하는 용어도 그렇고…… 하여튼 저희는 그냥 생선회 먹으면서 아, 예, 예, 그렇게 고개 수그리고 있고 그 사람은 젓가락 놓고 일장연설하고, 그랬습니다. 그다음에는 이렇게 얘기하더라고요.

'한때는 인터넷이 영원히 익명의 공간이 돼야 한다고 생각했어. 헛소문이나 추측, 잘못된 정보가 많이 나온다는 건 그때도 알았어. 그래도 좋은 정보가 많이 나오면 사람들이 그걸 보고 자기 생각들을 고칠 줄 알았어. 자정작용이 일어날 줄 알았던 거지. 하지만 이제는 그게 잘못된 생각이라는 걸 알아. 인터넷에는 정보가 너무 많아서 자정작용이 일어날 수가 없어. 오히려 그 반대되는 현상이 일어나지. 끼리끼리 뭉치는 거 말이야. 사람들이 어떻게 TV를 보는지 보라고. 채널 돌리는 것도 귀찮아서 광고를 그냥 참고 보잖아. 인터넷도 마찬가지야. 사람들은 절대로 여러 사이트를 돌아다니며 자신이 알고 있는 바를 고치려 들지 않아. 여러 사이트를 돌아다니며 뭔가를 배우려 드는 대신, 애착이 가는 커뮤니티를 두세 개 정해놓고 거기 새로운 글 올라오는 거 없나 수시로 확인하지.

그런데 그 커뮤니티들은 대개 어떤 식으로든 크게 편향돼 있어. 취향과 성향 중심으로 모인 공간이다보니 학교나 직장처럼 다양한 인간이 모이는 오프라인 공간보다 편향된 정도가 훨씬 더 심한 게 당연해. 그런 데서 오래 지내다보면 어떻게 되겠어? 처음에는 집 꾸미기나 육아에 대한 정보를 얻으려고 커뮤니티에 가입하지. 거기에서 시댁이나 남편 욕도 같이 하고, 산후우울증 이야기에 공감도 해주면서 그 커뮤니티 공간에 대한 애착심이 생겨나지. 직장 다니면서 애 키우려니 힘들어 죽겠고, 지하철에서는 늙은이들이 자리 비키라고 행패를 부리니 이놈의 한국 사회 정말 짜증난다, 누가 그렇게 글을 올리면 폭풍 공감이라는 댓글들이 우르르 달리지.

그런데 왜 사회가 바뀌지 않지? 그건 기득권 탓이고, 정부와 재벌과 언론이 그 기득권과 결탁해 있기 때문이지. 그렇지 않다는 댓글을 쓰는 한 사람을 다른 아홉 사람이 불편해하고 은근히 따돌리게 되네. 온건한 진보주의자 열 사람이 모여서 시국을 논의하다 조금 시간이 지나면 그중 세 사람은 극좌파로 변하게 돼. 반대 경우도 마찬가지고. 그 사람들은 자기가 극단적이라는 사실도 몰라. 왜냐하면 자기 옆에 있는 아홉 사람의 평균 의견이 자신과 크게 차이나지 않으니까.

그렇게 인터넷을 오래할수록 점점 더 보고 싶은 것만 보고 믿고 싶은 것만 믿게 돼. 확증 편향이라는 거야. TV보다 훨씬 나쁘지. TV는 적어도 기계적인 균형이라도 갖추려 하지. 시청자도 보고 싶은 뉴스만 골라 볼 순 없고. 하지만 인터넷 커뮤니티들은 달라. 사람들은 이 새로운 매체에, 어떤 신문이나 방송보다도 더 깊이 빠지게 돼. 그런데 이 미디어는 어떤 신문 방송보다 더 왜곡된 세상을 보여주면서 아무런 심의를 받지도 않고 소송을 당하지도 않아. 커뮤니티 사이트들은 최악의 신문이나 방송사보다 더 민주주의를

해치지.'

이철수는 계속 이야기했고 저희는 듣고만 있었죠. 솔직히 설득이 되더라고요.

임상진 저는 설득 안 되는데요. 일단 그런 게 문제라면 보수 성향 사이트들도 똑같이 문제인 거죠. 그런데 팀-알렙이 공격한 사이트는 전부 진보 사이트였다고 하셨잖아요?

챗탓캇 아니, 그걸 그때 저희가 알 수는 없었죠. 그리고 솔직히 보수 사이트 중에는 그렇게 폐쇄적인 사이트가 없잖아요?

임상진 없어요?

챗탓캇 그게 정치 성향 차이보다는 남녀 차이인 거 같은데…… 저희는 의뢰를 받을 때 그게 진보다, 보수다, 그런 생각은 안 했고 그게 다 개방형이 아니라 폐쇄형이라는 것만 생각했거든요. 개방형 사이트 중에도 오유나 클리앙처럼 진보 성향인 데가 있어요. 그런데 이철수가 문제 삼은 곳은 폐쇄적인 여초 사이트들이었어요. 개방적인 사이트는 외부 시선도 신경 써야 하고 이용자도 많으니까 가만히 둬도 그나마 견제가 되지만 폐쇄적인 사이트들은 그렇지 못하다는 거죠. 그런데 어느 정도 규모가 되면서 폐쇄적인 사이트들은 다 진보 성향이고, 보수 성향인 곳은 없어요. 다 여자들 많은 사이트들이고.

임상진 그건 왜 그렇죠?

챗탓캇 글쎄요? 여자들이 좀 더 속닥한 공간을 선호하니까? 여자들이 좀 그렇지 않나요? 친목질도 남자보다 더 열심히 하고. 아니면 보수적인 사람들은 남들이랑 어울려 다니기보다는 뉴스 사이트 같은 데서 독고다이로 활동하는 걸 좋아해서?

임상진 남성 위주 사회다보니 남자들은 남들 보는 데서 배설을 떳떳이 할 수 있지만 여자들은 그러지 못해서 그런지도 모르죠.

챗탓캇 뭐 그럴 수도 있겠죠. 보수적인 사람들이 나이가 많아서 서버 관리를 할 줄 몰라서 폐쇄형 사이트를 많이 못 만드는 건지도 모르겠고. 사실 저희는 그거보다 다른 게 더 궁금했어요.

임상진 어떤 거요?

챗탓캇 왜 돈 들여서 이런 일을 하나, 그런 거요. 이철수가 저희한테 주겠다는 돈이 5천만 원이었어요. 그런데 그걸 한다고 해서 그 사람한테 무슨 이득이 남는 것도 아니잖아요. 합법 불법 그런 문제가 아니에요. 선거 때 댓글 다는 건 돈을 내겠다는 사람이 있어요. 그렇게 해서 당선이 되면 그 비용쯤이야 금방 뽑아낼 수 있을 테니까요. 하지만 이건…… 이건 누구한테 무슨 이득이 생기는 건지 모르겠더라고요.

임상진 정확히 의뢰 내용이 뭐였습니까?

챗탓캇 그 기사, 「저항도 연대도 빠르고 쿨하게」에 나온 커뮤니티 중에 한 곳을 정해서 이용자들에게 미치는 영향력을 없애거나 현저히 약하게 해봐라, 하지만 해킹이나 디도스 공격처럼 하드웨어를 무력화시키는 건 안 된다, 방법은 알아서 강구해봐라.

이철수 말이, 이미 자기들이 해킹 공격은 해봤는데 효과가 하루 이틀을 넘게 가지 못하더라는 거예요. 댓글부대를 고용해서 사이트 성향과 다른 글을 올리는 것도 해봤다, 그런데 이용자들이 대번에 국정원이니 알바니 하면서 계정을 차단했다고 하더라고요. 이철수는 그 커뮤니티 이용자들한테 교훈을 주고 싶다고 했어요. 세상은, 그 사이트들이 보여주는 것처럼 단순하지 않다는 교훈을.

*

"저, 그런데…… 왜 이런 일을 하시려는지 여쭤봐도 될까요?"

찻탓캇이 주저하다 물었다. 옆에 앉아 있던 삼궁의 얼굴이 굳어지는 게 보였다. '그런 걸 왜 물어봐, 병신아'라는 표정이었다.

질문을 받은 이철수는 엉뚱한 얘기를 했다.

"자네들, 애인은 있나?"

찻탓캇과 삼궁은 서로 얼굴을 마주 보다가 "없는데요"라고 입을 모았다.

"애인을 사귄 적은 있나?"

찻탓캇은 "사귄 적은 있습니다"라고 거짓말을 했다. 삼궁도 사귄 적이 있다고 답했다.

"다행이구만. 그 옛 애인은 예뻤나?"

'거짓말을 한 게 들켰나'라고 생각하면서 찻탓캇은 "그냥…… 귀여운 편이었습니다"라고 둘러댔다. 삼궁은 "객관적으로 괜찮은 애도 두 명 정도 만났습니다"라고 답했다.

"요즘 청년들, 그러니까 남자 청년들 말이야, 보면 참 안됐어. 여자 사귀는 게 너무 어려운 일이 됐어. 여자들이 눈도 높아졌고, 남자들한테 요구하는 것도 많아. 매너는 기본이고 차도 있어야 하고 직장도 괜찮아야 하고 키도 커야 해. 남녀평등 시대라는데 데이트

비용은 남자가 다 내지. 우리 때는 말이야, 남자들이 '짚신도 짝이 있다'는 이야기를 들으면서 살았어. 그런데 요즘은 안 그렇지. '모태 솔로'라는 말을 듣고 내가 얼마나 웃었는지 몰라. 자네들, 모태 솔로가 왜 갑자기 이렇게 많아졌는지 알아?"

"네?"

"지금 한국의 이십 대는 말이야, 남자가 여자보다 40만 명 정도 더 많아. 그전 세대는 남녀 수가 거의 비슷하지. 이십 대만 그래. 그러니까 지금 이십 대 남자는 '짚신도 짝이 있다'는 말을 믿으면 안 돼. 그러다간 평생 결혼 못하고 죽거나, 베트남 신부를 찾아야 할 확률이 높아져."

찻탓캇은 처음 듣는 이야기에 깜짝 놀랐다.

"40만 명이요?"

삼궁도 꽤 놀란 듯 "왜 그렇게 됐죠?"라고 물었다.

"1980년대 중반부터 한 10년간 가족계획이라고, 정부가 둘째니 셋째 낳는 걸 상당히 규제했어. '하나씩만 낳아도 삼천리는 초만원', 이런 표어도 있었지. 그런데 우리나라 사람들이 남아선호사상이 심하잖아. 또 그때쯤 태아 성별을 감별하는 기술이 개발됐어. 그래서 임신을 했는데 딸이라고 판정이 나면 낙태를 했던 거야. 어마어마하게.

그러니까 자네 세대 남자들이 연애를 못해서 고생하는 건, 자네 부모 세대들의 잘못 때문이야. 물론 자네 부모 세대들은 그 문제에 대해 일절 책임을 지려 들지 않지. 책임은 고사하고, 자기들이 그런 문제를 일으켰다는 사실을 아는 사람도 몇 없을 거야. 자네들만 피해자가 된 거지.”

“그런데요?”

“이건 말이야, 10년 전, 20년 전부터 예고돼 있었던 문제야. 자네 동갑내기 친구들 중에 몇만 명은 태어날 때부터 모태 솔로가 될 운명이었어. 짝이 모자라니까. 그런데 자네 세대 남자들이나, 그 부모들 중에 그런 걱정을 한 사람은 거의 없었겠지. 이런 문제를 누가 걱정하고 대책을 세우겠나? 어떤 정권이? 아니면 정치인들이? 그 사람들은 몇십 년 뒤를 내다보는 사람들이 아니잖나. 그래서 뻔히 문제가 생길 걸 알면서 그냥 이 꼴이 되도록 내버려둔 거야.

그런데 말이지, 세상 사람들이 전부 다 몇십 년 뒤 걱정을 안 하는 건 아니야. 아주 극소수지만, 진정으로 이 나라의 미래를 걱정하는 사람들이 있다고 해두지. 그리고 그 사람들 눈에는 지금 인터넷 커뮤니티들이 작지만 치명적인 암세포로 보이는 거라네. 남녀 성비 차이보다 더 분명하게 그게 보여, 우리 눈에는.”

이철수의 말에 삼궁과 찻탓캇은 그냥 고개를 끄덕였다.

신촌으로 돌아오는 길에 찻탓캇은 삼궁에게 “너는 그 사람 말 믿어?”라고 물었다.

“무슨 말?”

“자기들이 진짜 이 나라의 미래를 위해서 물밑 작업을 벌이는 거라는 말.”

삼궁은 잠깐 입을 다물었다가 “알게 뭐냐, 돈만 받으면 되지”라고 대답했다.

“이상하잖아. 그런 데 돈을 쓴다는 게.”

그 말에 삼궁은 자리에 멈춰 섰다. 그러고는 주변을 둘러보다 30층 정도 돼 보이는 주상복합건물 하나를 가리키며 "야, 저 빌딩 한 얼마 할 거 같냐?"고 물었다.

"말투까지 그 이철수 따라하려고 그러냐? 본론만 말해."

"저 빌딩이 최소한 수백억 원은 할 거 아냐. 그런데 저 빌딩도 주인이 있을 거잖아. 저런 빌딩이 우리나라에 수천, 수만 채는 있잖아. 그러니까 재산이 수백억 수천억인 사람이 수천, 수만 명은 있을 거란 말이야."

"그래서?"

"그 수천, 수만 명 중에 또라이 하나 둘이야 얼마든지 있을 수 있잖아. 아니면 진짜로 나라의 장래를 걱정하는 사람이거나. 아니면 인터넷 보니까 철없는 어린애들 하는 짓이 너무 꼴같잖아서 비위가 상했다거나. 그런 사람 눈에 3천만 원, 5천만 원이 돈이겠냐? 그냥 우리가 술 마시고 담배 피우는 데 쓰는 푼돈 비슷한 거지."

"그런가……"

듣고 보니 납득도 될 듯한 설명이었다.

"야, 그리고 지금 우리가 그런 거 걱정할 때가 아니야. 그 커뮤니티들 어떻게 해야 돼? 우리는 빌딩 부자가 아니잖아. 그 5천만 원 꼭 받아내야 돼."

"아우, 이 씨발년들…… 다 군대 보내서 존나 두들겨 패야 되는데."

삼궁이 담배를 비벼 끄며 말했다.

"김치년들 다 따먹어버렸으면 좋겠네."

모니터를 들여다보던 01출10이 맞장구쳤다.

그들은 거실에 각자 쓰는 노트북을 들고 앉아 담배를 피워대며 은종게시판 글을 모니터링하고 있었다.

이철수는 팀-알렙에게 아이피 추적을 피할 수 있는 해외 가상사설망 계정을 여러 개 제공했다. 전부 유료 계정들이었다. 이제는 무료 와이파이나 랜을 찾아 돌아다닐 필요가 없었고 보다 시간을 알차게 쓸 수 있었다. 대신 거실 벽은 담배 연기로 점점 누렇게 되어갔다.

이철수는 또 "이전에 고용했던 업체가 만들어둔 것"이라며 여초 사이트 네 곳의 아이디와 비밀번호를 백 개가량 보내주었다.

백 개라고 해도 결코 충분한 수는 아니었다. 이들 커뮤니티는 네 곳 모두 신고제와 벌점제를 운영하고 있었다. 분란을 일으키는 게시물이나 댓글이라고 생각하면 사용자들이 게시물 아래 버튼을 눌러 신고를 하거나 벌점을 준다. 그 횟수가 누적되면 글을 올린 이는 일정 기간 접속이 금지되거나 커뮤니티에서 퇴출된다. 그런데 커뮤니티 가입은 매우 어려웠다. 그러니 계정들을 일회용으로 사용할 수는 없었다.

다이어트와 성형수술 정보가 많이 올라오는 커뮤니티인 '쌍커'는 다음 카페였으므로 가입하려면 실명으로 다음에 아이디를 만들어야 했다. 십 대, 이십 대 이용자들이 연예인과 패션 정보, 연애 상담 관련 글을 많이 올리는 '세티'는 일부 게시판이 비공개였는데, 여기에 글을 쓰려면 기존 회원의 추천을 받아야 했다.

영화와 뮤지컬, 음악 관련 글 비중이 높은 '은종게시판'은 회원이 되기 위해 시험을 쳐야 했고, 이걸 '가입 고시'라고 불렀다. 육아정보 커뮤니티인 '마홀'은 남자도 가입은 할 수 있었지만 아내, 자식과 함께 찍은 사진을 제출해야 했다.

여초 사이트들은 커뮤니티마다 고유의 특성과 공감대가 있었고, 사용하는 줄임말과 은어도 다 달랐다. '닥눈삼'이라는 말이 있을 정도였다. 신입 회원들은 닥치고 눈팅(글을 쓰지 말고 눈으로 보기만 하는 것)을 3주나 3개월간 하면서 사이트 분위기를 파악하라는 뜻이었다.

"우리가 이걸 공부까지 해야 되냐? 그냥 한 사이트 먼저 털어버리자."

삼궁이 말했다. 찻탓캇과 01츑10도 그 말에 동의했다. 합포회는 어떤 한 사이트에서만 통하는 임시방편을 원하는 게 아니었다. 보편적인 방법을 찾아내야 했다.

그들은 은종게시판을 타깃으로 삼았다. 은종게시판은 회원 수가 10만 명 정도여서 기사에 나온 커뮤니티 중에서는 가장 크기가 작았다. 또 다른 커뮤니티에 비해 다루는 화제가 전방위였다.

은종게시판의 풀네임은 '은율의 종말 전 십억 년 게시판'이었다. 은율은 익명으로 활동하는 인터넷 칼럼니스트 겸 문화평론가였다. 이십 대, 삼십 대 여성이 공감할 만한 글을 맛깔나게 써서 온라인에서는 이름이 꽤 알려져 있었고 몇 군데 신문과 잡지의 고정 필진으로도 참여했다. '대한민국 아저씨 문화'를 비꼬고 비웃는 게 은율의 주특기였다. 정의당 지지자, 양성애자임을 선언했으며, 쓰는 글

로 봐서는 삼십 대 중반 여성으로 짐작되었다. 그러나 정확한 정체
는 아무도 몰랐다. 은율에 대한 팀-알렙의 평가는 입진보, 홍대병
환자, 나대는 김치년이었다.

은종게시판 회원들도 대개 은율과 비슷한 성향의 사람들이었다.
그들은 찻탓캇이 "노처녀들이 히스테리 똥싸고 있네"라고 부른 글
들을 게시판에 올렸다. 게시판 규칙으로 비속어와 반말은 엄격히
금지되었는데 그 때문에 찻탓캇은 기분이 종종 더 불쾌해졌다. 여
자들이 면전에서 자기를 비웃는 것 같았기 때문이다. 그것도 예쁘
고 세련된 여자들이.

그들이 올리는 글은 '한국은 왜 이따위죠?'라든가, '우리나라 오
십 대들과 새누리당 지지자는 다 닭대가리들인 것 같아요'라든가
'라스 폰 트리에 감독 이번 신작 너무 기대됩니다'와 같은 글들이
었다. 게시판에서는 삼성과 신자유주의가 만악의 근원이라는 데
모두 동의하면서 명품 중고거래가 활발하게 오갔다. '쭉빵'이라는
말이 여성을 비하하는 표현이라며 광분하는 중에 어느 남자 아이
돌의 복근이 너무 탐스럽지 않느냐며, 만져보고 싶다는 글도 자연
스럽게 올라왔다.

찻탓캇은 그런 글들을 읽다가 정체 모를 의뢰인의 동기를 거의
이해하게 됐을 정도였다. 그라도 몇백억 원이 있다면 이 사이트를
부수는 데 5천만 원 정도는 쾌척할 수 있을 것 같았다. 삼궁도 01査
10도 동감이었다.

"존나 PC(정치적 올바름) 병신들. 말끝마다 PC하지 못하네, 불편
하네 드립이야, 아 기분도 드러운데 오늘 밤에는 김치나 따먹어야

겠다."

삼궁이 말했다.

"그런데 PC하다는 게 뭐야? 애들 왜 그렇게 그 말을 좋아해?"

01춉10이 물었다.

"퍼스널 컴퓨터다, 병신아. 모르는 거 나오면 검색 좀 해봐. 위키에 다 나와 있어."

챳탓캇이 01춉10에게 정치적으로 올바르다는 게 어떤 개념인지 설명하는 동안 삼궁은 어딘가로 전화를 걸었다.

"응, 응. 우리 순돌이가 누님 너어무 보고 싶대. 나도 보고 싶고. 요즘 유행하는 빙수 뭐 있다던데, 누님은 그거 먹어봤어?"

한참 통화하던 삼궁은 전화를 끊더니 옷을 챙겨 입었다.

"형님은 어디 좀 나가봐야겠다."

"어디?"

"존나 섹스하러."

"누구랑?"

챳탓캇과 01춉10이 동시에 물었다.

"그때 단란에서 만났던 언니 있잖아. 그 언니랑 카톡 존나 주고받다가 이제 절친 됐다. 빙수 한 그릇 사주고 빠구리 한 번 뛰면 완전 남는 장사 아니냐?"

삼궁은 그렇게 말하고 나가버렸다.

"미친 새끼, 자기 혼자 이렇게 나가면 어떻게 하나?"

01춉10은 삼궁이 엘리베이터를 타고 내려가는 소리가 나고도 몇 초 뒤에야 겨우 이렇게 불만을 터뜨렸다. 그는 몇 분 뒤에 챳탓캇에게 다시 물었다.

"저 새끼가 지금 만나러 가는 김치가 내 거시기 빨아준 김치냐, 아니면 내 거 빨려다 만 김치냐?"

"미친놈아, 그걸 내가 어떻게 알아."

찻탓캇이 대꾸했다. 그는 은종게시판을 살피는 일을 계속했으나 집중이 되지 않았다. 그는 단란주점에서 나이 든 보도 여자들이 들어왔을 때 받았던 충격과 거부감을 까맣게 잊고 생각했다.

'삼궁 새끼는 여자를 잘 꼬시는데 왜 나는 그러지 못할까?'

은종게시판에는 새로 당선된 진보 교육감에 대한 게시물이 당차게 까이고 있었다. '자사고 폐지하겠다는 진보 교육감이 자기 자녀들은 두 명 다 왜 외고에 보냈는지 모르겠다'는 내용의 글이었다. 글쓴이도 게시판 분위기를 알 만큼 아는 사람이었다. 그는 '민주노동당 시절부터 진보 정당을 지지해왔다, 조중동이 하는 말은 다 중상모략이라고 여기고 아예 귀 담아 들질 않는다, 그런데 이번 건은 좀 마음이 기운다'고 썼다.

첫 댓글은 이러했다.

'자식들 본인들이 외고에 가고 싶어 해서 알아서 준비하고 알아서 가라고 했더니 합격한 거라고 해명했는데요. -..-;;;;;; 뒷돈으로 입학시킨 것도 아니고 이게 왜 문제가 되는지.'

다음에는 이런 댓글들이 달렸다.

'성의가 없네요. 저 해명 구글에서 검색하면 제일 첫 번째로 뜨는데.'

'진보는 비 새는 집에서 살아야 한다고 믿는 사람이 아직도 많군

요. 그런 쌍팔년도 인식이 수꼴들에게는 좋은 무기가 되죠.'

'너님 신고.'

'좀 알아보고 글 올려요. 자사고 축소하겠다고 했고 외고는 폐지 하겠다고 한 적 없음.'

이후에는 진보 교육감이 잘생겼다, 자식 농사 잘 지었다, 부럽다 는 글들이 달렸다.

'딴 얘긴데, 저 둘째아들 왜 저렇게 귀엽게 생겼죠 ㅋㅋㅋ 남녀 공학 가고 싶어서 외고 지원했다고 말하는데 현웃 터짐 ㅋㅋ 여태 까지 사춘기 남자 인간은 좀 더럽고;;; 징그럽다고;;; 생각했는데 이 번에 좀 바뀜.'

찻탓캇은 '그러면 자기가 자사고 가고 싶다는 다른 아이들은 무 슨 논리로 막는 거지'라고 생각하며 담배를 물었다. 은종게시판 회 원들이 생각이 다른 사람에게 베푸는 관용이라고는 중세 시대 이 단 재판관민큼도 없어 보였다. 게시판이 보기가 싫어져 01촢10이 뭐하나 봤더니 녀석은 소리를 죽이고 게임을 하고 있었다.

"야, 씨, 너 게임해?"

"왜?"

"삼궁 새끼는 여자 만나러 가고, 너는 게임하고, 나만 일하냐?"

찻탓캇은 01촢10이 "그럼 너도 게임해, 병신아"라고 받아칠 줄 알았는데 01촢10은 엉뚱한 소리를 했다.

"야, 우리 안마방 가자."

"아, 이 미친……"

"내가 아는 데가 있는데, 길동에 있어. 서비스가 존나 죽여."

"좆까, 네가 알긴 뭘 알아. 인터넷에서 후기 본 거지. 맞지?"

01查10은 창피해하지도 않고 웹브라우저 탭을 하나 열더니 안마방 후기글을 하나 보여주었다.

"이 정도 서비스 받고 한 시간에 17만 원이면 할 만하지 않냐?"

01查10이 기대감 가득한 목소리로 물었다.

"야, 네 눈엔 이게 후기로 보이냐? 존나 광고글이구만. 씨발, 우리가 이런 거에 속으면 어떻게 하냐?"

"광고 아니야! 내가 다 찾아봤어. 이거 글 쓴 새끼가 존나 유명한 블로거란 말이야. 오입 전문 블로거."

"오입 전문 블로거지겠지. 후기 써주는 대신에 섹스 한 번 공짜로 하는."

"야, 네가 보고 판단해라. 비판할 건 비판하는 블로그거든."

마침내 01查10이 성질을 내며 노트북을 찻탓캇에게 내밀었다. 찻탓캇은 01查10이 보던 블로그를 자기 노트북에서 접속하더니 "이건 진짠가……?"라고 중얼거렸다.

"가자, 안마방."

옆에서 01查10이 말했다.

"그런데 길동까지 가야 돼? 신촌에도 안마방 많지 않나? 지나가면서 간판 많이 본 거 같은데."

찻탓캇이 중얼거렸다. 블로그 주인 '질싸돌이'의 세밀한 묘사를 읽다가 그도 그만 마음이 동해버렸다.

"여기는 와꾸가 죽인대. 노래방 책자처럼 얼굴 사진을 앨범으로 만들어서 여자를 고를 수가 있대. 나이도 다 존나 어리대. 민증 검사해서 서른 넘으면 퇴출시킨대."

01査10은 "얼굴을 보고 고를 수 있는 곳은 여기밖에 없다"며 길동에 가자고 고집했다. 찻탓캇이 계속 망설이자 01査10은 자신이 택시비를 내겠다고 제안했다.

택시 안에서 01査10이 말을 꺼냈다.

"너, 모태 솔로가 이렇게 많아진 데 과학적인 이유가 있는 거 알고 있었냐? 지금 우리나라 이십 대는 남자가 여자보다 40만 명 정도 더 많은 거 알아?"

"너 지금 하려는 얘기, 삼궁한테 들은 거지?"

찻탓캇이 코웃음을 치며 대꾸했다.

"어? 삼궁이 너한테도 얘기했냐?"

"그 얘기, 나랑 삼궁이랑 같이 들은 거다."

"아, 그 새끼…… 자기 생각인 것처럼 말하던데."

"머리가 모자라거나 미친 건 아냐. 서번트 증후군이라나 뭐라나 그런 거야."

삼궁은 01査10이 자리에 없을 때 그에 대해 이렇게 평가했다.

01査10은 컴퓨터와 인터넷에 대해서는 분명 천재적인 실력을 발휘했고 집요함도 혀를 내두를 정도였지만, 대인관계는 서툴렀다. 단순히 내성적이라거나 사교적이지 못하다든가 하는 수준이 아니었다. 가끔은 한국 문화를 전혀 모르는 외국인, 아니 인간의 감정을 이해하지 못하는 외계인 같아 보였다.

찻탓캇은 서번트 증후군에 대한 글을 인터넷에서 찾아 읽었다.

서번트 증후군은 아스퍼거 증후군의 일종이라는 가설이 있기에, 그는 아스퍼거 증후군에 대해서도 읽었다. 다른 링크들을 읽다가 보니 01츄10에게 들어맞는 증상은 서번트 증후군이나 아스퍼거 증후군보다는 맥플리커 증후군인 것 같았다. 01츄10은 중증 환자는 아니었다. 고문관으로 찍히고 고참들에게 엄청 맞겠지만, 군대는 다녀올 수준이었다. 실제로 01츄10은 군대를 다녀왔고, 군대에서 엄청나게 맞았다.

인터넷에서 본 설명에 따르면, 세간의 상식과 달리 맥플리커 증후군 환자는 다른 사람과 관계 맺기를 거부하지 않았다. 오히려 이들 중 상당수는 자기들도 다른 사람처럼 무리에 섞이고 자연스러운 대인관계를 갖기를 간절히 소망한다는 것이었다. 그러나 이들에게는 다른 사람의 표정이나 말의 뉘앙스를 알아차리는 것이 굉장히 힘들었다. 그러면서도 말이 아닌 글의 뉘앙스는 잘 알아차렸다. 천상 인터넷을 위해 태어난 인간들이었다.

맥플리커 증후군 환자들은 대부분 어린 시절 따돌림을 당한 경험이 있었다. 그들은 다른 사람들이 갑자기 큰 동작을 취하면 자신들을 때리려는 거라고 오해했다. 01츄10도 삼궁이나 찻탓캇이 손을 치켜들거나 큰 제스처를 취할 때 움찔 놀라 몸을 돌리거나 목을 움츠리곤 했다. 그럴 때면 그는 창피함으로 얼굴이 달아올랐다. 이 증후군 환자는 반대로 상대방의 대단치 않은 농담이나 침묵에 갑자기 폭력적으로 반응하기도 했다.

01츄10도 외설적인 이야기를 공개적인 장소에서 떠들면 안 된다는 것 정도는 알았다. 그러나 안마방에서 나온 직후에는 너무 흥분해서 거기에 생각이 미치지 못한 듯했다. 찻탓캇이 눈치를 주는 것도, 화제를 돌리려 애쓰는 것도 알아차리지 못했다. 그는 자기 방에 들어온 여자가 30분이나 바디를 탔다고 자랑했다.

"나중에는 걔가 너무 힘들어하는 거 같더라고. 그래서 내가 탈 테니 넌 베드에 누우라고 했지. 그랬더니 나보고 오빠가 무슨 슬라이딩이냐며 웃는 거야. 좀 귀엽더라."

찻탓캇은 뚱한 얼굴로 담배만 피웠다. 두 사람 모두 택시비를 내려 하지 않기에, 가까운 지하철역으로 걸어가는 중이었다. 담배 연기를 맡은 행인들이 얼굴을 찌푸리며 그를 피해 지나갔다.

"그게 해보니까 베드 위에서 그렇게 움직이는 게 쉽지만은 않더라고. 걔들 팔에 근육 생기겠더라. 그런데 하다가 그게 걔 거기에 잠깐 쑥 들어갔어. 콘돔 없이. 걔도 놀라고 나도 놀랐지."

"좋았겠다. 어떻게 안 싸고 버텼냐?"

그게 비꼬는 말인 줄도 모르고 01초10이 얼굴을 붉히더니 자은 목소리로 "사실은 집에서 나오기 전에 딸딸이를 치고 나왔어"라고 말했다.

"너는 여자가 똥까시 해줬냐?"

찻탓캇이 물었다.

"해줬지. 왜? 너는 안 해줬어?"

"어…… 씨발년."

"뭐 어떻게 하겠어. 네 운이지. 인생사 다 운인 거야. 부모 잘 만나는 운도 있고, 안마방 여자 잘 만나는 운도 있고."

"좆까."

찻탓캇이 웃으며 01츄10을 때리는 시늉을 했다. 01츄10은 깜짝 놀라 한 발짝 옆으로 도망을 쳤다가 찻탓캇이 장난을 치고 있음을 깨달았다.

"그거 그렇게 기분이 좋지도 않았어. 너무 간지러워서. 한 번 정도 받아볼 만은 한데, 그 이상은 아냐."

01츄10이 말했다.

01츄10은 지하철에서 "그런데 그 똥까시 말이야"라며 다시 이야기를 꺼냈다. 찻탓캇이 "야, 야"라며 주의를 주자 01츄10은 "아, 여기선 좀 그런가?"라고 멋쩍어하더니 휴대전화기를 꺼냈다. 01츄10이 찻탓캇에게 메시지를 보냈다.

그 똥까시 말이야

똥까시가 뭐

하루에 손님을 두 사람만 받아도 일 년
이면 남자 똥꼬를 칠백 개는 핥겠네

걔들도 주말엔 쉬지 않을까

그런 여자랑 결혼하긴 싫다

걔들도 너랑 결혼하기 싫어해

삼궁이 얘기한 거 있잖아. 여자가 사십
만 명 모자란다는 거

ㅇㅇ

사실은 팔십만 명쯤 모자라는 거 아닐까

왜?

몸 파는 여자가 우리나라에 사십만

명이래 걔들도 빼야지. 넌 그런 여자

랑 결혼할 수 있어?

그건 어디서 나온 숫자냐?

네이트 판이랑 일베

좌표 보내봐라

goo.gl/pkrDvw

봤냐?

여기엔 십사만 명이라고 나오는데

여기 백만 명 넘는다는 것도 있다

젠장...

넌 남자 칠백 명 후장 빤 년이랑 결혼해

서 키스도 하고 그럴 수 있냐

답은 우그리이니 백미뿐인기...

난 말 안 통하는 여자랑 결혼하긴 싫다

몸이 통하면 된다

그 여자애들은 다 누구랑 결혼할까? 오

늘 나 서비스해준 년은 되게 착하던데...

어디서 호구시키 하나 잡겠지

불쌍한 호구시키...

"어디 갔다 오냐?"

오피스텔에 돌아왔더니 삼궁이 팬티만 입은 채 노트북 앞에 앉아서 술을 마시고 있었다.

"술 마시고 왔어."

챗탓캇이 둘러댔다.

"너희 둘이서? 밖에서? 너희들 이전까지는 항상 집에서 마셨잖아. 돈 아깝다고."

"그 여자 만났냐? 했냐?"

01査10이 끼어들었다.

"됐고, 은종게시판이나 접속해봐라. 내가 조금 전에 거기에 불을 질렀다."

삼궁이 웃으며 말했다.

*

(11월 2일 녹취록 #2)

임상진 이이제이요?

챗탓캇 그때 저희 입장에서는 ▨▨게시판 이용자들이 일종의 오랑캐 같은 존재였으니까…… 저희가 뭐라고 불렀건 그게 뭐 상관있나요.

임상진 상관없죠. 계속 얘기해주세요.

챗탓캇 처음에 올렸던 게 류현진 선수 댓글이었나, 데프콘 기사였나…… 뒤엣것 같네요. 거기가 젊은 여자들이 많이 오는 데고, 주인장이 문화평론가다보니까 TV 프로그램이나 영화에 대한 게시물이 많이 올라왔거든요. 종편 예능프로그램 하나하나마다 실시간으로 평이 올라왔죠. 연예인이나 아이돌그룹 기사를 놓고 갑론을박 토론도 벌어지고. 처음 발단은 데프콘이 〈나 혼자 산다〉에서 하차한다는 기사였던 거 같아요. 〈나 혼자 산다〉 아시죠? 남자들 혼자 사는 거 보여주는.

임상진 압니다. 본 적은 없지만. 그 기사가 어떻게 도화선이 될 수 있었나요?

챗팅캇 어떤 사람이 그날 방송분을 보고 '동생과 같이 살아야 해서 프로그램 하차하는 게 아니라 아무래도 애인 생긴 듯. 맞다면 예쁜 사랑 하시길'이라고 글을 썼어요. 거기에 처음에는 이런 댓글들이 달렸어요.

'저도 그런 생각했는데 222'

'저도 그런 생각했는데 333'

'데프콘도 이제 여자 사귈 때 됐죠'

'〈나 혼자 산다〉 최대 수혜자는 프로그램 PD와 데프콘인 듯.'

그런데 삼궁이 거기에 비비 꼬인 댓글을 하나 달았죠.

'잘 알지도 못하는 사람 놓고 입방아 잘들 찧으시네요. 저열합니다. 이게 기레기들 하는 짓이랑 뭐가 다른지 모르겠습니다.'

그랬더니 지나가던 사람이 삼궁의 편을 들었어요. 이렇게.

'원글 쓰신 분 전부터 아무 근거 없이 그런 관심법 돋는 연예인 관련 글 많이 올리시던데, 솔직히 그동안 보기 불편했습니다.'

대번에 편이 갈렸죠. 처음에 게시물을 올린 사람이 반박 댓글을 달았어요.

'제가 데프콘 욕을 한 것도 아니고, 예능프로그램 보고 나서 웃자고 농담한 건데 이게 그렇게 욕을 먹을 짓인가요. 훈장질도 좀 가려가며 하세요.'

재미가 붙은 삼궁이 ███게시판 이용자들의 말투를 흉내 내서 재반박했죠.

'다른 곳도 아니고 은게에서 웃자고 농담한 건데라는 변명을 보게 될 줄 몰랐네요. 님은 웃기 위해서라면 젊고 이미지 괜찮은 가수를 아무 근거 없이 집에 여자 끌어들여 혼전 동거하고, 그걸 거짓 변명으로 숨기는 치졸한 남자로 몰아붙이는 게 아무렇지 않으신가보네요. 저는 아닙니다.'

그다음에는 병림픽이 벌어졌죠. 아, 병림픽이라는 말은 아시나요?

임상진 알 거 같네요. 병신 올림픽이라는 거죠?

찻탓캇 예. 댓글 전쟁이 벌어졌어요. 의외로 삼궁 편을 드는 사람이 많았습니다. 지희가 볼 때는 말도 안 되는 드립이었는데, 참 이상했어요. 댓글이 길어지면 길어질수록 어째 원래 글을 올린 사람이 구차해 보이고, 삼궁 편이 당당해 보였던 거예요.

'연예인은 공인이다, 공인이니까 그 정도 대중의 관심은 감수해야 한다'는 논리에는 '공인이면 사생활도 보호받지 못하는 거냐, 박재범을 한 방에 보낸 집단폭력도 그 논리로 시작된 거 아니냐'는 식의 반박이 달렸죠. '공인 담론에 도사린 폭력성에 대하여'라는 제목으로 뭔 논문 비슷한 현학적인 글까지 올라오더라고요. 제가 보기엔 그 글 올린 사람이 더 폭력적이었죠. 멀리 있는 데프콘을 폭력으로부터 보호하기 위해 원 게시물 저자를 폭력적으로 공격하는 셈이니까요. 여하간 참 폭력 좋아하는 사람들이었어요. 뭘 폭력이라고 비난하는 거나, 그 폭력을 자기들이 휘두르는 거나.

'여기서 글 올린다고 데프콘이 볼 수 있냐, 술집에서 하는 뒷담화 정도로 이해해줘도 되지 않느냐'는 주장도 있었습니다. 거기에는 '그러면 남자 직원들이 자기들끼리 모인 장소에서 여자 동료 몸매가 어떠니 맛이 어떻겠니 이야기하는 건 어떤가, 역시 당사자는 모르니까 괜찮은 건가' 하는 반론이 올라왔습니다.

임상진 댓글 하나로 그런 논쟁이 촉발됐단 말인가요?

챗탓캇 아마 처음 글을 올렸던 사람이 밉상이었던 것 같아요. 그런데 어느 게시판이건 유명한 사람은 다 밉상이 돼요.

임상진 질시 때문에요?

챗탓캇 인터넷의 법칙이에요. 특히 여초 사이트에서는 더 그래요. 그런 반공개형 게시판에서 유명한 사람을 인터넷 용어로 '네임드'라고 해요. 그런데 그 ■■■게시판은 다들 쿨하고 시그힌 척 자랑히기 바쁜 곳이에요. 네임드가 되려면 남들보다 더 쿨하고 더 시크하고 더 진보적이어야 하는 곳이죠. 남을 알게 모르게 까 내리고 은근히 잘난 척을 해서 추종자와 워너비들이 생기면 네임드가 되는 거죠. 그만큼 뒤에서는 '어디 한번 걸리기만 해봐라' 하고 벼르는 사람도 생기는 거고.

임상진 그건 ■■■게시판만의 특징 아닐까요?

챗탓캇 다른 데도 마찬가지예요. 회원님들 어화둥둥 하고 친목 강조하는 곳에서는 시크한 척하는 게 아니라 오지랖이 넓을수록 권력이 생기는 거고. 그 사람들 보면 자기들 권력이, 게시판 글 많이 보고 댓글 많이 달고 남 칭찬해주고, 그렇게 시간을 오래 투자한데 대한 당연한 보상이라고 생각해요. 안 그런 사람들 눈에는 그게 꼴값이고 텃세로 보일 테고요.

임상진 남초 사이트는 안 그런가요?

챗탯캇 남초 사이트도 사실은 똑같죠. 게시판에 글 올린다고 누가 돈 주는 것도 아닌데 왜들 그렇게 열심히 글 올리고 댓글 달리면 좋아하고 그러겠어요. 남이 좋은 댓글 많이 달아주면 자기가 인정 받았다는 느낌이 드는 거예요. 그런데 자기가 생각할 때에는 별 대단치도 않은 글 올린 녀석이 관심을 많이 받으면 질투심을 넘어서서, 이건 옳지 않다, 정의롭지 않다, 그런 생각마저 하게 되죠.

남초 사이트에서는 어디서 퍼온 글로 추천이나 댓글을 얻는 게시물이 공격을 받아요. '아까 무슨 글 올린 이용자 어디서 퍼온 것임, 원본 주소는 여기임' 하는 글을 올려서 상대를 깎아내리죠. 그런데 남자들은 여자들보다는 한 건 한 건 케이스에 집중하는 거 같아요. 아무래도 남자들이 친밀감이나 공감보다는 유머나 지식이 주는 짧은 쾌감을 주로 추구하잖아요. 그러다보니 가상의 커뮤니티에 대한 애착심이 덜해요.

하지만 밑바닥은 다 똑같은 겁니다. 만인에 대한 만인의 인정 투쟁. 모두 가슴에 단도 한 자루씩 숨기고 있다가 기회만 생기면 팍! 그런데 저희들은 언제 사람들이 미쳐서 그 칼을 휘두르는지 그 타이밍을 알아낸 거죠.

임상진 그게 타이밍의 문제입니까? 논리나 설득하는 방식의 문제가 아니라?

챗탓캇 논리야 아무거나 갖다 붙이면 그만이죠…… 타이밍이 중요해요.

임상진 그게 언제인데요?

챗탓캇 자기가 다수가 됐을 때요. 자기가 모르는 사람이 어정쩡한 글을 올리면 처음에는 다들 눈치를 봐요. 이걸 받아들여줘야 하나, 아니면 공격해야 하나. 그런데 누가 '저도 그래요. 공감 100배'라고 댓글을 달면 이제는 상대해야 하는 사람이 둘이 되는 셈이죠. 거기에 누가 '글 정말 잘 쓰시네요. 읽는데 내 얘기인 줄'이라고 댓글을 달면 이제 원 게시물은 철옹성처럼 보입니다.

그런데 여기에 제3자가 '이 글 저만 불편한가요?'라고 의문을 표시하면 공격의 틈이 살짝 열리죠. 그다음에 '저도 이상하다 생각했는데 다들 별 말씀 없으시네요. 다른 분들은 괜찮으신가봐요?'라는 댓글이 달리면 슬슬 멍석말이를 준비해도 됩니다. 거기에 '이런 어처구니없는 의견은 처음 듣습니다'라고 또 댓글이 달리고, '불쾌하군요. 마시던 커피 맛이 싹 달아날 정도로'라고 누가 동조하면, 짜잔. 이제 나도 칼을 뽑아도 됩니다. 다구리를 치는 시간이 온 거죠. 비아냥거리는 댓글이 세 개만 연속으로 달리면 돼요. 그러면 생각이 다른 사람은 슬그머니 꽁무니를 빼고, 어디 스트레스 풀 데 없나 하고 인터넷을 헤매던 하이에나들이, 배운 여자 코스프레를 해보고 싶었던 상어 새끼들이, 저리 가라고 해도 알아서 몰려듭니다. 그런데 저희는 ■■■게시판 아이디가 열몇 개 있었잖아요. 그걸로 본격적으로 분탕질을 쳤죠.

임상진 효과가 있던가요?

챗탓캇 겁이 날 정도던데요. 인간성이라는 게 이렇게 추악한 거구나 하는 생각이 들 만큼. 이게 효과가 좋았던 게, 자기들이 평소에 하던 짓이잖아요. 그러니까 아무도 신고를 못해요. 저희는 반말이나 욕설은 절대 쓰지 않았으니까요. 대신 상대가 흥분을 못 이겨 반말이나 욕설을 쓰면, 다른 아이디로 그걸 지적하거나 벌점을 주거나 신고를 했죠. 지적할 때에는 '의견은 서로 다를 수 있지만 ○○님이 최소한의 게시판 규칙을 어기는 건 좀 아닌 것 같다', 그런 식으로 글을 썼어요.

▉▉▉게시판에 그전에 뜬금없이 새누리당 옹호하고 전교조 비판하는 글을 계속 올리던 사람이 있었어요. 그런데 거의 이지메를 당해서 강퇴당했어요. 별로 게시판 규칙을 어긴 것도 없는데 이용자들이 똘똘 뭉쳐서는 어그로를 끄네, 트롤링을 하네 어쩌고, 욕 아닌 욕을 하고 글쓴이를 자극했죠. 그러다가 상대가 분을 못 참고 비하 발언을 하면 벌점과 신고 폭탄. 말로는 다들 '트롤은 무관심이 답입니다, 트롤에게 먹이를 주지 맙시다'라고 하면서 속으로는 그 칼맛에 취해 있었겠죠. 트롤 사냥 시즌이 언제 또 열릴까 고대하던 사람에게 저희가 사냥감을 공급해준 셈이죠.

임상진 몇 개 예를 들어주실 수 있나요? 어떤 식으로 꼬투리를 잡았습니까?

챗탓캇 음…… 기억이 나는 게…… 이런 식이죠. 류현진 선수 별명이 류뚱인 거 아시죠? 누가 글을 올려요. '류뚱 오늘 11승.' 그러면 축하한다, 잘 봤다, 그런 댓글이 달릴 테죠? 거기에 슬그머니 끼어드는 겁니다. '아무리 다른 데서는 류뚱 류뚱 한다지만 은게에서조차 선수 별명을 그렇게 부르는 건 아니지 않나요? 엄연히 외모 비하인데.' 그리고 다른 아이디로, '솔직히 저도 그 별명 들을 때마다 좀 불편했습니다. 옥주현더러 옥떨메라고 하는 것만큼요'라고 남기고. 이렇게 되면 함정이 만들어진 거죠. '뭘 그렇게까지 과민하게 받아들이시나요'라는 사람에게는 이렇게 답을 달아주죠. '제가 이곳의 정치적 감수성을 너무 높게 평가했었나봅니다. 뭘 그렇게까지 과민하게 받아들이느냐는 타박이 세상 모든 폭력과 편견을 유지하는 큰 축이죠. 언제나.' 성희롱 사건이나 가정폭력 뉴스에 혀를 차시던 저희 친척 어른들이 제 앞에 다시 나타난 줄 알았습니다. 그분들이 늘 하시던 말씀이 뭘 그렇게 과민하게 받아들이느냐는 거였죠. 그렇죠. 대범하게 생각하면. 남자 상사가 친근감의 표시로 여자 직원 엉덩이도 만질 수 있는 거고 남자가 밖에서 안 좋은 일 겪고 오면 집에서 밥상도 뒤엎을 수 있는 거고.'

또 뭐였더라? 〈무한도전〉에서 방콕 특집 했을 때도 여러 명 낚아서 다 골로 보내버렸죠. 혹시 그때 방영분 보셨나요? 〈무한도전〉 멤버들을 한 방에 가두고 거길 태국인 척하면서 바보 같은 게임을 하는 내용이었어요. 게시판 주인장인 은율이 그날 방송을 극찬했죠. 나날이 블록버스터가 되어가던 〈무한도전〉이 초창기 B급 정서를 잊지 않았다고요. 직전에 일어났던 박명수 논란을 정면으로 돌파한 점에도 점수를 줬고. 관련 글들이 게시판에 우르르 올라왔는데 거기에 저희가 크게 엿을 먹였죠.

임상진 어떻게요?

찻탓캇 동남아 비하하는 거 같아서 보기 불편했다고요.

임상진 아.

챗탯캇 그날 방송에 '코끼리 쇼'라는 게 나왔어요. 〈무한도전〉 멤버들이 코끼리 코를 하고 제자리에서 빙글빙글 돌게 한 다음 걸어가게 한 거였는데 그렇게 걸어가다가 바닥에 깔아놓은 라텍스 매트리스를 밟으면 그걸 사야 했어요. 동남아 단체 관광에서 라텍스 제품 강매하는 걸 풍자했던 거예요. 거기 방송에 나온 출연자들도 "라텍스 강매"라고 억울해했고요. 그거 태국 사람이 보면 기분 나쁘지 않겠습니까. 저희가 그걸로 아주 게시판에 불을 질렀죠.

임상진 그쯤 되면 사람들이 짜증 많이 냈겠습니다.

챗탯캇 그게 저희가 의도한 거였어요. 게시판 이용자들을 짜증나게 하는 거. 그리고 사람들이 짜증을 낼수록 상황이 더 짜증스러워지지요. '대단한 완장 차셨다'라는 비아냥거림을 들으면 반말이라고 신고하고, 'PC 경찰질 하지 말아요'라는 지적을 받으면 '그쪽이나 함부로 쿨몽둥이 휘두르지 마세요'라고 응수했죠.

곧 게시판이 그런 짧은 비아냥거림으로 가득 차게 됐어요. 어떤 글이 올라와도 저희가 그런 쪽으로 몰아갔으니까요. 초등학생 모이는 사이트에서 '여기서부터 다 바보' '저 글 적은 사람이 제일 바보' '반사'라고 댓글로 싸우는 거나 다름없었습니다. 저희가 두 가지 점에서는 초등학생보다는 뛰어났죠. 가슴 후벼 파는 거, 그리고 집요한 거. 그거 두 개면 다 됩니다.

사람이란 게 참 신기해요. 진짜 그 짧은 글로 상처를 입어요. 여러 명이 댓글로 '너 틀려먹었다, 저질이다, 반성해라' 이러고 돌아가면서 공격하면 어지간한 사람은 버텨내질 못해요. 웃기죠? 아는 사람이 하는 말도 아니고, 앞으로 만날 일이 있는 사람도 아닌데. 당사자에 대해 쥐뿔 아는 것도 하나 없는데. 사실은 남자 셋이서 돌려 쓰는 가짜 아이디인데.

그쯤 되니까 사람들도 뭔가 이상하다는 걸 알아차렸죠. '요즘 ■■■ 왜 이렇게 까칠하죠?'라든가 '살얼음판 걷는 기분이라서 함부로 글을 못 올리겠어요' 같은 토로들이 줄을 이었어요. 네임드들은 어떤 식으로든 저희들의 마수에 걸려들었고, 키보드 배틀 끝에 추방당했죠. 그렇게 사라질 땐 꼭 '정들었던 ■■■를 떠납니다' 따위의 글을 남기더라고요. 그러면 또 'ㅇㅇ님 떠나셔서 너무 섭섭하다, 요즘 ■■■도 세상도 미처 돌아가는 거 같다'는 댓글이 줄을 잇죠. 그런데 거기에다 대고 신소리 하는 인간들도 있더라고요. '이렇게 공개 선언을 하셨으니 약속 꼭 지키시기 바랍니다'라든가 '아이디 세탁하고 재가입할 정도로 파렴치한 분은 아니라고 믿고 싶네요'라든기. 아무튼 힌칭 싸우다 띠나는 싱횡이었으니끼요.

임상진 팀-알렙은 한 번도 안 졌나요?

찻탓캇 그게, 어떤 의미에서는 한 번도 안 졌어요. 팩트를 잘못 알았다든가 해서 논쟁에서 진 적이야 있죠. 그러면 '제가 잘못 알았습니다. 정중히 사과드립니다' 이러면 되죠. 그리고 다른 글에서 다른 싸움거리 찾아서 만들고. 그건 저희 입장에선 진 게 아니죠.

그런 일은 사실 거의 없었어요. 대개는 저희는 싸움을 일으키는 쪽이고 일단 불이 붙으면 뒤로 빠졌기 때문에. 나중에 험악한 말 주고받으며 싸우는 건 엉뚱한 사람들이었죠. 저희는 뭐랄까, 불화의 여신? 그런 거였죠.

논쟁에서 질까봐 그랬던 건 아니고요, 사실 저희는 논쟁에서 안 져요. 저희를 어떻게 이깁니까, 보통 사람이?

임상진 자신감이 대단하시네요.

챗탓캇 아니, 기자님이 지금 왜 비웃으시는지는 알겠는데, 그런 의미가 아닙니다. 기자님도 인터넷 하시잖아요. 거기서 싸움이 어디 팩트랑 논리로 하던가요. 논리 싸움은 두 사람이 아주 좁은 화제를 가지고 붙을 때, 그것도 그 두 사람이 좀 양식 있는 사람들일 때에나 가능한 거예요.

인터넷 싸움은 정력과 멘탈로 하는 겁니다. 그런데 저희는 정력 많아요. 그게 직업이니까. 그리고 멘탈도 정말 강해요. 왜냐하면 멘탈이 없거든요. 저희랑 댓글로 논쟁을 벌이는 건 쇳덩이로 된 로봇이랑 가위바위보를 해서 이긴 쪽이 진 쪽 따귀를 때리는 게임을 하는 거나 비슷한 겁니다. 가위바위보는 질 수 있지만, 큰 틀에서 저희는 절대 지지 않아요.

임상진 아까 말씀하셨던 거랑도 연결이 좀 되네요.

챗탓캇 네. 심지어 저희는 나중에 프로그램도 몇 개 만들었어요. 01찰10이 코드를 짰죠.

임상진 어떤……?

챗탓캇 이를테면 저희를 비방하던 사람들이 하던 말 중에 'PC 경찰'이라는 말이 있었잖아요? 저희가 그 말에서 힌트를 얻어서 진짜로 그런 PC하지 못한 단어를 자동으로 찾아주는 검열 코드를 만들었어요. 그런 PC하지 못한 단어 목록을 몇백 개 저장해놓고 있다가 그 단어가 게시판에 올라오면 자동으로 저희한테 알려주는 프

로그램이죠. 원하면 훈수 두는 것까지도 알아서 할 수 있게 설정을
해놓을 수도 있고.

예를 들어 누가 ■■■게시판에 글을 올리면서 '장님이 코끼리 다리
만지듯'이라는 표현을 썼다 쳐요. 그러면 저희 프로그램이 몇 분
뒤에 '님… 그런데 장님은 소수자를 낮춰 말하는 말이랍니다^^ 굳
이 쓰시려면 시각장애인으로 쓰심이…' 같은 댓글을 자동으로 다는
거죠. 원래 글을 올린 사람 입장에서는 첫 댓글이 그런 게 달리면
기분이 팍 상하죠.

이게 효과가 참 좋은 게 여태까지 그렇게 PC, PC 찾던 곳이라 뭐
라고 반박을 못해요. 애완동물을 반려동물이라고 부르지 않으면
길길이 뛰는 사람 많던 동네였습니다. 그런데 그 'PC하지 않은 단
어' 목록이 꽤 긴 데다, 계속 업데이트되기 때문에 제대로 아는 사
람이 드물거든요. 성전환수술을 성확정수술이라고 해야 한다든가,
불임은 난임이리고 헤야 한디든가 하는 건 누가 일일이 다 알겠느
냐고요.

글쓴이의 과거 게시물을 추적하는 프로그램도 만들었죠. 그건 진
짜 간단한 거였는데…… ■■■게시판이 과거 글이 잘 검색이 안 돼
요. 검색 정확도도 떨어지고, 본문 말고 댓글로 단 내용은 아예 검
색이 안 돼요. 게시물이 워낙 많고, 옛날에 만든 게시판 툴을 써서.
그런데 저희는 01촐10이 만든 프로그램 덕분에 누구 아이디만 입
력하면 그 사람이 옛날에 그 게시판에 올렸던 글을 금방 찾아낼 수
있었어요. 본문 단어 검색 같은 것도 자유롭게 할 수 있었고, 검색
하는 순간 화면 저장도 딱 해주고. 이게 엄청 큰 거죠. 댓글 싸움할

때 제일 큰 무기가 '너 옛날에는 이렇게 써놓고 지금은 왜 말 바꾸냐'니까.

맥락이 하나도 안 맞아도 상관없어요. "전에 황우석 옹호하셨던 건 사과하셨던가요?" 같은 말이면 상대의 기를 꽤 꺾어놓을 수 있죠. 타블로나 채선당 소동, 또 누구였죠? 이루 여자친구였던 사람? 아무튼 그 사람 때 소동, 디워 사태 때 저희가 공격하려는 사람이 썼던 글을 보는 게 상당히 도움이 됐습니다.

임상진 ■■게시판에 얼마나 오래 그렇게 작업을 하셨습니까?

찻탓캇 게시판 망가뜨리는 데는 얼마 안 걸렸습니다. 그렇게 게시판에서 진상을 피우니까 한 달 사이에 ■■게시판 사이트가 황폐해졌어요.

그 뒤로도 한 반년 정도 계속 작업했어요. 떠나갔던 이용자들이 다시 돌아오면 안 되니까. 사람들이 '■■게시판 거기는 완전히 죽었다, 짤린 척하는 이런애들이 병림픽하는 쓰레기장이 됐다'고 완전히 인식을 할 때까지 있었어요. 그사이에 거기 주인장 은율마저도 자기 트위터에 '정치적 올바름과 불편함 외에는 아무것도 낳지 못하는 ■■게시판에 애도를' 따위의 글을 올리고 자긴 이제 게시판 안 본다고 공언할 정도가 됐죠.

임상진 게시판이 망가지는 게 눈에 보이던가요?

찻탓캇 일단 올라오는 게시물 자체가 확 줄었어요. 전성기 때의 반절 아래로. 평균 조회수는 처음에 잠깐 늘었는데 아마 싸움 구경 때문이었을 겁니다. 주인장이나 이용자들이나 게시판에 별 관심 없어졌을 때 몇 번 서버를 공격해서 다운시켰더니 사이트 유입량이 반의반 토막으로 떨어지더군요. 그런데 그런 수치보다 훨씬 더 중요한 게 있어요. 그전에는 ███게시판이 어떤 인터넷 활동가와 아마추어들 사이에서 구심점 역할을 했거든요. 자기들끼리 돈 모아서 정부 비판하는 신문광고도 내고 한진중공업 사태 같은 게 터지면 희망버스 타러 가는 소모임도 결성하고. 그런 모임을 저희는 스마트 미사일처럼 정확하게 차단할 수 있게 됐죠. 실제로 차단도 했고.

신촌에서 퀴어 퍼레이드를 같이 열자고 ███게시판 이용자들이랑 동성애자 모임들, 자기들 표현에 따르면 LGBT 커뮤니티의 활동가들이 논의를 하고 있었어요. 그런데 저희 PC 경찰 프로그램이 이 논의를 거의 박살냈습니다. 사람인 저희들은 별로 한 것도 없었어요. 이 프로그램에 뭐가 걸렸느냐 하면, '이반'이라는 표현을 계속 PC하지 않다고 지적질을 한 거예요. 그게 옛날에는 동성애자들이 스스로를 부를 때 썼던 말이래요. 그런데 요즘은 그게 PC하지 않다고 안 쓴대요. 그 바닥이 용어가 복잡하더라고요. 게이라는 말이 PC하다, 아니다 논쟁이 있고, 동성애자라고 쓰면 괜찮은데 '동성연애자'라고 쓰면 매장 당할 분위기고.

그런데 저희 프로그램이 계속 그 용어 문제를 지적하고 나선 거였죠. 그랬더니 이 사람들이 자중지란에 빠졌습니다. 용어가 뭐가 중요하냐, 해야 할 일에 집중하자는 사람, 용어야말로 가장 정치적이고 시급한 문제라는 사람, 게시판에서 제일 사용빈도가 높았던 용어로 통일하자는 사람, 그거야말로 박근혜 식이라고 비판하는 사람…… 아주 개판이었죠. 어떻게 하면 온라인에서 진보 사이트가

하는 일을 망칠 수 있겠다 하는 교훈을 그 일로 알게 됐습니다.

임상진 그래서 다른 진보 사이트들도 그렇게 공격하셨나요? 그 방법이 다 잘 먹혔나요?

챗탓캇 아, 아뇨. █████만 해도 양반이에요. 말이 통하는 사람들이 모인 곳이니까. 이렇게 분란을 일으키는 방법이 안 통하는 사이트도 있더라고요. 그 사이트 때문에 아주 애를 먹었었는데…… 광우병 시위할 때 유모차 부대 조직했던 곳이죠. 그런데 거기도 결국 방법을 찾았습니다. 훨씬 더 뭐랄까, 파괴적인 방법이었어요. 거긴 아주 쑥대밭을 만들어놨죠. 나중에 아예 사이트가 쪼개졌죠. 거기에 관련됐던 핵심 인사들은 한동안 인터넷 못했을 겁니다.

4장

피에 굶주리고 복수에 목마른 적에 맞서려면
무엇보다 한없는 증오를 활용해야 한다.

차창 밖으로 방화대교가 보였다. 그들은 모두 불안한 심정이었
나. 그들은 사신들을 태운 승합차가 이디로 가는지 알지 못했다. 그
들은 한강을 따라 서울을 빠져나가고 있었다.

팀장이 승합차를 타고 팀-알렙의 사무실 겸 숙소가 있는 신촌
오피스텔에 왔다. 운전석에는 이십 대 후반의 젊은이가 앉아 있었
다. 팀-알렙은 그를 '사원'이라고 부르기로 했다. 사원은 선글라스
를 쓰고 있었다.

"타시오."

팀장이 말했다.

삼궁과 찻탓캇, 01査10은 그 말에 거역을 하지 못하고 차에 올
랐다. 그들의 머릿속에는 어두컴컴한 지하 고문실로 끌려가거나

산속 구덩이에 파묻혀 목만 내놓고 있는 자신들의 모습이 잠시 떠올랐다.

"저…… 저희 지금 어디로 가는 건가요?"

01촬10의 질문에 운전을 하고 있던 사원이 빙그레 웃으며 자기 상사를 쳐다보았다. '가르쳐줄까요?'라고 묻는 눈빛이었다. 그러나 팀장은 고개를 저었다.

차가 '향녹원-장어구이/닭백숙/사철탕'이라고 적힌 간판 아래로 들어갈 때에야 팀-알렘 멤버들은 한숨을 돌렸다. 허름한 단층 건물 마당에는 고급 외제차가 한 대 주차돼 있었다. 차에서 내린 그들은 별관으로 안내 받았다.

별관은 벽이 없이 사방으로 탁 트인, 좀 커다란 정자였다. 한쪽으로는 한강이, 반대편으로는 푸른 포도밭이 내려다보였다. 포도밭 옆에는 족구장과 농구대, 골프 타석이 있었다.

"전망 죽이네."

팀장이 입맛을 다시며 먼저 정자에 올랐다. 삼궁은 지금까지와는 전혀 다른 불안감을 느끼며 그 뒤를 따랐다. 혹시 이 작자들이 '열심히는 해줬는데, 우리가 원했던 건 이런 게 아니었다, 장어구이 먹고 떨어져라' 이딴 소리나 하는 건 아닐까?

이철수는 먼저 와서 자리에 앉아 있었다. 탁자에는 흰 종이가 깔려 있었고, 밑반찬과 수저가 놓여 있었다.

"앉으시죠. 여기 장어구이가 진짜 맛있습니다."

이철수가 말했다. 차를 몰고 온 사원은 어딘가로 사라졌고, 잠시 뒤에 본부장이 은색 제네시스를 몰고 왔다.

"햐, 여기서 캠핑 해도 되나요? 우리 애들이 요즘 캠핑에 빠져 있어서……"

그는 그렇게 말하며 정자에 올랐다. 골프 타석을 보고는 "저기서 강 보고 때리면 진짜 죽이겠네"라고도 말했다. 등이 구부정한 노인이 나와 술과 요리를 차리는 동안 찻탓캇과 01査10은 중년 남자들과 어색하게 인사를 나눴다.

"사장님, 그거 좀 부탁드려요."

이철수가 부탁하자 노인은 얼굴에 한가득 웃음을 머금고 고개를 끄덕였다. 노인은 맥주잔 여섯 개를 한자리에 모으더니 기계처럼 빠르고 정확한 솜씨로 소주 한 병을 거기 나눠 붓고, 이어 위아래로 잔뜩 흔든 맥주병을 따서 폭발 직전의 맥주 거품을 물총처럼 잔에 쏘았다. 그리고 아까 소주를 나눠 부었듯이 복분자주를 소맥 칵테일 위에 따랐다. 그러자 붉은 거품이 된 술이 여섯 잔에 정확히 한가득 차올랐다. 실로 비범한 솜씨여서, 앉아 있던 남자들은 모두 박수를 쳤다.

"이게 노을주라는 겁니다. 오늘은 노을 보면서 노을주 드시죠. 이따 저쪽으로 해가 집니다. 일몰이 아주 아름다워요."

다 같이 잔을 들자 본부장이 '누가 건배사를 해야 하는 거 아니냐'며 이철수를 일으켜 세웠다. 이철수가 잔을 들고 말했다.

"보고를 받고 은종게시판을 가봤어요. 이 친구들 뺨에 뽀뽀를 해주고 싶은 심정입니다. 그런데 그러면 괜한 오해를 살 테니까 잔만 부딪치렵니다. 여러분, 제가 개나발이라고 외치면 다 같이 개나발이라고 화답해주세요. 개인과, 나라의, 발전을, 위하여. 개나발!"

"개나발!"

뻘건 폭탄주는 입술에 닿는 느낌만 부드러웠을 뿐, 몹시 독했다. 그러나 사내들은 모두 즐거워하며 술맛이 끝내준다고 호들갑을 떨었다.

이철수가 잔을 모아 또 노을주를 만들고 있을 때 01查10이 입을 열었다.

"그런데 아직 돈을 못 받았는데요……"

순간 삼궁의 몸이 멈칫했으나 이철수의 얼굴은 변함이 없었다.

"그렇지. 어떻게 드릴까? 지금 바로 부쳐줄까? 아니면 현금으로 보내드릴까? 지난번처럼?"

이철수가 물었다.

"현금으로 받는 게 또 묘한 매력이 있긴 했는데……"

삼궁이 바보처럼 실실 웃었다.

"그냥 지금 받지."

01查10이 삼궁에게 말했다. 다른 사람에게 자기 모습이 어떻게 비칠지는 조금도 알지 못하는 듯했다.

"나도 그럴 생각이었거든."

삼궁이 대꾸했다. 그 광경을 보던 이철수는 어딘가로 전화를 걸더니 삼궁에게 계좌번호를 불러달라고 했다.

"응. 지금. 5천만 원."

이철수는 전화기 건너편의 상대에게 짧은 단어 몇 개를 건넸다. 조금 뒤에 돈이 입금됐다는 메시지가 찻탓캇의 전화기에 왔다. 찻탓캇이 그들의 공용 통장 관리자였다.

남자들은 연방 술잔을 돌리며 노을주를 마셨다. 그들은 술을 마시는 데 열중하다가 아무도 해가 지는 것을 보지 못했다.

팀장과 본부장은 재보선 판세에 대해 떠들었다.

"그런데 그쪽 보고도 요즘 약빨이……"

"원래 재보선 판세는 맞추기 힘들어요. 투표 안 하는 사람이 많으니까. 게다가 이번에는 사전투표도 많고 해서……"

"○○○ 씨가 국회에 들어오면 그쪽 회사는……"

"무서워 죽겠다는 시늉해야지……"

찻탓캇과 01柒10은 테이블 아래에 휴대전화기를 감추고 한 손으로 메시지를 보냈다.

돈 들어왔어? 오천만 원 다?

일단 천만 원씩 나누고 남은 이천에서

시무실비 얼마나 뗄 건지는 나중에 얘기하자

난 지금 바로 돈 넣어주라

내일 넣어주면 안 돼?

바로 좀 넣어줘. 오늘 돈 빠져나갈 데

가 있단 말이야

그걸 왜 이제 말해? 보안카드

안 가져왔는데

사진 찍어서 저장해놨잖아

삼궁은 이철수의 질문에 답하고 있었다.

"앓던 이 같은 곳이었는데 시원하게 잘 해결해줬어. 이젠 어떻게 할 건가? 이대로 아무것도 안 하고 가만히 내버려두면 은종게시판이 다시 살아날 가능성이 있을까?"

"글쎄요. 커다란 산불이 난 것 같은 상황입니다. 개인적으로는 거긴 끝났다고 생각합니다. 온라인에서 한 달은 현실에서 1년이나 같습니다."

"그 회원들은 다른 곳으로 옮겨가겠지? 뭔가 교훈을 얻었을까?"

"그런 기적을 기대하는 것보다는 산을 쫓아다니며 계속 불을 지르는 게 나을 거 같습니다."

그때 본부장이 불쾌해진 얼굴로 그들의 대화에 끼어들었다.

"근본적인 해결책은 인터넷 실명제랑 종량제입니다! 미성년자 보호 문제로 이슈를 포장해야 해요. 기가인터넷이 보급될 때 부분 종량제 카드도 다시 꺼내들고요."

"근본적인 대책은 실업난 해결 아닐까요? 이게 다 청년들이 직업이 없어서…… 시간은 많고 불만도 많아서……"

노을주 몇 잔에 알딸딸해진 01츄10이 거창하게 말을 시작했다가 갑자기 용기를 잃고 말을 흐렸다. 이철수는 웃음을 터뜨렸다. 그는 화제를 돌렸다.

"은종게시판에 쓴 방법을 다른 진보 사이트에도 적용할 수 있을까?"

"물론이죠. 그럴 수 있습니다. 진보가 원래 분열로 망한다잖아요."

삼궁이 가슴을 펴며 대답했다. 그도 약간 혀가 꼬인 상태였다. 그러나 다음에 이철수가 한 말에 그는 완전히 한 방 먹었다.

"그러면 다른 사이트들을 정리하는 데에는 굳이 팀-알렙을 고용할 필요가 없겠군? 어떻게 하지? 다른 팀들한테 최저가 입찰을 받아볼까?"

이철수는 웃고 있었지만 삼궁과 찻탓캇은 정신이 번쩍 들었다. 01查10만이 분위기 파악을 못하고 남은 장어 조각과 백숙 살점을 열심히 주워 먹었다.

"걱정 말게. 다행히도 자네들 방법론이 진보 사이트에 전부 적용되는 건 아닌 거 같으니까. 혹시 '줌다카페'라는 사이트 아나?"

삼궁과 찻탓캇은 고개를 저었다.

"줌다는 '아줌마 다이어트비법'이라는 단어를 줄인 거야. 자네들 신문은 잘 안 읽지? 그 사이트 회원들이 세월호 사건을 두고 '박근혜가 한국 국민을 학살했다'는 내용의 광고를 〈뉴욕타임스〉에 냈어. 그게 오늘자 〈조선일보〉에 큼지막하게 났지."

"본 거 같습니다."

삼궁이 거짓말을 했다.

"거기는 은종게시판이랑은 좀 달라. 별로 똑똑한 사람들이 없거든. 대신 행동력이 대단해. 시간이 많고 돈이 많으니까 그렇겠지. 광우병 시위 때 유모차 부대를 조직해서 내보낸 곳도 거기야. 회원들끼리 아주 끈끈하게 잘 뭉치고, 어지간해서는 서로를 공격하는 법이 없기 때문에 여기서 분란을 일으키기는 쉽지 않을 거야."

"여기는 보수가 어떻게 되나요?"

01查10이 물었다.

"한 달 안에 망하게 하면 9천만 원을 주지. 그거와 별도로 은종게 시판을 연말까지 계속 관리하는 데 천만 원. 어때? 하겠나?"

삼궁은 침을 꿀꺽 삼켰다. 고민하고 자시고 할 것도 없었다.

"망하게는 하는데 한 달이 넘게 걸리면요?"

"4천만 원."

"너무 가격이 뚝 떨어지는 거 아닌가요?"

"한 달 안에 하면 되잖나."

이철수가 대꾸했다.

"일베는 공격 안 하나요? 거기도 위험하지 않나요?"

갑자기 찻탓캇이 끼어들었다.

"거긴 괜찮네. 일베 이용자들은 훌리건이야. 경기장 안에 있는 한 안심해도 되네. 위험한 건 훌리건이 아닌 척하면서 숨어서 테러를 저지르는 자들이지…… 할 텐가, 안 할 텐가?"

"히겠습니다. 여기도 아이디랑 비밀번호는 여러 개 있는 거죠?"

삼궁이 물었다.

"있네. 저분한테 받게."

이철수가 팀장을 가리켰다. 팀장은 정자에서 나가 족구장에서 축구공을 혼자 발로 튕기고 있었다. 그는 얼굴이 타오를 것처럼 시뻘게져 있었지만 자신이 취하지 않았다고 주장했다.

"공기 좋고 물 좋은 데서 마시니까 술이 그냥 들어가자마자 깨버리네. 거기 젊은 친구들은 공 좀 차나?"

승합차를 운전했던 사원이 어딘가에서 나타나 팀장이 걷어차는 축구공을 받아주고 있었다.

"복분자가 남자한테 참 좋은 건데."

본부장이 그 광경을 보며 낄낄거렸다.

"다른 데서 2차 어떻습니까? 제가 물 진짜 좋은 곳 아는데."

삼궁이 자리에서 일어나 궁둥이를 툭툭 털며 팀장에게 외쳤다.

"오늘 수질도 좋고 수량도 아주 풍부하답니다."

삼궁이 전화를 끊으며 말했다. 그 말이 웃겼는지 본부장이 한참을 킬킬거렸다. 팀장도 실실 웃음을 흘렸다.

그들은 승합차에 타고 있었다. 운전은 사원이 했다. 01査10은 강변북로에서 보이는 한강의 야경에 정신이 팔려 있었다.

이철수는 묘한 표정이었다. 입술이 늘어져 입꼬리가 살짝 올라가 있었는데 그게 웃는 것인지 아닌지 분간하기 어려웠다. 눈빛에는 호기심이 섞여 있는 것 같기도 했고, 다른 사람들을 높은 데서 내려다보고 있는 것 같기도 했다.

'폼 잡고 있네. 별것도 아닌 게.'

찻탓캇은 속으로 중얼거렸다.

'당신 뒤에 누가 있는 거잖아. 〈조선일보〉 보는 사람. 그 사람이 아침에 신문 패대기치면서 성질낸 거잖아. 이 망할 놈의 사이트, 돈이 얼만든 들어도 좋으니까 당장 없애버리라고. 민주주의고 훌리건이고 뭐고 당신이 하는 소리는 다 개소리야. 그냥 당신 주인이 진보 사이트들을 싫어하는 거지.'

삼궁은 스마트폰으로 줌다카페에 접속해 있었다. 줌다는 생각보다 큰 사이트였고, 여러 게시판이 있었다. 요리와 패션, 다이어트,

살림, 재테크, 사이버작가 게시판은 비회원도 볼 수 있었고, 서울줌, 경기줌, 지방줌, 미줌, 일승, 중승 등은 정회원만 볼 수 있었다.

삼궁은 다이어트 게시판으로 들어갔다. 첫 페이지가 온통 〈조선일보〉 기사에 관련된 글이었다. 삼궁은 그중 댓글이 많이 달린 '죠선일보 닥쵸오오오오~~~옷'이라는 제목의 글을 클릭했다.

'에궁에궁... 오동통면님 글 보고 저도 아침에 뉴욕탐즈랑 조선일보 사이트에 들어가서

글 봤싸와용~~~ 우힛...

먼저 뉴욕탐즈 광고!!! 정말 놀랍습니동~~~

역시 좋은 신문은 때깔부터 다른 거 같아용...

기부금은 오만 원밖에 안 냈지만 데헷 *^^*

돈이 하나도 아깝지 않네용!!!

그런데 조선일보!!!

기사 읽는데 얘들 쫄았나 싶어서 기분이 좀 좋기도 하공~~~

이게 말이야 방구야 싶어서 짜증나기도 하공~~~

쨌든 하고 싶은 말은 모두모두 너무너무 고생 많으셨고 화이팅이라는 거~~~

그냥 가면 넘 정 없으니까 *^^*

우리 래미가 유치원에서 랑구랑 저랑 그린 그림 한 장 올려놓고 가여 힛힛'

래미는 '딸내미', 랑구는 '신랑'의 은어임을 알아차리는 데 다소 시간이 걸렸다. 글 아래에는 이런 댓글들이 달려 있었다.

'탐진아씨님 래미 그림 넘넘 귀여워요용!!! 화가 해도 되겠당!!!'

'우헉~~~ 오만 원이나!!! 탐진아씨님 대단대단!!! *^^*'

'다 같이 외쳐! 죠선일보 닥쵸옷!!!'

삼궁은 다른 글들도 클릭해서 읽었다. 확실히 사이트 분위기가 은종게시판과는 달랐다. 훨씬 더 끈끈했다. 회원들 간에 비방이나 공격도 거의 없었다. 사소한 갈등이 생기면 입심 좋은 누군가 나서서 '우리 휜님(회원님)들 왜 이래용~~~' 이러면서 어르고 달랬다.

삼궁은 자신이 미지의 섬에 막 도착한 모험가 같다는 생각이 들었다. 인터넷 커뮤니티는 하나하나가 고유의 질서와 법칙을 지닌 생태계다. 그 세계들은 태어나고 성장하며, 진화하고 죽는다. 어떤 것들은 아름답고 어떤 것들은 위대하다. 어떤 섬의 숲은 산불에도 잘 버틴다.

그러나 모든 세계에는, 그 자신만의 약점이 있다. 작고 가늘지만 세계 전체를 떠받치는 중대한 고리가. 별 생각 없이 풀어놓은 쥐 몇 마리가 토착 동물들을 전부 굶어주게 만들 수도 있고, 그 쥐를 잡으려고 뿌린 소독약이 섬의 나무를 몽땅 말려 죽일 수도 있다……

남자들을 태운 차가 강남 시내로 들어섰다. 공룡 같은 빌딩 사이 이면도로로, 아무런 설명 없이 '식스데이즈'니 '더블업'이니 하는 반짝거리는 네온사인 간판 앞에 차가 섰다.

"초이스는 어떻게……? 여기 매직미러로 초이스 해보신 분 안 계시죠? 그걸로 할까요? 아니면 그냥 평범하게 룸에서 할까요?"

복도 입구에서 삼궁이 물었다.

"매직미러로 해봅시다."

본부장이 말했다. 나이 든 남자들이나 젊은 남자들이나 그 말에 동의한다는 표정이었다. '평범하게'라는 한마디로 그들 모두를 낚은 것이다.

한쪽으로만 보이는 유리 안쪽에 여자들이 스무 명가량 앉아 있었다. 바지를 입은 여자는 한 명도 없었고, 모두 짧은 치마 차림이었다. 젊은 여자들은 휴대전화기 화면을 연신 두드리고 있었다.

여자들은 가슴에 번호표를 달고 있었다. 이철수는 자신은 다른 사람이 다 고른 뒤 마지막에 초이스를 하겠다며 순서를 양보했다. 그를 제외하고는, 늙은 남자부터 번호를 불렀다. 풀살롱 상무가 번호를 받아 적었다. 01査10은 자신이 점찍은 여자를 다른 남자가 먼저 초이스하지 않을까 조마조마한 마음으로 차례를 기다렸다. 그가 고른 여자는 17번, 아기처럼 얼굴이 귀엽게 생긴 아가씨였다.

이철수는 양주 두 병을 주문하고, 웨이터에게 5만 원짜리 두 장을 꺼내주었다. 여자들은 유리창 안에 있을 때와 달리 란제리만 입고 룸에 들어왔다. 어떤 여자들은 브래지어에 팬티만 입고 왔고, 어떤 여자들은 그 위에 속이 비치는 슬립을 입었다. 01査10 옆에 앉은 여자는 자기를 '혜리'라고 소개했다. 여자의 입에서 희미하게 구강청정제 냄새가 났다. 테이블 건너편에서 본부장이 삼궁에게 "여기는 수위가 어떻게…… 북창동식인가?"라고 묻는 게 들렸다.

팀장과 삼궁 옆에 앉은 아가씨는 애교를 부리면서 벌써 몸을 남자에게 기대고 있었는데, 혜리는 영 새침했다. 삼궁이 폭탄주를 한 잔 만들어 돌렸고, 그다음에는 본부장이 폭탄주를 또 만들었다. 두 번째 폭탄주를 마셨을 때에는 이철수조차 파트너와 러브 샷을 하고 진하게 키스를 했다. 아무 일 없이 멀뚱멀뚱하게 술을 마신 커플은 01査10과 혜리가 유일했다. 01査10은 술잔을 비운 뒤 혜리의 손을 잡았다. 여자가 약간 긴장하는 게 느껴졌다. 손에서 땀이 났다.

"이제 신고식 한번 보자. 누구부터 할래?"

삼궁의 말에 본부장의 파트너가 번쩍 손을 들었다. 남자들이 "오오"라고 말하며 엄지손가락을 세우거나 박수를 쳤다. 여자는 본부장에게 "오빠, 폭탄 좀 말아줘"라고 하더니 테이블에 올라갔다. 얼굴은 성형 티가 너무 많이 났지만, 몸매가 굉장했다. 여자가 양쪽으로 무릎을 굽히며 인사를 하자 가슴이 출렁였다.

"야, 저게 자연산이었어?"

팀장이 감탄했다.

"안녕하세요. 슴가 되는 지영이에요."

여자는 10초가량 테이블 위에서 골반과 가슴을 흔들더니 브래지어를 풀고 팬티를 벗었다.

"야, 너 가슴 진짜 진짜야? 여기 무서운 오빠들 많다. 사기 치면 큰일 나."

본부장이 아래에서 술을 따르다 말고 소리를 쳤다.

"아, 오빠, 나 진짜야. 봐. 여기, 여기. 칼 댄 자국 없지?"

여자가 양 겨드랑이를 들어 보인 뒤 젖통을 손으로 들어 가슴살 아래 가려져 있던 부분을 보였다.

"아냐, 저걸로는 몰라. 만져봐야 돼. 넌 나한테 따로 검사 받아라."

본부장의 말에 지영은 '흥!'이라며 새침한 표정을 짓더니 테이블에서 내려왔다. 그녀는 자기 가슴을 폭탄주 잔에 일일이 넣었다 뺐다. 술에 젖은 젖꼭지가 빳빳이 일어났다.

"자, 오빠들. 이거 지영이 슴가주야. 다 원샷해야 돼?"

이번에는 01查10도 혜리의 목에 팔을 감고 러브 샷을 했다. 그러나 술을 마신 뒤 키스를 하진 못했다. 술을 마신 이철수는 "아, 맛있다"라며 지갑에서 또 5만 원짜리 두 장을 꺼내 지영에게 건넸다. 알몸이 된 여자는 돈을 자기 구두 스트랩에 끼웠다.

다음으로 테이블에 올라간 여자는 삼궁의 파트너였다. 그녀는 골반 댄스를 추면서 속옷을 벗었고, 테이블 위에서 무릎을 꿇었다. 그녀는 폭탄주를 한 잔 말더니 자기 가슴에 부었다. 여자는 삼궁이 미리 말아놓은 멤버들의 폭탄주 잔을 성기에 대더니, 몸을 타고 내려간 술 방울이 그리로 떨어지게 했다. '내 파트너는 저건 안 했으면 좋겠나'고 01查10은 생각했다.

이번에는 폭탄주를 마실 때 조금 거칠게 혜리를 끌어안았다. 그러나 여전히 그녀에게 입술을 들이댈 엄두를 내진 못했다. 그러자 혜리가 "오빠, 안주도 먹어야지"라고 말하더니 그에게 다가와 입을 맞췄다. 그는 깜짝 놀랐다.

다음에는 이철수의 파트너와 찻탓캇의 파트너가 함께 테이블에 올라갔다. 그들은 서로 키스를 하고 상대의 몸을 핥으며 레즈비언 쇼를 보여주었다. 그들도 알몸이 되어 내려왔다. 이번에도 이철수가 팁을 주었다.

"너 걸스데이 혜리 닮았다."

01查10이 파트너에게 말했다.

"진짜? 그런 말 한 번도 못 들어봤는데."

"그래? 일부러 그래서 이름도 혜리로 한 거 아니야?"

"그건 아니지만, 어쨌든 들으니까 기분 좋네. 오빠는 좋은 사람 같아."

"그걸 보면 알아?"

"보면 알아."

여자아이는 그렇게 말하더니 다시 01查10에게 입을 맞추었다. 그는 그 순간 심장이 쿵하고 내려앉는 것 같았다. 혜리는 테이블에서 섹시 댄스를 추었고, 가슴주를 만들었다.

"이제 초구 들어가야지?"

신고식이 끝났을 때 본부장이 말했다. 그 말에 알몸의 여자들이 남자들의 상의를 벗었다. 팀장은 똥배가 나오긴 했어도 가슴과 어깨 근육이 떡 벌어져 있었다. 다른 남자들은 몸매가 형편없나. 이철수와 찻탓캇은 말라깽이였고, 나머지는 통통하거나 뚱뚱했다.

여자들은 바닥에 내려가 무릎을 꿇었다. 그녀들은 능숙한 솜씨로 남자의 혁대를 풀고 바지를 벗겼다. 여자들은 남자들의 성기를 물고 빨았다.

01查10은 당황해서 주변을 둘러보다가 찻탓캇과 눈이 마주쳤다. 그들은 황급히 시선을 피했다. 나머지 사람들은 그 상황이 익숙해 보였다. 팀장은 근엄한 얼굴로 눈을 감고 있었다. 삼궁은 히죽히죽 웃으며 담배를 피웠다. 본부장은 여자의 머리를 누르고 있었다. 이철수는 무표정했다.

사정의 순간이 점점 다가오자 01卒10은 어떻게 해야 하나 싶어 걱정이 되었다. 다른 사람들 앞에서 잘못 사정을 했다가 망신거리가 되는 게 아닌가 싶었다. 그는 자신뿐 아니라 다른 남자들도 모두 사정한 것을 알고 안도했다. 본부장은 "삼킨 거 맞아?"라며 파트너더러 입을 벌려보라고 했다.

　술로 입을 헹군 여자들은 속옷을 다시 입는 대신 남자들의 상의를 걸쳐 입고 다시 자리에 앉았다. 남자들은 속옷 차림, 여자들은 커다란 상의로 알몸을 가린 차림이었다. 남자들은 공범의식으로 하나가 되었고 마음이 편해졌다. 찻탓캇조차 합포회 멤버들을 "형님"이라고 부르며 실실 웃고 있었다.

　그들은 폭탄주를 만들어 돌렸다. 본부장은 자기 와이셔츠를 입고 있는 파트너의 몸 아래 손을 넣었다가 가끔 그 손을 꺼내서 손가락을 핥았다. 팀장과 찻탓캇은 여자들을 부둥켜안고 서로 쪽쪽 빨고 핥았다. 삼숭은 파트너보다 이철수에게 관심이 쏠려 있었다. 그는 자기들이 어떻게 은종게시판을 초토화시켰는지, 그 와중에 어떤 위기가 있었는지를 신이 나서 떠들었다.

　"이게, 인터넷 커뮤니티는 하나하나가 생태……, 생태계거든요. 딸꾹! 어떤 섬의 숲은 산불에 잘 버틸지 몰라도……, 딸꾹! 쥐 몇 마리만 풀어놓으면 거기 동물들을 다 말려죽일 수 있습니다……"

　01卒10은 혜리와 키스를 했다. 혀를 써서 여자와 키스를 하는 것은 처음이었다.

　웨이터가 들어와서 시간을 연장하겠느냐고 물었다. 본부장이 "이제 홈런 치러 가야지"라고 말했다. 여자들이 주섬주섬 옷을 입고 룸을 나갔다.

"2차는 한 시간이야, 한 시간 20분이야?"

"예, 사장님, 저희는 좀 짧아서…… 45분입니다."

웨이터의 말에 남자들이 "와, 뭐 이렇게 짧아" "강남은 강남이네"라고 한마디씩 했다.

그들은 엘리베이터를 타고 꼭대기 층의 모텔로 올라갔다. 엘리베이터가 하도 작아서 네 사람밖에 탈 수가 없었다. 01杏10은 본부장과 함께 엘리베이터를 탔다. 본부장은 엘리베이터 안에서도 가슴 큰 파트너의 미니스커트 아래로 손을 집어넣으려 애썼다.

엘리베이터 문이 열리자 붉은 조명이 켜져 있는 복도가 나왔다. 혜리가 01杏10의 손을 잡아끌고 복도 끝에 있는 방으로 갔다. 방은 방음이 잘 안 됐다. 옆방에서 어떤 여자가 크게 신음소리를 내고 있었다. 소리가 너무 커서 여자가 연기를 하고 있음이 오히려 명확히 드러났다.

혜리는 샤워부스로 01杏10을 데려가서 몸에 비누를 칠해주었다. 그들은 제대로 물기를 닦지도 않고 침대에 누워 뒤엉켰다. 01杏10은 서툴게 혜리의 몸을 애무했다. 그의 혀가 닿았을 때 여자는 소리 나지 않게 숨을 토했다.

'이건 연기가 아냐. 너무 자연스러워.'

01杏10은 그렇게 믿었다. 그가 몸을 집어넣으려 할 때 여자는 남자의 눈을 보며 부탁했다.

"살살 해줘, 응?"

01杏10은 그 말대로 했다. 천천히 피스톤 운동을 하다가…… 여

자가 그의 목을 끌어안으며 낮게 신음소리를 뱉는 바람에 금방 사정해버렸다. 그러나 여자는 아무렇지도 않은 모양이었다. 혜리는 01査10의 어깨를 잡고 약간 몸을 떨었다. 여자가 01査10의 귀에 속삭였다.

"아, 진짜 좋았다."

"그래? 너무 일찍 싼 거 아냐?"

"아니, 딱 좋았어. 우리는 속궁합이 좀 맞나봐."

여자가 01査10의 볼에 쪽 하는 소리를 내며 입을 맞추었다. 01査10은 이제 여자의 눈을 똑바로 바라보는 게 두렵지 않았다.

"아까 엘리베이터 같이 탔던 아저씨, 완전 변태더라. 오빠네 회사 상사야?"

옷을 입으면서 혜리가 물었다.

"상사는 아니고……"

"완전 진상일 거 같애. 지영 인니 불쌍하다. 저런 손님 걸리면 진짜 고생이야."

01査10은 진상 손님들은 어떤 사람들이 있느냐고 물었다. 혜리는 한숨을 쉬면서, 방에 들어오자마자 다짜고짜 여자를 때리는 남자가 있는가 하면 애널 섹스를 시도하려는 남자도 있다고 말했다. 45분 동안 두 번 섹스를 하려는 손님은 흔했다.

"오빠 같은 손님은, 완전 상위 1프로야. 여기 또 오게 되면 꼭 나 지명해줘요. 나도 오빠가 좋으니까."

"그럴게."

"약속?"

혜리가 귀여운 표정을 지으며 새끼손가락을 들어 구부렸다.

"약속."

01츄10은 그 새끼손가락에 자기 손가락을 걸었다.

"그런데 오빠는 뭐하는 사람이야? 사업해?"

"응."

"어떤 쪽?"

"IT."

"돈 많이 벌어?"

"오늘 보너스 천만 원 받았다."

"와, 오빠 능력 있구나. 그럼 좀 자주 와."

엘리베이터 앞에서 혜리는 01츄10에게 휴대전화기를 달라고 했다. 01츄10에게서 핸드폰을 받은 여자는 거기에 자기 번호를 찍더니 저장했다.

"이게 내 번호야. 나 대기실에 있으면 하루 종일 심심하거든. 손가락이 느려서 게임도 못해. 그러니까 나한테 카톡 자주 날려."

01츄10은 알았다고 대답했다.

1층에 내려오니 승합차가 서 있었다. 운전석에는 사원이 앉아서 기다리고 있었다. 술집에서 나온 사내들은 어딘지 꿈꾸는 듯 나른한 표정이었다.

"오늘 진짜 잘 놀았네. 아, 기분 좋다. 이렇게 깔끔하게 끝나는 날도 별로 없는데."

본부장이 차에 오르며 말했다.

"3차 안 가도 괜찮으시겠어요? 어디 포장마차에서 입가심이라도?"

이철수가 물었다.

"딱 지금이 좋아요. 딱 이 정도가."

팀장이 말했다.

"저는 철수 형님이 가신다고 하면 어디든 가겠습니다."

삼궁이 말했다. 이철수는 웃으며 고개를 저었다.

"오늘은 이쯤에서 마무리하자구. 다들 내일 일정들이 있으시니."

신촌에 도착했을 때 삼궁이 오피스텔 앞에서 "야, 우리끼리라도 3차 안 할래?"라고 물었다. 술에 곯아 있었지만 그냥은 집에 들어가기 싫은 모양이었다. 그들은 오줌 냄새가 나는 호프집으로 들어갔다.

"이철수 그 새끼 존나 멋있더라."

01査10은 여자 이야기가 하고 싶었지만 삼궁은 이철수 얘기를 꺼냈다.

"그러게. 지갑에서 돈이 끝없이 나오더라."

찻탓캇도 여자 이야기는 하지 않았다.

"난 아까 잤던 여자애가 자기 번호 주더라."

01査10이 말했다.

"병신아, 그건 달라고 하면 다 줘."

삼궁이 말했다.

"아니, 난 달라고 하지 않았는데."

"네가 저엉말 좋았나보다. 전화번호까지 주고."

찻탓캇이 비꼬았지만 01査10은 알아듣지 못했다. 그는 되물었다.

"그랬나보지?"

"아오, 저 병신 새끼. 씨발 그 여자애들이야 단골손님이 생기면 돈 버니까 그렇게 번호 뿌리고 다니는 거지. 너 뭐하는 사람이냐고, 얼마 버느냐고는 안 물어보디? 그게 공사 들어갈까 말까 견적 내보는 거야. 존나 그렇게 친해졌다가 재산 다 꼴아박는다, 조심해라."

"씨발, 그런 거 아니라니까!"

01查10이 주먹으로 테이블을 내리쳤다. 카운터에서 꾸벅꾸벅 졸던 호프집 아르바이트생이 피곤한 눈을 들어 그들을 쳐다보았다.

"왜 테이블은 치고 지랄이야? 알았어. 걔가 너 사랑해. 너 사랑해서 번호 준 거다. 이제 됐냐?"

삼궁이 웃었다.

그들은 '닥눈삼 법칙'에 따라 먼저 줌다카페 게시판 곳곳을 들여다보며 연구했다.

당연히 줌다카페는 서로 아끼고 배려하는 사람들이 모인 낙원이 아니었다. 찻탓캇이 보기에 줌다카페의 평화는 '횐님'들의 공격성이 안이 아니라 밖을 향하기 때문이었다. 자기들끼리는 아무리 개떡같이 생긴 애기 사진을 올려도 너무 귀엽, 눈이 빠져들 것 같다, 크면 여자 여럿 홀리겠다는 칭찬 릴레이가 벌어졌다. 그러나 커뮤니티 외부에 있는 자들에 대한 외모 평가는 상식 이상으로 박했다. 아이유는 남자들 기 빨아먹는 요물이었으며, 전지현은 늙었고,

고현정은 돼지였다.

숨다카페 회원들에게 외부 세계는 아저씨들, 시댁, 공교육, 새누리당, 조중동이었다. 한국의 여권(女權) 수준은 아랍 국가와 비슷했다. 커뮤니티 회원에게는 아낌없는 사랑을, 그리고 그 나머지 것들에 대해서는 증오를 퍼붓기로 작정한 사람들 같았다. 어린 여자 연예인들, 여자 아나운서들, 남자 연예인들의 부인에 대해서는 '정말 사람이 이래도 되나' 싶을 정도로 가십과 악플을 많이 달았다. 특히 일베에 대한 혐오감이 엄청났는데, 과거 정치 운동을 벌일 때마다 일베 회원들이 이 사이트에 대해 사이버공격을 많이 했기 때문이었다.

다른 커뮤니티에서는 금기인 친목질이나 오프라인 모임이 이곳에서는 장려되었다. 특히 '애유엄브'가 많았다. '애는 유치원 보내고 엄마는 브런치 먹으러 모이는 모임'이었다. '이번 주 목요일 일산 호수공원 근처 애유엄브 제안~~~ 뉴비도 차별 안 해요~~~'라는 식이었다. 회원들 간의 유대감이 어찌나 끈끈했던지, 분당과 일산에 사는 여자들이 차를 몰고 상수동에서 만나는 경우도 흔했다.

이렇게 잘 뭉치는 덕에 행동력이 장난이 아니었다. 모금운동이 자주 벌어졌고, 농성 현장에 단체로 응원가서 인증사진을 찍고 오거나 밥차를 보내기도 했다. 광우병 시위에 유모차 부대를 보냈던 게 이들의 자부심이어서, 이런 후원 운동에는 곧잘 '윱차(유모차)의 전설이여~~~ 다시 한번♥'이라는 식의 댓글이 달렸다.

정치와 남자 아이돌그룹에 관한 한 균형감각이라고는 차라리 은 종계시판을 부러워해야 할 수준이었다. 대통령 선거가 끝난 뒤에는 대구 경북 지역 농산물을 사먹지 말자는 불매운동이 벌어졌다. 이들에게 각종 남자 아이돌 추문은 모두 정부의 실책을 덮기 위해 검찰과 언론이 손을 잡고 터뜨린 음모였다.

그러나 정작 팀-알렙 회원들의 입을 떡 벌어지게 한 게시판은 따로 있었다. 글쓴이의 신원이 드러나지 않는 익명게시판인 '섹스게시판'과 '시월드게시판'이었다.

섹스게시판에는 성생활 상담부터 과거 성경험 고백, 들키지 않고 외도하는 법에 대한 조언까지 그야말로 눈이 휘둥그레질 이야기들이 넘쳐났다. 찻탓캇은 여자들이 남자 성기 크기를 따지지 않는다는 말이 거짓이었음을 그 게시판을 보고 알게 됐다.

시월드게시판은 시댁 욕을 하는 게시판이었다. 특히 이곳에서는 '면상놀이'라는 게시물들이 유행이었는데, 자기 셤니(시어머니)와 시뉘(시누이)의 사진을 찍어 올리면 다른 유저들이 그 얼굴을 욕해주는 것이었다.

'와~~~ 진짜 독하게 생겨 처먹었네요~~~ 밥 먹다 보고 토 나오는 줄 ㅋㅋㅋ'

'못 배운 티가 졸졸~~~ 흐르네용~~~'

'뻐큐머겅ㅗㅗㅗ 두번머겅ㅗㅗㅗ'

그런 댓글들.

시댁 식구 중에 이 사이트 회원이 있으면 어쩌려고 그러는지, 최소한의 모자이크도 하지 않고 사진을 올리는 회원들도 꽤 있었다.

"여긴 진짜 신기하다. 난 은종게시판보다 여길 더 이해 못하겠다."

01査10이 혀를 내둘렀다.

"애엄마들 모임이 다 이래. 홍대 카페 같은 데서 아줌마들 수다 떠는 거 들어본 적 없냐? 케이크 하나 시켜놓고 팔자 좋게 커피 홀짝이면서 세 시간 동안 남편 욕, 시어머니 욕, 시누이 욕, 어린이집 욕, 유치원 선생 욕, 입주 아줌마 욕, 아파트 관리사무소 욕, 카페 알바 욕…… 얘기 들어보면 다 욕, 욕, 욕이야. 지들 케이크 처먹는 돈은 다 어디서 나왔는지. 아줌마들 종특이지 뭐."

삼궁이 말했다.

찻탓캇 생각에는 이곳의 특이한 사이트 운영 규칙이 사람들의 행동에 영향을 미친 것 같았다. 줌다카페의 벌점과 신고 제도는 은종게시판과 거의 비슷했으나 한 가지가 달랐다. 어떤 회원에게 다른 회원들이 준 벌점 총량을 누구도 알 수가 없었다.

줌다카페 회원들은 현재 자기가 벌점이 몇 점인지, 어떤 글로 인해 벌점이 늘어났는지를 알 길이 없었다. 그러다보니 자기검열이 심해지고 매사에 언행을 조심하게 됐다. 자신에게 벌점을 줄 수 있는 다른 회원들에게는 무조건 칭찬만 했다. 그리고 커뮤니티 밖의 적에게는 그만큼 가혹해졌다.

줌다카페를 공략하기 위해서는 전혀 새로운 접근법이 필요하다는 데 팀-알렙 멤버 모두가 동의했다. 이곳에서는 이간질이 통할 것 같지 않았다.

한편 팀장이 보내준 줌다카페 가짜 회원 아이디와 비밀번호 묶음도 팀-알렙의 흥미를 끌었다. 파일에는 단순히 줌다카페 아이디와 비밀번호만 적혀 있는 게 아니었다. 주민등록번호나 다른 사이트, SNS의 회원 정보까지 적혀 있었다.

이런 식이었다.

김가인 / 860118-2030010 / 서울 거주 / 주부 / 아이돌, 일본드라마 / 페이스북 아이디, 비번 / 트위터 아이디, 비번 / 네이버 아이디, 비번 / 다음 아이디, 비번 / 네이트 아이디, 비번 / 줌다카페 아이디, 비번……

처음에 그들은 팀장이 다니는 '회사'가 실제 살아 있는 사람들의 신상 정보를 털어서 자기들에게 제공해준 거라고 생각했다.

"이렇게 했다가 아이디 원주인이 알면 어떻게 하려고 그러지?"

삼궁은 그렇게 투덜거렸다.

얼마 안 가 그들은 김가인이라는 사람이 존재하지 않는다는 사실을 알아차렸다. '회사'가 김가인 이름으로 네이버나 다음 뉴스에 댓글을 서너 개 단 것도 알게 됐다. 그런데 김가인의 주민등록번호는 긴끼였다. 그 주민등록번호로 정부 사이트에서 실명 인증도 받을 수 있었다. 대한민국 정부 서류상으로는 실재하는 유령 인간이었다. 원한다면 그 번호로 휴대전화번호도 만들 수 있고 여권도 만들 수 있었다.

"어떻게 이럴 수가 있지?"

"그놈들 뭐하는 새끼들이냐? 국정원이냐?"

찻탓캇과 01査10은 불길한 기분에 사로잡혔다. 삼궁은 그렇지 않은 듯했다.

"좀 조용히 해봐. 지금 좋은 생각 났었는데."

"뭔데?"

"까먹었잖아, 너희들 때문에."

삼시 뒤에 삼숭이 자기 아이디어를 소개했다. 설명을 듣는 동안 찻탓캇과 01츄10은 아무 말도 하지 않았다. 다 듣고 난 찻탓캇이 입을 열었다.

"그럴싸하긴 한데, 하나 문제점이 있다."

"뭔데?"

"우리 중 누군가가 실명을 밝히고 경찰서에 가야 한다는 거지."

찻탓캇이 지적했다.

"너 혹시 갈 생각 없냐?"

삼숭이 웃으며 물었다.

"미쳤냐? 내가 거기 왜 가냐? 네가 가. 네가 낸 아이디어니까."

"씨발 그럼 뭐, 나는 아이디어도 내고 위험도 무릅쓰고 그러는 거냐? 그럼 나중에 9천만 원 받으면 그것도 다 나 줄 거냐?"

"그러기만 해봐. 언론에 다 꼰질러버릴 테니끼."

"그러면 너 죽고 나 죽는 거지. 아니, 내가 나설 필요도 없네. 그 무서운 팀장 아저씨가 너 죽이러 애들 풀걸?"

찻탓캇은 대답하지 않았다.

"야, 넌 생각 없냐? 대신에 내가 좋은 데 데려가줄게."

삼숭이 01츄10에게 물었다.

"좋은 데 어디? 풀살롱?"

01츄10이 픽 웃었다.

"아니, 텐프로. 연예인 뺨싸다구 때리는 여자애들이랑 술 먹고 싶지 않냐?"

"좆까. 뻥까지 마."

"뻥 아냐, 씨발놈아."

*

(11월 3일 녹취록 #1)

챗탓캇 먼저 대포폰을 하나 구했어요. 그리고 작은 인터넷 쇼핑몰을 몇 개 골라 자잘한 물건들을 김가인 이름으로 샀어요. 뜨개질 재료, 기저귀 가방, 아기용 로션 같은 것들. 거기에 대포폰 번호를 남겼죠. 인터넷 사이트 중에서 보안이 약한 곳 게시판에도 김가인 이름으로 글을 몇 개 남기고 휴대전화번호를 남겼어요. 나중에 추적을 할 수 있도록.

그러면서 김가인 페이스북을 꾸몄어요. 진짜 주부들 페이스북처럼 먹을 거 사진, 아기용품 사진 같은 걸 많이 올렸죠. 01츈10도 페이스북 새 계정을 만들어서 김가인 페이스북과 친구를 맺었죠. 남편으로.

임상진 남편으로요.

챗탓캇 예. 그리고 그 인터넷 쇼핑몰에도 01츈10 이름으로 게시물을 몇 개 올렸죠. '아내가 주문을 했는데 물건이 안 옵니다. 언제쯤 오나요?' '물건 받았는데 좀 기스가 있네요. 환불 받을 수 있을까요?', 이런 것들. 그런 글에는 01츈10 핸드폰 번호를 남겨놨죠. 그러고 나서 ▓▓▓카페에 김가인 아이디로 글을 몇 개 올리고 댓글을 달았어요. 페이스북 주소도 남겼고, 실명도 슬쩍 남겼어요. '제가 이름이 한가인이랑 똑같아용~~~ 불행히도 이름만 똑같다는 거 ~~~ 울 랑구는 많이 찌그러진 연정훈 ㅋㅋㅋ' 이렇게요.

임상진 01査10이라는 분이랑 연정훈이 좀 닮았나요?

찻탓캇 글쎄요. 좀 닮았나? 뭐 그런 거야 어찌 됐건…… 어쨌든 그 다음에는 ■■■카페의 섹스게시판이랑 시월드게시판에서 자극적인 글 몇 개를 화면 캡처해서 일베에 올렸어요. '좌좀년들 노는 것 좀 보소'라고. 어떤 내용이었더라? 하나는 남편이 다음 주에 출장이고 그 기간에 헬스클럽의 퍼스널트레이닝 강사랑 거사를 치러보려 하는데 상대가 숙맥이다, 얘가 지금 알면서 빼는 거냐 아니면 진짜 숙맥인 거냐 회원님들이 판단 좀 해달라, 그런 글이었어요. 아, 그리고 또 하나는 남편이 물건이 너무 작아서 도저히 만족을 못하겠어서 옛날 남자친구 만나서 회포를 풀었다는 글. 시월드게시판에서는 당연히 그 면상놀이 글들을 캡처헤서 올렸죠.

임상진 반응이 엄청났겠군요.

찻탓캇 다 뒤집어졌죠. 일베 애들이 좌좀년들 응징한다면서 ■■■카페에 디도스 공격하고 사이트 운영자 탈세로 고발한다며 난리치고 그랬죠. ■■■카페도 난리가 났죠. 저희가 제대로 불을 지른 거죠. ■■■카페에서는 이거 일베로 어떻게 유출된 거냐, 일베 애들이 해킹한 거 아니냐 이러면서 우왕좌왕했어요. 그쯤 되면 알아서 찾아올 줄 알았는데 그러지 못하더군요. 힌트 많이 뿌렸다고 생각했는데.

임상진 알아서 찾아오다니요?

챗탓캇 저희 신상 터는 거요. 01査10이 일베에 올린 글 아이디를 그대로 페이스북 계정으로 쓴 게 01査10 가짜 페이스북 계정이었거든요. 거기서 금방 부인 페이스북 계정 찾을 수 있고, 그게 김가인 계정이죠. 김가인 이름으로 그 계정 주소를 ▆▆카페에 몇 번 올렸어요. 그 정도면 01査10 핸드폰 번호도 금방 알아낼 줄 알았는데……

임상진 못 알아냈어요?

챗탓캇 못 알아내더라고요. 그래서 저희가 ▆▆카페에 다른 아이디로 글을 올렸어요. 아무래도 김가인 회원이 의심스럽다고. 아까 얘기한 과정을 쭉 풀어서 설명하면서. 그래도 거기에 온라인쇼핑몰 건은 적지 않았어요.

임상진 그랬더니?

챗탓캇 ▆▆카페 회원들도 그때서야 김가인 신상을 털어볼 생각을 한 거 같아요. 김가인 이름이랑 아이디를 구글에 넣고 돌리면 바로 온라인쇼핑몰 후기랑 문의글이 나오고 핸드폰 번호도 같이 나와요.

몇 시간 있다가 김가인 명의로 만들어놓은 핸드폰에 카톡 메시지가 오더라고요. '죄송하지만 김가인 씨이신가요? 혹시 ▆▆카페 하시나요?' 하고요. 한다고, 누구시냐고 대답했죠. 그랬더니 '정말 궁금해서 여쭙는 건데요, 혹시 최근에 ▆▆카페 게시물을 일베에 옮기신 적이 있나요?'라고 묻더군요. 그래서 거기서부터는 대답을 안 했죠. 계속 물어보더군요. 점점 말이 짧아지면서. '왜 답을 안 하시는 건가요, 그냥 예 아니오만 말씀해주시면 되는데'라고 묻다가 '뭔가 찔리는 게 있죠, 김가인 씨?' '야 사람이 물었으면 뭐라고 대꾸를 해야 할 거 아냐. 그냥 무작정 씹는 게 능사냐?' 그렇게. 저희는 계획대로 되어간다면서 그 꼴을 지켜봤어요.

조금 있다가 ■■카페에 글이 오르더라고요. '횐님들~~~ 일베에 글 올린 논이 쪼오기 게시판에도 글 올렸던 단나눔이 100% 확실하답니당~~~ 본명은 김가인이고요, 전화번호는 010-9728-○○○○이에용~~~ 제가 조금 전에 카톡으로 확인했싸와용~~~'

그 카톡 화면도 같이 올렸더라고요. 그러고 나서 김가인 이름으로 개설한 대포폰으로 문자랑 카카오톡 메시지가 쏟아지는데, 우와…… 정말 거짓말 안 하고 1초에 하나씩 왔습니다. 핸드폰을 소리 모드로 해놓으니까 메시지가 '까또까또까또까또까또까또' 이러고 오더라고요. 그날 잘 때 보니까 문자랑 카톡이랑 합쳐서 천 개가 넘게 왔습니다.

임상진 어떤 내용이었나요?

찻탓캇 다 욕이죠 뭐. ■■카페에 올리는 그 이응이응하는 문체는 없어요.

'야 이 벌레년아 자냐? 깨어 있는 거 다 아는데 왜 답이 없어? 건방진 년'

뭐 그런 거. '■■가 만만해 보였냐?' '니 번호 다 털렸다' '학교 친구랑 직장 동료 가족들한테 다 알려서 다시는 사회생활 못하게 해줄게' '일베년 죽어라 일베년 죽어라 일베년 죽어라 일베년 죽어라 일베년 죽어라 일베년 죽어라 일베년 죽어라 일베년 죽어라 일베년 죽어라' 그런 것들요.

거기 회원들은 그러면서 자기들끼리 김가인한테 저주 문자랑 카카오톡, 페이스북 메시지, 트위터 다이렉트 메시지 보낸 것들을 화면 캡처해서 게시판에 인증하고 그러더라고요. 그만하면 됐다 싶어서 다음 날 핸드폰 해지하고 ■■■카페에 글을 올렸어요. 정확히 기억은 안 나는데 제목은 '참 너무들 하십니다'였고 내용은 대충 이랬어요.

'단나눔이라는 아이디로 카페 활동하던 회원의 남편되는 사람입니다. 이제 그만 좀 하십시오. 아내가 노이로제 증세를 보이고 있습니다. 여기 글을 옮긴 건 아내가 아니라 접니다. 어느 날 아내가 여기 카페에 접속해 있는 걸 보고 하도 어이가 없기에, 다른 사람 반응은 어떤가 궁금해서 내용을 몇 개 캡처해서 제가 다니는 사이트에 올렸습니다. 그게 그렇게 신상이 털려서 죽어라, 사회생활 못하게 해줄게, 하고 욕을 들어야 할 정도로 큰 죄입니까? 그게 시댁 식구 사진 찍어서 님들 다 보는 데 올려놓고 욕하는 깃보다 더 나쁜 짓인가요? 여러분이 하는 짓이 떳떳하다면 왜 그렇게 남들 몰래 숨어서 하십니까?'

임상진 불에 기름을 끼얹었었군요.

챗탓캇 네. 아주 제대로. 그 글이 아마 ■■■카페에서 단일 글로는 최대 댓글 수를 기록했을 거예요. 온갖 악플이란 악플은 다 달렸죠. 저희가 한나절 뒤에 글을 또 올렸어요. 거기 회원들 더 열 받으라고. '입만 열면 인권이니 민주주의니 하시던 분들이 사람을 아주 난도질을 하시는군요. 제가 그런다고 눈 하나 깜빡할 줄 아십니까? 제 신상도 털어보시지 그러세요? 악플 중에 문제 된다 싶은 건 캡

처했습니다. 법적 조치도 검토하고 있습니다. 말조심하십시오.'

임상진 그랬더니 뭐라고들 하던가요?

챳탓캇 좀 있다가 진짜로 01츕10 핸드폰 번호가 털렸죠. 신상 턴 여자가 자기가 어떻게 01츕10 신상을 털었는지 과정을 자세히 적어서 게시판에 올렸더라고요. 그 과정이라는 게 뭐, 저희가 심어놓은 함정대로…… 그 여자는 꽤나 신이 났던 모양이었어요. 신상 턴 후기까지 남겼더라고요.

'어제 그 견공 자제분 신상 터는데 심장이 막 두근반세근반~~~ 신상 털기 전에 단나눔꾼 먼저 탈퇴하면 안 되는데~~~ 막 이러면서~~~' 그 아래에는 응원 댓글이 달렸죠. 이런 것들. '스터디존님 정말 대단하세용!!! @_@;;; 해킹 실력 짱짱짱!!!' 다 캡처했죠. 범죄 사실 자백이니까.

처음에 몇몇은 저희가 '법적 조치도 검토하고 있다'라고 쓴 것 때문에 좀 겁을 먹은 모양이었어요. 이게 고발감이 되느냐, 안 되느냐, 문의 글도 올라오고. 아무래도 세상물정 모르는 주부들이니까요. 저희가 괜찮다고 거짓 답변을 올리려 그랬는데 누가 먼저 선수를 쳤어요. '저런 걸로는 고소 못해용 ㅎㅎㅎ 저희 랑구가 법조계 종사자랍니당 ㅋㅋㅋ' 하고요. 뭔 헛소리랍니까. 고소가 안 되긴 뭐가 안 됩니까.

그쯤에서 저희도 꼬리를 내리는 척 사과글을 올렸죠. 제발 그만하시라고. 사죄한다고. 쏟아지는 카톡에는 '죄송합니다. 일베 먹고 싶어서 선을 넘었습니다. 그렇게 잘못된 일인 줄 몰랐습니다. 진심으로 사과드립니다' 그런 답장들을 보냈죠.

그랬더니 어땠는지 아십니까? 카톡이랑 문자가 더 많이 오더군요. 이제 만만하다 이거죠. 세상 어디나 똑같아요. 세 보이는 사람은 못 건드리고 움찔하는 사람만 공격하죠. '흰님들~~~ 저기 속으면 저 얼대~~~ 안 돼용 요 앞에 파라포셋님이 보낸 카톡에도 답장이 똑같았답니동. 토씨 하나 안 다르네요*^^*' '저렇게 카톡 달면서도 속 으로는 웃고 있겠죠? 토 나와 -_-;;; 이궁... 다른 흰님들은 이 장미 꽃으로 속 정화하세요 @)-----' 이런 글들 서로 올리면서.

임상진 하, 진짜 미치겠다……

찻탓캇 저희도 장단 맞췄죠. 그렇게 사과하는 척하다가 일베에 이 사안을 정리해서 글을 올렸어요. '너무 억울하다. 이게 그렇게 무릎 꿇고 사과할 일이냐? 이러다 좌좀년들한테 민주화당하게 생 겼다. 일게이들아 화력 좀 보태주라' 이렇게. 그걸 저희가 다른 아 이디로 ■■카페에 고자질하고, ■■카페는 또 뒤집어지고. 그렇 게 불이 꺼실 만하넌 기름 붓고 꺼질 만하면 기름 붓길 몇 번이나 되풀이했죠. 그러다가 저희가 노출하지 않았던 정보까지 털렸어 요. 어떻게 알았는지 01촤10이 나온 대학을 알아냈더라고요. '야 지잡대 나온 새끼는 좀 닥치고 좀 있어라' '어디서 이름 들어보지 도 못한 대학 나온 게 꼿꼿이 대가리 처들고 말대꾸야' '천안에서 대학 다녔으면 호두과자는 많이 먹었겠네' 이런 메시지들이 오기 시작했습니다. 저랑 삼궁은 그때도 낄낄거리며 웃기만 했는데 01촤10은 그때부터는 기분이 상했는지 갑자기 울컥 화도 내고 메 시지 확인도 안 하려고 하고 그러더군요.

임상진 그것 참……

찻탓캇 나흘쯤 지나서 '모든 게 내 잘못이다, 회원님들이 하라는 대로 하겠다, 제발 용서해달라, 문자랑 카톡은 이제 그만 보내달라'고 ███카페에 글을 올렸어요. ███카페는 축제 분위기가 되었습니다. 그 와중에도 문자메시지는 계속 왔어요. 그때쯤에는 01查10은 완전히 그 사이트 동네북이었으니까…… '사과는 뭐하러 하냐?' '이렇게 금방 꼬리 내릴 거 애당초 왜 그렇게 깝쳤어?' '네가 어느 정도 곤란해한다는 건 알겠고 이제 휜님들이 네 처분을 상의할 거야. 그때까지 나대지 말고 짜져 있어'

███카페에서는 이 일을 철저히 민주적으로 해결하자고 하더군요. 거기 회원들이 말하는 민주적 해결이라는 게 뭐였느냐 하면 이런 거였어요. 01查10을 어떻게 처벌해야 할지 회원들이 아이디어를 내요. 그리고 그 아이디어를 한데 모아서 게시판에서 투표를 하는 거예요. 그렇게 해서 가장 지지를 많이 얻은 벌칙 세 가지를 골라서 그걸 실시하겠다는 거였습니다. 그런데 거기 회원들이 자기들이 한 말조차 지키지 않더라고요. 벌칙으로 정해진 게 세 가지가 아니라 네 가지였어요. 이랬어요.

―자기 실명을 밝히고 손글씨로 사과문을 써서 ███와 일베 양쪽에 올릴 것.

―정신과 치료를 받은 뒤 증빙자료를 첨부해서 ███와 일베 양쪽에 올릴 것.

―이 사안을 언론사 열 곳에 제보할 것. (메일을 기자들과 ███ 운영진에게 동시에 보낼 것)

―봉사활동 백 시간 한 뒤 인증할 것. (███에만)

임상진 그걸 하셨어요?

챗탓캇 아뇨. 이제 이만하면 됐다, 싶었죠. 저희한테 온 문자메시지나 저희 글에 달린 악플들 다 저장해서 아이디 4백몇 개랑 전화번호 백몇 개를 경찰에 고발했어요. 경찰에 고발할 때는 상대 정보를 그 정도만 알아도 돼요. 어차피 실명 기반 카페니까 경찰이 서버나 카페 운영자한테 이런 아이디 인적사항 내놓으라고 하면 바로 내놔야 합니다.

혐의는 사이버 명예훼손, 협박, 모욕죄였죠. 명예훼손이 형량이 꽤 셉니다. 거짓말을 안 해도 2년 이하 징역, 거짓말이 섞여 있으면 5년 이하 징역이죠. 사이버 명예훼손은 더 세요. 거짓말이 섞여 있지 않으면 3년 이하 징역, 거짓말 섞여 있으면 7년 이하 징역. 협박은 3년 이하 징역, 여러 명이서 집단으로 협박하는 특수협박은 7년 이하 징역. 모욕죄는 1년 이하 징역이죠.

저희 중에 변호사는 없지만 이게 법을 다투고 말고 할 일이 아니라는 건 잘 알고 있었어요. 거기 회원들만 몰랐을 뿐이지. 떼로 몰려와서 사회생활 못하게 하겠다고 겁주고, 출신 대학 지잡대라고 비웃고, 건방지다 재수 없다 그런 메시지를 수천 개나 쏟아부었는데 그게 어떻게 무죄가 되겠어요. 엿 먹으라고 고발도 밀양까지 내려가서 거기 경찰서에다 했죠. 01촜10 주민등록 주소지가 거기였거든요. ▓▓▓카페 회원들은 조사 받으러 자기들이 그렇게 싫어하는 경상도까지 내려가야 한다는 얘기였죠. 고발장 접수한 다음에 휴대전화는 해지했습니다. ▓▓▓카페에는 그냥 건조하게 고발장 표지 사진이랑 '고발했고 합의 안 할 거다, 나중에 경찰서에서 봅시다'라는 글을 올렸어요.

저희가 너무 무성의하게 글을 써서 그랬나, ███카페 회원들은 한참 동안 상황 파악을 못하더군요. '이게 어떻게 죄가 되느냐'는 반응이었어요. 정말로 어리둥절해하는 느낌? 일베 회원을 응징했는데 오히려 칭찬을 받아야 하는 거 아니냐는 분위기? 야, 이 여자들 증세가 생각보다 심각하구나 했죠. 자기 남편이 법조계 종사자라던 여자가 톡톡히 한몫했어요. '먼저 카페 규칙을 어긴 게 김가인과 그 남편이다, 경찰 조사를 받게 되면 그 점을 말하면 된다' 그런 말도 안 되는 소리를 하더라고요.

임상진 어떻게 됐습니까?

챗탓캇 경찰에서 조사를 했고…… ███카페 회원들도 주변의 진짜 법조계 종사자한테 물어봤겠죠. 슬금슬금 게시판에 댓글들 지워지는 게 보이더라고요. 밀양경찰서 형사님한테 알려준 번호로 문자 메시지가 오기 시작했습니다. 정말 죄송하다고, 합의하고 싶은데 어떻게 하면 되느냐고. 애들이 학원을 다니고 있기 때문에 자기가 도저히 밀양까지 내려갈 수가 없는데 소 취하해주면 안 되느냐고 징징대는 여자도 있었고, 경찰 조사 받은 걸 시댁이 알면 자기 쫓겨난다고, 무릎 꿇고 빌라고 하면 그러겠다고 읍소하는 여자도 있었죠.

임상진 어떻게 하셨어요?

챗탓캇 기분 같아서는 합의해주고 싶지 않았는데 사실 저희 목적은 그게 아니었잖아요. 합의해줬죠. 조건을 걸어서.

임상진 어떤 조건이었습니까?

챗탓캇 자필 사과문을 ■■■카페와 일베 양쪽에 올릴 것. 사과문에는 ■■■카페에서 쓰는 아이디를 적시하고, ■■■카페의 비민주적이고 반인권적인 행태에 대한 비판을 반드시 담을 것. 사과문을 올린 다음에는 반성의 의미로 한 달 동안 ■■■카페에 어떤 글도, 댓글도 쓰지 말 것. 그렇게 한 달이 지나면 소 취하해준다. 만약 아이디 세탁해서 ■■■카페 다시 가입한 게 걸리면 소 취하 절대 안 한다.

임상진 사과문을 올리던가요?

챗탓캇 당연하죠. 사람이 경찰 조사 받으면 얼마나 심리적으로 압박이 되는데요. 그리고 돈 한 푼 안 드는 일이잖아요. 처음 사과문을 올리는 사람이나 망설이게 되지, 다른 사람이 이미 여러 명 사과문 올린 걸 보면 별로 망설이지도 않게 돼요.

■■■카페는 그걸로 맛이 갔죠. 자기 카페가 비민주적이고 반민주적이라는 비판 글 수백 개가 히루기 멀디 하고 하나씩 올라왔으니 분위기가 어땠겠어요. 커뮤니티 자부심 쩔던 곳이었는데 개망신을 아주 톡톡히 당했죠. 일베에서는 온갖 패러디가 나왔고, 다른 진보 사이트에서는 '어설프게 진보인 척하던 유한마담들 그럴 줄 알았다'고 비웃고.

결국 커뮤니티가 쪼개졌어요. 끝내는 거기도 분란이 생겼어요. '흰 님들 이렇게 일베에 굴복할 건가여......... ㅠ_ㅠ;;; 너무 슬프고 분합니다..........'라는 한탄 글이 올라오면 '이궁... 그런 어설픈 선동으로 피해를 본 흰님들이 한둘이 아니랍니다~~~ 책임 못 질 말씀은 자제하심이~~~'라는 반박이 달렸죠.

결국엔 그 여자 신상도 털리더라고요. 남편이 법조계 종사자라고 했던 여자. 그 여자가 마치 이 사태의 원흉인 것처럼, 자기들이 그 여자한테 속아서 그 지경에 빠진 것처럼 몰아가는 걸 보는데 소름이 쫙 끼쳤습니다. 그 여자 남편은 세무사라고 하더군요.

5장

전쟁에서 승리하려면 반드시 국민들에게
낙관적 전망을 심어줘야 한다.

삼궁은 01촒10을 텐프로 업소에 데려가지 않으려 했다.

"이 새끼야, 약속 안 지켜? 언제까지 미룰 거야?"

"야, 씨발 솔직히 그건 무효지. 우리가 성공을 못했잖아. 구천만
원을 못 받았잖아."

삼궁은 느긋한 목소리로 대꾸했다.

"너 지금 농담하는 거야, 진담하는 거야?"

01촒10이 물었다.

"어…… 진담인데? 넌 농담으로 들렸냐?"

삼궁이 웃었다. 그러자 01촒10이 부엌 서랍을 뒤졌다.

"저 새끼 뭐하냐? 야, 야! 씨발 너 뭐해! 아오! 미친 새끼, 저거!"

01촒10이 식칼을 들고 와서 휘두르자 삼궁이 자리에서 펄쩍 뛰

며 일어났다. 그는 구석으로 도망을 치며 비명을 질렀다.

"새꺄, 농담이었어, 농담!"

코너에 몰린 삼궁이 얼굴이 파랗게 질려서 외쳤다. 챳탓캇이 헛웃음을 지으며 일어나 01査10을 말렸다.

"너 또 사람 갖고 놀면 정말 죽인다."

01査10이 칼을 거두며 말했다.

"아, 새끼, 지릴 뻔했네."

"약속 지켜. 템프로 가는 거."

"야, 템프로 말고 안마방 세 번, 아니 네 번 가는 건 어때? 돈도 비슷할 거 같은데."

삼궁이 협상을 시도했지만 01査10은 대꾸도 하지 않고 칼을 다시 집어 들었다.

"아오! 씨발 정신병자 새끼! 템프로 가면 될 거 아냐!"

"언제 갈 건데? 확실히 해. 날짜를 딱 못 박아."

01査10이 말했다.

"언제 가고 싶은데?"

삼궁의 물음에 01査10은 "오늘"이라고 무뚝뚝하게 대답했다. 삼궁은 "오늘? 오늘?"이라며 머리를 긁적였다. 그는 고개를 이리저리 갸우뚱거리다 챳탓캇을 향해 물었다.

"야, 넌 안 갈래? 삼분의 일 내면 너도 끼워줄게. 너도 한번 가보고 싶을 거 아냐."

"난 됐다. 불 끄면 그 구멍이나 저 구멍이나 다 똑같아. 안마방이 훨씬 낫지."

찻탓캇이 심드렁하게 대꾸했다.

"옷 입어. 빨리 가자. 얘기 나왔을 때. 어차피 지금 할 일도 없잖아."

01查10이 삼궁을 재촉했다.

"미친놈아, 지금 오후 네 시야! 진짜 지금 가? 지금? 지금? 지금?"

"어, 지금 가."

"어휴, 씨발…… 내가 이런 새끼들이랑 진짜, 아오! 알았어, 알았어. 옷 입어. 이 섹스에 환장한 새끼야."

웃음으로 마무리를 짓기는 했지만 삼궁의 속은 편치 않았다. 9천만 원을 받지 못한 이유는 줌다카페가 한 달 안에 망가지지 않았기 때문이다. 그리고 줌다카페가 한 달 안에 망가지지 않은 이유는 밀양경찰서의 조사가 느렸기 때문이다.

이철수가 준 한 달이 다 되어갈 때 줌다카페는 여전히 희희낙락하는 분위기였다.

'단나눔논이랑 그 남편넘~~~ 법적조치 하네 어쩌네 하더니 사라져서는~~~ 코빼기도 안 비치네용~~~'

'미운 정도 정이라고 *^^* 모하고 있나 궁금하긴 궁금하네용~~~ 우띠 신발논~~~'

그 상태로 이철수에게 보고를 할까 삼궁은 고민했다. '모든 게 계획대로 잘되어가고 있다'고 하면 이철수는 어떤 반응을 보일까? 그자라면 분명히 자기들 계획의 탁월함을 인정해주리라고 삼궁은 믿었다. 그러나 이철수를 고용한 사람도 같은 정도로 머리가 좋을까?

아닐 거다. 이철수를 부리는 자는 〈조선일보〉를 읽다가 화를 내고 성급하게 결정하는 늙은이 꼰대다. 조금 늦어지더라도 줌다카페를 개박살을 낸 뒤에 이철수에게 보고하는 게 나으리라. 어차피 이철수도 지금 줌다카페를 지켜보고 있을 것이다.

그게 첫 번째 판단 착오였다.

두 번째 판단 착오는 합의를 원하는 줌다카페 회원들로부터 돈을 뜯어내지 않은 것이다.

"한 년당 백만 원씩만 합의금을 받아도 3억이야. 이걸 날려버리자는 거야?"

찻탓캇이 항의했지만 삼궁은 듣지 않았다. 합의금을 받고 마무리해버리면 개개인에게는 수모와 경제적 손해를 줄 수 있어도 커뮤니티 전체에는 치욕을 주기 어렵다. 사과문을 게시하게 하는 편이 낫다. 합포회로부터 얻을 수 있는 미래의 기회에 비하면 3억은 푼돈이라고 그는 생각했다.

그런가?

아니면.

어쩌면 이철수로부터 칭찬을 듣고 싶었는지도 모른다. 이철수를 놀래키고, 그래서 그로부터 인정을 받고 싶었는지도.

결과물을 들고 이철수를 찾아갔을 때, 그는 칭찬을 받기는 했다. 인정도 받았다. 그러나 그가 기대했던 수준에는 다소 못 미쳤다.

"자네들 정말 대단하군. 훌륭해. 보름만 더 일찍 이런 결과를 낼 수 있었으면 좋았을 텐데, 그게 좀 아쉽군."

이철수가 웃으며 말했다.

"그러면……"

"약속은 약속이잖나. 돈은 약속한 대로 넣어주겠네."

"4천만 원이요?"

"4천만 원일세."

"저희 결과가 만족스럽지 않으신가요?"

"자네 뭔가 착각을 하는 것 같군. 난 약속을 지키는 것일 뿐이네."

잔뜩 기대를 했던 삼궁은 어깨를 떨어뜨리며 물러났다. 이철수가 말을 이었다.

"사실 은종게시판 때에 비하면 좀 아쉬운 점이 있긴 해."

"어떤 점이요?"

삼궁이 급히 물었다.

"이번 해법은 앞으로 다시 써먹기 힘들어. 줌다카페를 보고 다들 배웠을 거 아닌가. 그리고 애초에 거기 회원들이 너무 무지했어."

'씨발새끼, 뭘 어쩌란 말이야?'

이철수와 헤어질 때 삼궁은 속으로 욕을 퍼부었다.

그날 이후로 삼궁은 종종 은종게시판과 흡사한 진보 사이트를 모니터링했다. 이철수가 다른 댓글부대를 싼 가격에 고용해서 커뮤니티 청부 파괴를 할 것 같았기 때문이다. 팀-알렙이 개발한 방법으로.

그런 진보 커뮤니티들에서 별것도 아닌 사소한 문제들로 병림픽이 열릴 때마다 그는 신경이 곤두섰다. 한 진보 사이트에 끊임없이 남의 맞춤법 오류를 지적하는 아이디가 몇 개 등장해서 분란을 일으키자 그는 그게 이철수의 짓이라고 확신했다.

하지만 그런다고 해서 그가 뭘 어쩌겠는가? 저작권이라도 주장할 텐가? 인터넷에 '이건 우리가 개발한 방법'이라고 하소연하는 글이라도 올릴 텐가?

투덜투덜대며 삼궁이 오피스텔을 나갔고 01査10이 뒤를 따랐다. 찻탓캇은 멍하니 웹서핑을 하다가 편의점에서 맥주를 사 와서 마셨다.

케이블 TV에서는 이종격투기 중계가 한창이었다. 한국 선수와 러시아 선수가 싸우고 있었다. 두 선수는 실력 차이가 너무 컸다. 한국 선수는 주먹 한 번 제대로 날려보지 못하고 신나게 얻어터지고 있었다. 그런데도 아나운서는 한국 선수를 칭찬했다.

대단한 투혼이에요. 현진석 선수, 정말 투지가 대단합니다!

끝까지 포기하지 않고 있습니다. 정말 대단합니다!

눈빛이 살아 있어요! 현 선수, 정말 대단합니다!

해설을 듣다보니 부조리극 속에 있는 듯한 기분이 들었다. 자기 편만 응원하던 은종게시판과 줌다카페의 회원들이 떠올랐다.

"씨발."

찻탓캇이 혼자 중얼거렸다.

화면 속에서 한국 선수가 러시아 선수를 피해 도망 다니다 발이 꼬이는 바람에 보기 흉한 모습으로 자빠졌다. 한국 선수는 그라운드 기술이 걸릴까봐 공포에 질린 얼굴로 허겁지겁 일어났다.

현 선수, 전혀 말리지 않아요! 정말 대단합니다!

"씨발놈, 넌 좋겠다. 존나 얻어터지는데도 응원해주는 사람이 있어서."

찻탓캇이 현진석 선수를 향해 말했다.

UFC 경기는 결국 한국 선수의 장렬한 케이오 패로 끝났다. 찻탓캇은 마시던 맥주캔을 다 비운 뒤 다음 캔의 꼭지를 따려다 말고 옷을 주섬주섬 입었다.

그는 삼궁, 01초10과 함께 갔던 신촌로터리의 단란주점으로 갔다. 여자 실장에게는 맥주를 달라고 했고, 웨이터에게는 삼궁이 했던 것처럼 만 원짜리 한 장을 주었다.

"형님, 아가씨도 필요하시죠? 어떤 타입으로 부를까요?"

"얼굴 예쁜 애요. 다른 건 아무 상관 없어요."

잠시 생각하던 찻탓캇은 그렇게 대답했다.

"알겠습니다, 형님. 몸매는 안 보신다는 말씀이시죠?"

여자를 평가하는 기준은 얼굴 아니면 몸매라고 하는 듯한 뉘앙스가 재미있어서 찻탓캇은 혼자 웃었다. 난 니이도 안 따져.

잠시 뒤에 웨이터가 와서 다시 물었다.

"형님, 얼굴은 신세경 닮은 애가 있는데 얘가 2차를 안 나간다는데요. 혹시 그래도 괜찮으십니까?"

"네, 좋아요."

그렇게 말하고 찻탓캇은 웨이터에게 술을 한 잔 따라주었다. 웨이터는 90도로 허리를 숙이며 양손으로 술잔을 받았다.

단란주점 방에 혼자 있으니 기분이 묘했다. 웨이터가 들고 온 맥주 한 궤짝을 보니 그걸 혼자서 다 마실 수 있을지 걱정이 되었다. 술을 잘 마시는 여자가 들어왔으면 좋겠다고 생각했다. 그는 서둘러 마시던 술을 비우고 다음 병을 땄다.

그 병을 다 비웠을 때 여자가 들어왔다.

"지윤이에요."

여자가 꾸벅 인사를 하고 찻탓캇의 옆자리에 앉았다. 찻탓캇은 '아, 신세경이 저렇게 생긴 탤런트였지'하고 생각했다. 자신이 신세경을 그리 좋아하지 않았다는 사실도 기억이 났다. 신세경도, 지금 그 옆에 앉은 여자도, 얼굴이 너무 어두웠다.

여자아이는 부지런히 포도껍질을 깐 뒤 이쑤시개를 껍질을 깐 녹색 포도알에 꽂았다. 그러다 불쑥 말했다.

"전 2차 안 나가요."

"어, 들었어."

그는 지윤이라는 여자에게 술을 따르게 하고 부지런히 술을 마셨다. 할 말이 없어서 말을 하지 않았다. 여자도 술을 꽤 마셨다. 취기는 돌았지만 심하게 취하지는 않았다. 주거니받거니 술을 마시다 여자가 물었다.

"오빠 여기 왜 왔어요?"

"혼자 술 먹기 심심해서."

"토킹 바 같은 곳에 가면 되잖아요?"

"토킹 바?"

"여자 바텐더들이 말상대 해주는 데."

"그런 데가 있는 줄 몰랐어."

"만날 단란이나 다니니까. 친구도 없을 테고?"

찻탓캇은 뭐라고 대답을 해야 할지 몰라 망설이다가 "좇까, 씨발년아"라고 대꾸했다. 그 말에 지윤이 자지러지며 웃었다.

　여자애가 기죽지 않고 또박또박 말대꾸를 하는 것이 재미있었다. 그냥 평범한 여자아이와 농담을 따먹고 있는 기분이었다. 지윤은 웃을 때 표정이 좀 밝아졌다.

　찻탓캇이 입에 담배를 물자 여자가 불을 붙여주었다.

　"오빠, 나도 피워도 돼?"

　"마음대로 해. 그걸 뭘 허락을 받고 그러냐?"

　"여자들이 담배 피우는 거 싫어하는 손님들도 있거든. 입에서 냄새난다고."

　"별 좆같은 새끼들이 다 있네."

　"그러게."

　"2차는 원래 안 나가는 거야, 오늘만 못 나가는 거야?"

　"안 나가."

　"2차 니간 쩍 한 번도 없어?"

　"뭘 자꾸 그런 걸 물어봐? 나갔으면 어쩔 거고 안 나갔으면 어쩔 건데?"

　찻탓캇은 취해서 비틀거리며 자리에서 일어났다. 여자가 갑자기 몸을 움츠렸다. 자기를 때리려 한다고 오해한 것 같았다. 그 모습에 01查10이 생각났다.

　왜 그렇게 남자들은 자기보다 약한 사람을 때려대는 걸까.

　"나 화장실 가려는 거야."

　"응…… 응."

　찻탓캇은 문득 여자아이가 가엾게 느껴져 그녀의 머리를 살짝

쓰다듬었다. 지윤은 어리둥절해하다가 "내가 무슨 강아지냐?"라며
픽 웃었다.

찻탓캇은 방에 있는 화장실에서 오줌을 눴다. 맥주 몇 병 분량
의 오줌이 나왔다. 누렇고 거품이 나는 게 자기가 오줌을 싸는 건
지 맥주를 싸는 건지 모를 지경이었다. 그는 자기 성기를 보면서
지윤이 그걸 빼는 모습을 상상했다. 갑자기 발기가 되는 바람에 그
는 웃음을 터뜨렸다. 그러나 그녀에게 돈을 찔러주면서 오럴섹스
를 해달라고 말하고 싶지는 않았다. 게다가 지금은 오줌방울도 튀
어서…… 이걸 빨아달라고 하기는 좀 그렇잖아……

화장실에서 나왔더니 여자아이는 혼자 술을 따라 마시고 있었다.

"너 술 진짜 세구나. 히히."

"나 술 졸라 짱 세."

여자애가 낄낄거렸다. 맥주를 담았던 궤짝을 보니 이제 몇 병 남
지 않았다.

"오빠, 술 또 시킬 거야?"

"야, 미안하다. 이거 다 마시고 나면 그다음에는 도저히 못 마시
겠다."

여자가 큭큭거리며 웃었다.

"왜 웃어?"

"여기 방에 들어왔는데 남자 혼자 술 마시고 있어서 얼마나 놀랐
다구. 완전 개진상 걸렸구나 했는데."

"그래?"

"그래서 술 처먹여서 빨리 보내려고 했지."

"하, 젠장……"

그는 술을 마시다가 문득 궁금해져서 물어보았다.

"어차피 손님 한 명인 방에 올 걸 알았을 거 아냐. 너 혼자만 온 거 잖아."

"가게에서 그렇게 한 명씩도 불러."

"그래?"

"진상 있을 때. 우리가 진상 처리반이거든. 가게들이 진상 오면 그 옆에는 보도 앉혀."

"몰랐네."

"그 꼴 안 보려면 전속이 돼야지. 그런데 전속이 되면 2차를 나가야 돼."

"그래도 여자가 남자를 술 먹여서 보낸다는 게 말이 되냐. 몸 사이즈가 다른데. 너 매일 이렇게 술 마시다간 죽어, 제명에 못 살고."

"그럼 좀 어때? 꼭 제명까지 살아야 하니?"

"너 간이 지금 속으로 썩어들어가고 있을 거다."

"성병 걸리는 것보단 낫지."

"씨발년, 말은 절대 안 지네."

"근데 오빠는 몇 살이야?"

그들은 낄낄 웃으며 호구조사를 했고, 술을 마셨고, 키득대며 웃 다가 서로 껴안았다.

"야, 근데 내가 미리 말해두는 건데……"

지하철역 계단을 올라온 삼궁이 01촐10에게 말했다.

"뭔데?"

"내가 솔직히 텐프로는 잘 몰라. 그래서……"

"야, 이 씨발놈아, 여기까지 와서 한다는 얘기가……"

"아오, 씨발! 좀 끝까지 들어봐! 안 가겠다는 얘기가 아니야! 하이쩜오에 가겠다는 얘기야."

"하이쩜오?"

"그래, 미친놈아! 하이쩜오. 쩜오 중에서 수준이 높은 데를 하이쩜오라고 한단 말이야. 와꾸도 거의 텐프로나 비슷해. 거기 일하는 애들한테 여기가 텐프로냐고 물어보면 다 지들이 텐프로라고 대답하고. 어차피 모르고 가면 모른단 말이야! 거기 가자고. 내가 돈 낼 테니. 괜찮지? 그 정도면."

"……그래. 알았어."

몇 걸음 걸어가다가 01촹10이 갑자기 걸음을 멈추고는 의아하다는 듯이 물었다.

"잠깐, 그러면 네가 그 말만 안 했으면 어차피 난 거기가 텐프로인지 아닌지 모를 거 아냐."

"그렇지."

삼궁이 대답했다.

"그럼 그런 얘기를 왜 했어?"

"모르겠다. 그냥 오늘은 거짓말을 안 하고 싶었다."

삼궁은 어쩐지 평소와 분위기가 달라 보였다. 그러나 01촹10으로서는 어디가 어떻게 다른지 명확히 짚을 수 없었다. 그는 삼궁에게 물었다.

"너는 어떻게 유흥업소에 대해서 그렇게 잘 알아?"

"형이 룸 상무였거든. 그래서 나한테 이것저것 요령들을 가르쳐 줬어. 그게 뭐 좋은 거라고."

삼궁이 대답했다.

"지금은 안 하셔?"

"뒈졌어. 음주운전 하다가."

그들은 'S-뷰'라는 이름의 가게에 들어갔다. 실장이 나와서 인사를 하고, 웨이터가 방으로 안내하고, 삼궁이 웨이터에게 팁을 주는 것까지는 단란주점에 갔을 때나 똑같았다. 가게 인테리어와 조명이 조금 더 호화롭고, 삼궁이 웨이터에게 주는 팁이 조금 더 많을 뿐이었다.

방으로 들어온 여자들의 모습을 보고 01촌10은 다소 실망했다. 길거리에서는 분명히 남자들이 눈이 휘둥그레져 뒤를 돌아볼 정도이긴 했다. 그러나 들어왔던 내도 언예인 뺨칠 정도로 예쁘거나 정순하게 생기진 않았다. 레이싱 걸 정도였다. 또는 성형외과 광고의 '애프터' 사진에 해당하는 얼굴들.

게다가 이 여자들은 키가 너무 컸다. 가뜩이나 큰 키에 높은 힐까지 신고 있었다. 외국인 같았다. 01촌10은 다른 남자들이 키가 큰 여자를 선호하는 이유를 늘 이해할 수 없었다. 여자들은 나이트가운 같은 하늘하늘한 실크 소재의 드레스를 입고 있었는데 그는 그것도 마음에 들지 않았다. 그는 방에 들어온 여자 네 명 중 가장 키가 작은 여자를 골랐다.

"유민이에요."

"정현이에요."

여자들이 인사를 하고 자리에 앉았다. 한동안 그들은 기묘한 침묵 속에서 술을 마셨다. 삼궁이 자기 파트너의 몸을 더듬지 않았으므로 01츄10도 얌전히 술을 마셨다. 삼궁은 기분이 좋지 않은 것 같았다. 자기가 술값을 내야 하기 때문일까? 하지만 확실하진 않다. 01츄10은 사람들이 얼굴이나 손동작만 보고 상대의 기분을 기가 막히게 알아차리는 걸 보면 늘 신기했다.

"자, 이제 신고식 해야지."

폭탄주를 서너 잔씩 마셨을 때 01츄10이 용기를 내어 입을 열었다. 여자들은 자기들끼리 얼굴을 마주 보았다.

"여기는 그런 거 안 해요, 오빠."

"안 해?"

"응. 텐프로잖아요."

'덴프로잖아요'라는 말에 어찌나 힘이 들어가 있던지, 01츄10조차 상대의 자부심을 알아차릴 수 있을 정도였다. 01츄10은 터질 뻔한 웃음을 간신히 참았다. 그리고 여자들은 01츄10이 자신을 비웃었음을 바로 눈치챘다.

"뭐가 그렇게 웃겨요, 오빠?"

자기 이름이 정현이라는 여자가 물었다.

"여기 텐프로 아니잖아. 하이쩜오잖아."

01츄10이 머뭇거리다 대답했다.

"누가 그래요, 오빠? 여기 텐프로예요."

"오빠, 여기 텐프로 맞아요."

01츄10은 삼궁을 쳐다보았으나 삼궁은 고개를 숙인 채 무표정하게 앉아 있었다. 여자 중 한 명이 자그맣게 "아, 재수 없어……"라고 중얼거렸다. 01츄10은 뭐라고 대꾸해야 할지 알 수 없었다.

"야, 너 지금 뭐라고 했어? 다시 말해봐."

삼궁이 고개를 번쩍 들더니 유민이라는 여자를 향해 말했다.

"오빠, 내가 뭘……"

"지금 뭐라고 했냐고. 뭐라고 중얼거렸잖아. 우리 들으라고."

"오빠, 얘 아무 말도 안 했어."

그 말에 삼궁이 유리잔을 테이블에 쾅하고 내리쳤다. 여자들이 엄마야 어쩌고 하면서 비명을 질렀다.

"술 따르는 년들이, 뭐? 재수가 없어? 야, 그게 너희들이 손님한테 할 말이냐? 좆같은 것들이……"

삼궁의 눈빛이나 어조는 살기가 등등했다. 방 분위기가 일거에 바뀌었다. 여자들은 고개를 푹 숙였다.

"잘못했어요, 오빠……"

여자들이 입을 모아 빌었다.

01츄10은 헛기침을 몇 번 하고 자기 파트너에게 "폭탄이나 말아, 미친년아"라고 말했다. 여자가 얼른 폭탄주를 제조했다. 그들은 무거운 침묵 속에 술을 마셨다. 여자 중 하나가 "오빠, 내가 노래 부를까? 최신곡으로?"라고 제안했으나 삼궁이 "아니"라고 대답했다.

얼마 뒤 여자들이 일어나 방을 나가려 했다.

"야, 너희들 어디 가? 이 씨발년들이……"

01츄10이 나가는 여자들을 불러세웠다.

"오빠, 우리 옆방 갔다 와야 돼요. 원래 이런 텐프로…… 는 다 방을 따불, 쓰리따불로 돌려요."

삼궁은 다시 슬퍼 보이는 눈으로 엉뚱한 곳을 쳐다보고 있었다. 청년들이 대꾸를 하지 않자 여자들은 슬그머니 문을 열고 방을 빠져나갔다.

방에 남은 청년들은 자기들끼리 말없이 술을 마셨다. 01查10이 술을 마시다 불쑥 말했다.

"뭔 씨발, 옆방 새끼들은 저녁 시간도 되기 전에 이런 데 오고 그러냐. 뭐하는 새끼들이냐?"

"댓글 다는 새끼들인가?"

그 말에 두 젊은이는 누가 먼저랄 것도 없이 웃음을 터뜨렸다. 한 번 웃음이 터지자 멈출 수가 없었다. 01查10이 배를 쥐고 웃다가 눈물까지 흘리며 말했다.

"존나 씨발, 걔년들 진짜 웃기지 않냐? 뭔 텐프로가 벼슬이냐? 그렇게 자랑스러우면 이마에 텐프로라고 써 붙이고 다니지 그러냐."

"내버려둬. 어차피 저런 년들 다 정신 못 차리고 저러고 다니다 얼굴 삭으면 안마방 굴러들어가게 돼 있어. 몇 년 안 남았다."

"그러면 안마방에서 재수 좋으면 저런 애들 만날 수도 있는 거냐? 어느 안마방 가야 되냐?"

"붕신아, 그래서 내가 처음부터 안마방 가자고 했잖아!"

삼궁과 01查10은 킬킬거리며 웃었다. 삼궁도, 01查10도, S-뷰에 들어온 뒤 처음으로 기분이 좋아졌다.

그러는 와중에 여자 실장이 떡대 하나와 함께 들어왔다. 당장이라도 터질 것 같은 정장을 입은 떡대는 여자 실장 뒤에 서서 양손을 앞으로 단정히 모았다.

"사장님들, 어디 불편하신 데는 없으시죠?"

실장이 예의 바르게 물었다. 실장 뒤에 있는 남자는 딱히 무서운 표정을 짓거나 위세를 부리진 않았다. 그냥 존재만으로 반경 5미터 이내를 주눅 들게 하는 몸집과 얼굴이었다. 주먹도 어찌나 큰지, '솥뚜껑 같은 손'이라는 비유가 이 남자의 경우에는 과장이 아니었다.

"없는데요."

"분위기 괜찮았어요."

삼궁도 01츄10도 잔뜩 쫄아서 그렇게 대답했다.

"네, 그러면 즐거운 시간 보내세요. 얘들아, 들어와."

드레스를 입은 여자들이 고개를 숙이고 들어왔다. 젊은 남녀들은 어색하게 술을 마셨다. 01츄10은 그 가게가 자기들을 쫓아내려 한다고 느꼈다.

'돈이 없어 보이니까 그렇겠지. 돈도 없고 빽도 없어 보이니까. 내가 씨발 무슨 검사 같은 거였으면 이런 일 절대 일어나지 않을 텐데.'

그는 핸드폰을 뒤져 혜리의 전화번호를 찾아냈다. 잠깐 망설이다가 혜리에게 카톡 메시지를 보냈다.

모하냐

누구떼여? 히힛 (ᄒ~ᄒ)ə

혜리는 한동안 그를 기억하지 못했다. IT 업계 종사자이고, 보너스를 천만 원 받은 날 가게에 갔었고, 배불뚝이 변태와 한 엘리베이터에 탔었다는 이야기를 하자 호들갑스럽게 '아, 오빠!!! 먄~ 먄~ 혜리가 기억력이 장애인이라 ㅋㅋㅋ'라며 답장을 보내왔다.

근데 오빠 왠일? 오늘은 일 안해?
s(￣▽￣)/`

　　　　　　　　　　　　　　일찍 끝났어. 걍 너 생각나서

ㅋㅋㅋ 혜리한테 빠져든 고야? 나란
뇨자... 마성의 팜므 파탈? ㅋㅋㅋ (자
진납세 퍽퍽~~)

　　　　　　　　　　　　　　　　넌 모하냐?

나? 난 이제 가게 나가야쥐~~ 앙~~
군데 출근하기 너무 싫오~~ 흙흙 누
가 혜리 좀 살려줘~~ ∧(￣ρ￣∧)))...

　　　　　　　　　　　　내가 거기 놀러갈까

진짜??? 나야 ㄷㅐ환영이쥐~~
(`▽´)ㄴ)))

01査10이 고개를 들어보니 삼궁도 핸드폰을 꺼내 들고 누군가와 열심히 메시지를 주고받는 중이었다. 심지어 다른 여자 두 명도

슬그머니 전화기를 꺼내 채팅 중이었다. 남녀 네 명이 어두컴컴한 방에 앉아 서로 아무 말 없이 그 방에 없는 다른 누군가와 문자메시지로 대화를 하고 있었다.

01査10은 삼궁에게 메시지를 보냈다.

재미없다

그렇네

다른 데 갈까?

뭐?

다른 가게에

너 미쳤나?

내가 살게

늦게 배운 도둑질이 뭐 어쩐다더니...

새까 이거 습관 되면 금방 거지돼

같이 가자

됐다 난 오늘 분 냄새 맡을 만큼

맡았다

가게에서 나오니 여덟 시였다. 양복을 입은 직장인들이 거리에 가득했다. 01査10은 티셔츠에 면바지 차림인 자기 모습이 부끄러웠다. 머리가 너무 길었다. 이발을 해야겠다는 생각이 들었다.

그들은 편의점에 들어가서 숙취해소음료를 하나씩 사 마셨다. 삼궁이 불쑥 만 원짜리 두 장을 내밀었다.

"이거 너 차비 해라. 사무실로 돌아가든지, 딴 가게를 가든지."

"너는?"

"난 강남 온 김에 누구 좀 만나고 들어가련다."

01査10은 지하철역으로 가는 척하며 이면도로를 돌아 삼궁의 뒤를 밟았다. 삼궁은 테헤란로에 서서 담배를 피우며 누군가를 기다리는 것 같았다.

막 회사에서 나온 듯한 남자와 여자가 길거리에서 만나더니 서로 가볍게 껴안았다. 그들은 팔짱을 끼고 걸어갔다. 남자가 여자에게 "뭐 먹고 싶어?"라고 물었다. 여자는 대답하는 대신 남자의 어깨에 머리를 기댔다.

귀에 이어폰을 꽂은 젊은 회사원이 입으로 뭔가를 중얼거리며 걸어갔다. 영어인지 중국어인지를.

목에 사원증을 건 젊은 남자들이 테이크아웃 커피잔을 하나씩 들고 우르르 걸어갔다. 야근을 하러 회사로 다시 들어가는 듯했다. 01査10은 그들이 죽도록 부러웠다.

삼궁은 꼼짝 않고 서 있었다. 잠시 뒤 무지막지하게 긴 외제차가 그 앞에 섰다. 01査10이 한 번도 본 적이 없는 호화 세단이었다. 한창 길이 막힐 시간인데도 운전기사가 차에서 내리더니 삼궁이 있는 쪽으로 걸어와 차의 뒷문을 열어주었다. 그동안 검은 외제차 뒤에 선 차량들은 서서 기다리고 있었다. 아무도 경적을 울리지 않았다.

삼궁은 그 고급 세단에 올라탔다. 운전기사가 종종 걸음으로 다시 운전석으로 걸어가 차에 탔다. 차가 출발했다.

삼궁은 하이쩜오 가게에서 나오기 직전에 이철수의 문자메시지를 받았다.

'자네 있는 쪽으로 차를 보내줄 테니 타고 오게. 약속 있으면 취소하고 오게.'

그 차가 롤스로이스 고스트일 줄은 꿈에도 몰랐다. 그는 차에 대해 기사에게 묻고 싶은 마음을 꾹 참았다. 왠지 그러면 안 될 것 같았기 때문이다. 그는 대신 휴대전화기로 롤스로이스 고스트의 제원을 검색했다.

V12. 트윈 터보. 6592cc.

제로백 4.9초.

4억 7400만 원.

고스트는 강남을 벗어나 한강을 건넜다. 주변이 완벽히 차단돼 바깥 소음은 아무것도 들리지 않았다. 다른 차들이 슬금슬금 이 차를 피하는 것이 느껴졌다.

차는 남산으로 오르더니 하얏트호텔을 지나 카페같이 생긴 작은 건물 앞에 섰다. 사람도 차도 드문 곳이었다. 삼궁은 차에서 내렸다. 문을 열어주려 운전석에서 내려 차체를 돌아 종종걸음으로 그의 앞까지 왔던 운전기사가 "죄송합니다"라며 고개를 숙였다.

삼궁이 두리번거리고 있을 때 건물에서 삼십 대 중반 정도로 보이는 여자가 나왔다. 텐프로 업소녀 따위와는 비교도 안 되는 엄청난 미모의 소유자였다. 머리 스타일부터 눈빛이나 자세까지, 삼궁이 모르는 세계의 기품이 흘렀다. 여자는 땅에 끌리는 하늘하늘한 흰 드레스를 입고 있었다. 삼궁은 아테네에서 여신 복장으로 올림

픽 성화를 채화하는 여자들의 모습을 떠올렸다.

"이 실장님 손님이시죠?"

여자가 물었다.

"예……"

삼궁이 쭈뼛거리며 대답했다.

여자를 따라 건물 안으로 들어갔다. 현관에서 신발을 벗고 슬리퍼를 신게 돼 있었다. 삼궁은 현관에서부터 이 건물 안에 있는 건 뭐든지 최고급이라는 사실을 알아차렸다. 조명도 대리석도 카펫도 모두 그가 처음 보는 물건들이었다.

입구에서부터 은은하게 들리던 피아노 음악은 녹음된 게 아니었다. 누가 로비에서 그랜드피아노를 연주하고 있었다. 붉은 드레스를 입고 있던 연주자가 삼궁을 보고 살짝 고개를 숙이며 인사했다. 여성 연주자가 자신을 안내하는 여인보다도 더 젊고 아름다웠기 때문에 삼궁은 몸에 소름이 돋았다. 청아한 미모에 경건한 마음마저 들 정도였다.

'내가 지나가면 저 여자는 아무도 없는 로비에서 혼자 연주를 하게 되는 건가? 이게 무슨 낭비냐?'

삼궁은 아테네 여신을 따라 로비에서 한 층을 내려갔다. 드레스를 입은 여신은 황동색 문 앞에서 정중하게 노크를 하고 문을 열었다.

삼궁은 눈앞에 펼쳐진 전망에 침을 꿀꺽 삼켰다. 거대한 원형 디스크처럼 생긴 방은 앞이 제대로 보이지 않을 정도로 어두웠고, 벽의 절반이 둥그렇게 휘어진 통유리로 되어 있었다. 그 유리창 밖으로 이태원과 삼각지 일대가 내려다보였다. UFO를 타고 서울 상공에 떠 있는 듯한 기분이었다.

"이 친구입니다."

이철수의 목소리가 들렸다. 눈에 어둠이 익숙해지자 반원형의 소파가 창문을 따라 놓여 있는 것이 보였다. 이철수는 칼처럼 다린 셔츠에 넥타이를 매고 구석에 앉아 있었다. 방 가운데에는 유리 테이블이 있었는데, 거기에는 갓을 씌운 촛대에 촛불이 하나 켜져 있었다. 그게 그 방의 유일한 조명이었다.

삼궁은 이철수가 누구에게 말을 하는 것인지 몰라 잠시 어리둥절했다. 몇 초 뒤에 그는 자신에게 등을 보이는 방향으로 두 사람이 앉아 있는 걸 알아차렸다. 긴 생머리를 한 여자가 땅딸막하고 머리가 벗어진 남자에게 안겨 있었다.

이철수가 삼궁더러 자리에 앉으라는 손짓을 했고, 삼궁은 얼른 여자를 안고 있는 남자의 반대편으로 달려가 앉았다.

"꼬마야, 거기 앉지 마라. 경치를 가리잖아."

남자가 쉰 목소리로 말했다. 삼궁은 얼른 이철수의 반대편 구석으로 자리를 옮겼다.

"응. 그래, 그래. 거기 앉아라."

삼궁은 간신히 정신을 수습하고 고개를 들어 남자를 바라보았다. 노인이었다. 일흔이나 여든 살 정도로 보이는. 머리는 거의 다 벗어져 남은 숱이 거의 없었고, 눈꺼풀이 늘어져 눈을 거의 가리고 있었다. 어깨는 좁았고 체구도 작았다. 그러나 그럼에도 불구하고 그 몸에서는 어떤 냉혹하고 잔인한 기운이 뿜어져나왔다.

삼궁은 노인을 충분히 관찰한 다음에야 옆으로 눈을 돌렸는데, 그 순간 너무 놀라 자신이 어떤 상황에 있는지를 잠깐 잊을 뻔했다. 로비에 있던 피아니스트보다도 더 아름다운 소녀가 흰 드레스를 입고 노인에게 찰싹 붙어 있었다. 한국인은 절대 가질 수 없는 두상과 눈, 코, 입을 하고 있었다. 백인 혼혈인 것 같았다. 나이는 열일곱 살이나 됐을까. 신비롭기까지 한 미모였다. 소녀의 외모를 설명할 수 있는 말은 딱 하나밖에 없었다. 빅토리아 시크릿 모델.

삼궁은 홀린 듯한 기분으로 소녀를 바라보다가 한 번 더 놀랐다. 나이트가운을 입은 노인의 다리 사이를 소녀가 희고 고운 손으로 살살 쓰다듬고 있었기 때문이다.

자기 손과 몸을 빤히 바라보자 소녀도 눈치를 챘는지 고개를 들어 삼궁을 쳐다보았다. 길을 걷다 벽에 있는 광고판에 잠시 던지는 정도의 무심한 눈길이었다. 삼궁은 문득 자기 존재가 너무 초라해 견딜 수 없는 기분이 되었다.

"그래, 넌 무슨 대학 나왔다고?"

노인이 물었다.

"지방대 나왔습니다."

삼궁이 허겁지겁 대답했다. 노인은 아무 반응이 없었다.

"질문에는 항상 구체적으로 대답을 하게. 잘 모르겠으면 모르겠다고 대답을 하게."

옆에서 이철수가 조언했다. 삼궁은 그 말을 듣자마자 자기가 졸업한 대학의 이름을 말했다. 노인은 여전히 별 반응이 없었다. 삼궁이 졸업한 대학 이름이 다른 사람에게 깊은 인상을 남긴 적은 한

번도 없었다.

"군대는 갔다 왔지?"

노인이 물었다.

"공군 5315부대 나왔습니다. 병장 제대했습니다."

뭐라고 대답은 하지 않았지만, '공군'이라는 말에 노인이 못마땅해하는 걸 느낄 수 있었다. 삼궁은 침을 꿀꺽 삼켰다.

노인은 삼궁에 대한 관심을 급격히 잃은 듯했다. 노인은 자기 앞에 놓인 접시의 음식—뭔지는 잘 보이지 않았다—을 포크로 찍어 오물오물 먹었다. 접시 옆에는 양주가 한 병 있었는데, 술잔은 하나밖에 없었다.

"식사 안 하셨죠?"

이철수 옆에 앉아 있던 아테네 여신이 물었다. 삼궁은 사양을 해야 한다는 생각도 못하고 얼떨결에 "예, 예……" 하며 고개를 숙였다. 여신이 싱긋 웃고는 방을 나갔다.

아무 말 없이 시간이 흘렀다. 삼궁은 슬쩍 노인과 소녀 쪽을 쳐다보았다. 소녀의 작은 손은 여전히 노인의 다리 사이에서 꼬물거리고 있었다. 노인은 포크를 한 손에 쥔 채로 잠이 든 것처럼 보였다.

이철수는 무표정했다.

방에 다시 들어온 아테네 여신이 노인을 향해 물었다.

"회장님, 제가 노래 한 곡 부를까요?"

"어, 그래, 그래."

꾸벅꾸벅 졸던 노인이 정신을 차리고 대답했다.

"무슨 노래 부를까요? 〈님은 먼 곳에〉 부를까요?"

"응."

여신이 테이블 앞으로 나왔다. 그녀는 반주 없이 노래를 불렀다.

"사랑한다고 말할걸 그랬지. 님이 아니면 못 산다 할 것을. 사랑한다고 말할걸 그랬지. 망설이다가 가버린 사람."

낭랑한 목소리가 UFO 안에 울려퍼졌다. 가슴을 저미는 음색이었다. 이철수조차 눈이 조금 가늘어졌다.

"야, 잘한다!"

여신이 노래를 마치자 노인이 박수를 쳤다. 여신이 가슴을 손으로 누르며 노인에게 인사했다.

방문이 열리고 요리사 복장을 한 남자가 작은 카트를 끌고 들어왔다. 여신이 손가락으로 삼궁을 가리키자 요리사가 삼궁 앞에 냅킨과 스푼을 깔고 김이 모락모락 올라오는 그릇을 내려놓았다. 비프스튜였다. 요리사가 "맛있게 드십시오"라고 꾸벅 인사를 하고 나갔다. 삼궁이 다른 사람들 눈치를 보며 망설이다 스푼에 손을 댄 순간 노인이 물었다.

"꼬마야, 너는 조금 전에 우리 언니가 부른 노래 알아?"

"예, 압니다. 제가 어릴 때 나온 노래입니다."

삼궁이 화들짝 놀라 스푼을 내려놓고 대답했다.

"조관우라는 가수가 그 노래를 다시 불렀습니다. 1990년대에."

옆에서 이철수가 설명했다. 노인이 고개를 끄덕이고 이야기를 계속했다.

"그 노래는 김추자 노래야. 김추자 처음에 나왔을 때에는 정말 충격적이었지. 그런데 이 노래가 뜬 건 김추자 때문이 아니야. 노래가 워낙 좋았기 때문에 누가 불러도 뜰 수밖에 없었어. 그렇지?"

"네, 그렇습니다."

이철수가 대답했다.

"그 노래는 신중현이 만들었어. 꼬마야, 너는 신중현이라고 알아? 신중현과 엽전들. 그 친구는 천재야. 시대를 앞서간 천재. 내가 그 친구 노래를 다 좋아했어. 그런데 내가 그 친구를 감옥에 넣었지. 노래도 금지하고. 아이러니하지? 나는 그 친구 노래를 정말 좋아했는데. 혼자서 징하게 불렀지.

우리 선배들도 똑같았어. 자기들끼리 술 마실 때에는 언제나 이미자였어. 젓가락 두드리며 목이 쉴 때까지 불렀지. 지들이 금지한 노래를. 박통도 〈동백아가씨〉를 무지 좋아했어. 그런데 그때는 그 노래를 금지할 수밖에 없었어. 어떤 시대에는 그런 노래들 대신 〈잘살아보세〉가 울려퍼져야 하는 거야.

난 그때 신중현이나 한대수를 잡아넣은 건 지금도 참 잘한 일이었다고 생각해. 영국이 왜 그렇게 망가졌는지 알아? 남자들이 여자같이 야시시하게 화장하고 다니는 걸 막지 못해서 그런 거야. 미국은 깜둥이들이 껄렁거리고 다니는 걸 단속하지 못해서 지금 이 꼴이 된 거고. 일본도 퇴폐적인 만화를 그리는 놈들을 잡아 처넣었어야 했는데 그러지 못했지. 일본에서도 알 만한 놈들은 그걸 알았는데, 너무 안이했어. 부동산 문제도 뻔히 보면서 손을 쓰지 않았어. 겁쟁이 같은 놈들."

비프스튜는 천천히 식어가는 중이었다. 삼궁은 그 요리를 먹기는 틀렸다고 생각했다.

"신중현!"

노인이 크게 외치며 벌떡 일어나는 바람에 삼궁은 깜짝 놀랐다. 노인의 팬티 앞섶이 팽팽하게 부풀어올라 있었다.

노인이 쉰 목소리로 노래를 부르기 시작했다. 작은 몸집에서 나오는 소리라고는 믿어지지 않을 정도로 크고 우렁찼다.

"하늘은 파랗게, 구름은 하얗게! 실바람도 불어와 부풀은 내 마음, 나뭇잎 푸르게 강물도 푸르게 아름다운 이곳에 네가 있고 내가 있네……"

이철수가 장단에 맞춰 손뼉을 쳤다. 아테네 여신과 빅토리아 시크릿 소녀도 손뼉을 쳤다. 삼궁도 그들을 따라 손뼉을 쳤다.

"우리는 이 땅 위에 우리는 태어나고 아름다운 이곳에 자랑스런 이곳에 살리라……"

'아, 이 노래도 그러면 이선희가 리메이크를 한 기고 원래는 신중현 노래인가?'라고 삼궁은 생각했다. 노인은 어찌나 노래에 심취해 있었던지, 자기 입에서 침이 질질 새어나오는 것도 몰랐다.

"그 얼마나 좋은가 우리 사는 이곳에 사랑하는 그대와 노래하리……"

노인은 '빰빰 빠밤 빠바밤' 하는 간주를 입으로 부르면서 그에 맞춰 양팔을 번갈아 뻗었다 접었다 했다. 이철수가 앉은 채로 팔을 들더니 따라 불렀다. 아테네 여신도, 빅토리아 시크릿 소녀도, 삼궁도 따라했다. 기괴한 군가를 합창하는 기분이었다.

빰빰 빠밤 빠바밤 빠바밤 빰빰

빰빰 빠밤 빠바밤 빠바밤 빰빰

빰빰 빠밤 빠바밤 빠바밤 빰빰

빰빰 빠밤 빠바밤 빠바밤 빰빰

노인은 노래를 끝까지 부르지 못했다. "영원한 이곳에 우리의 새 꿈을 만들어 보고파……"라는 구절에 이르러 그는 끝내 울음을 터뜨렸다. 분위기가 숙연해졌다. 아테네 여신이 손수건을 꺼내 노인의 얼굴을 닦았다. 섬섬옥수가 침과 콧물에 젖었다.

"꼬마야, 네가 학교에서 배운 게 있을 거야. 경기가 살아나고 사회가 발전하면 출생률이 높아지고 주가가 올라간다고. 여자들 치마도 자꾸 자꾸 올라가고 즐거운 분위기가 사회를 사로잡는다고. 반대로 경제가 안 좋을 때에는 자살을 찬양하는 소설, 우울한 노래, 공포영화가 인기를 끈다고. 하지만 아니야."

삼궁은 머리를 조아리며 노인의 이야기를 들었다. 노인이 망령이 든 것은 아니었다. 그의 횡설수설은, 굳이 싱대빙에게 논리정연하게 자신의 생각을 설명할 필요가 없기 때문이었다.

"신중현!"

노인이 다시 고함을 쳤다. 그러고는 자리에 앉았다. 그는 자신이 마시던 잔에 양주를 따라 삼궁에게 주었다.

"마셔."

삼궁은 술을 한입에 들이켰다. 노인이 흐뭇하다는 듯이 껄껄 웃었다.

"박통도 이건 못 마셔봤지. 25년산."

양주는 시바스 리갈이었고, 술병 가운데 '25'라는 숫자가 새겨져 있었다.

"내가 신중현한테 노래를 하나 만들어달라고 했어. 나중에 사람들이 말하기를, 신중현이 박통 찬양하는 노래를 작곡하기를 거부했다고 얘기하더군. 그래서 감옥에 가게 됐다고. 그런데 그건 아니야. 내가 만들어달라고 한 노래는 박통 찬가가 아니었어. 그런 게 아니라 사람들한테 힘을 불어넣어줄 수 있는 노래, 힘차게 전진하고 싶은 마음이 들게 하는 노래를 만들어달라고 했어.

〈잘살아보세〉는 솔직히 너무 촌스럽잖아. 나도 그 노래 싫어해. 그 노래를 대체할 만한 다른 노래를 만들어달라고 한 거야. 예술적으로 좀 더 나은 노래를. 그런데 신중현이 거절했지. 그때는 그런가 보다 했어. 예술가니까. 나중에 감옥에 보낸 건 그 친구가 자꾸 이상한 노래들을 만들었기 때문이야. 사람 정신을 헷갈리게 만드는 노래들. 사람을 주저앉게 만드는 노래들. 그런데 실은 난 그 노래들도 좋아했어.

신중현 이 사람이 재미있는 게 말이야, 우리가 그렇게 만들어달라고 부탁했을 때에는 거절했다가 그다음에 내놓은 노래가 이거야, 〈아름다운 강산〉. 빰빰 빠밤 빠바밤 빠바밤 빰빰! 난 듣자마자 알았어. 이건 신중현이 날 위해 만든 노래야. 그런데 그만 내가 타이밍을 놓쳤어.

빨갱이 새끼들이 이 노래를 먼저 선점해버렸지. 우리가 감각이 그 새끼들보다 떨어지는 건 사실이었으니까. 지금도 그렇지. 원래 빨갱이들이 글도 더 잘 쓰고 영화도 더 잘 만들어. 소설판이나 영화판을 봐. 다 빨갱이들이야. 옛날에도 그랬고 앞으로도 그럴 거야.

너무 아쉬워. 이 노래가 빨갱이 노래가 된 게. 빰빰 빠밤 빠바밤 빠바밤 빰빰! 얼마나 좋은 노래냐 말이야. 그런데 이 노래가……"

노인이 시바스 리갈을 따라서 이철수에게 건넸다. 이철수는 단숨에 술잔을 비웠다.

"요즘 정치 하는 친구들은 그걸 몰라. 경제가 사회 분위기를 결정하는 게 아니야. 사회 분위기가 경제를 결정하는 거야. 집단의 힘, 군중의 마음! 사람들이 미래에 대해 긍정적인 믿음을 품게 되면, 주변이 다 잿더미고 쓰레기산이어도 상관없어. 인간은 강한 거야.

괴벨스가 이런 말을 했어. 전쟁에서 승리하려면 반드시 국민들에게 낙관적 전망을 심어줘야 한다고. 우리는 전쟁 중이었어. 그 지긋지긋한 가난과 싸우고 있었어.

일자무식의 농촌 출신 병사들이라도 말이야, 저기가 고지라고, 저기만 넘으면 된다고, 저걸 넘으면 넌 위대한 전사가 되는 거라고 북돋워주면 다 그걸 넘어. 자기들끼리 군가를 부르고 '조금만 참자, 버티자'고 외치면서. 그런 때 사람들은 애를 낳아. 여자들은 짧은 치마를 입고 남자들을 유혹해. 자기 미래를 낙관하니까. 하루에 열두 시간을 일하고 돌아와도 몇 년 뒤에 보답이 더 크게 돌아올 걸 확신하면 피로가 금방 가시지. 그런 흥분이 경제도 움직이는 거야.

그런데 멍청한 놈들이 그런 열광을 불러일으킬 생각은 않고 요즘 젊은이들은 패기가 없다느니, 뭘 포기한 세대라느니 하면서 오히려 기를 꺾어놔. 아주 악질적인 사고방식이야. 조금만 부추겨주면 에베레스트도 오를 수 있는 애들한테 '동네 뒷산 오르는 주제에 무슨 엄살이냐'라고 비아냥거리고, '힘드니까 등산이다'라며 멸시하고. 자기들 인생 하나 성공하지 못한 종자들이, 자라나는 애들 미래를 발목 잡고 있어. 다 붙잡아서 감옥에 처넣어야 해."

노인은 시바스 리갈을 아테네 여신에게 건넸다. 여신은 단숨에 술잔을 비웠다.

6장
선전은 창조와 생산적 상상력에 관련된 문제이다.

"뭘 해도 상황이 더 나아질 것 같지 않다는 생각만큼 사람 정신을 좀먹는 것도 없어. 사람들도 그걸 알아. 이떻게든 그런 의심을 떨쳐버리려 필사적으로 애쓰지. 아주 발악들을 해. 취미에 몰두해서 걱정을 떨쳐버리려 하기도 하고, 계산기를 다시 두드려보면 혹시 없던 희망이 생기지 않을까 해서 몇 번씩이나 두드려보고, 하나님 아버지를 찾고, 술을 퍼마시고. 하지만 그런다고 뭐가 달라지겠나?

끝내는 정상적인 인간이라면 다 화를 내게 돼. 자기가 잘못한 게 없잖아. 그런 때 화가 안 나면 제대로 된 인간이 아니야. 사람들은 분노하고, 희생양을 찾기 시작해. 지금 내가 돈을 얼마나 버는지, 무상복지가 얼마나 이뤄지는지 같은 건 상관없어. 중요한 건 미래고 희망이야.

　원래도 기업들은 다 남 안 보는 데서 구린 짓을 해. 경기가 좋을 때건 나쁠 때건 말이야. 그게 본성이야. 경기가 좋을 때에는 사람들도 다 넘어가. 그게 무슨 상관이냐고. 그런데 경기가 막 나빠지려고 할 때 걸리는 놈들은 재수가 오지게 없는 거야. 그럴 때는 나라에서 그 기업 회장 놈을 불러다놓고 조져야 돼. 안 그러면 사람들이 그 분노를 정부를 향해 터뜨릴지도 모르니까. 그렇게 조지면 뭐라도 나오게 돼 있어. 횡령이건 배임이건 뇌물이건. 그런 게 없는 기업은 없어.

　사람들이 너무 화를 내면 그 기업이 망할 때까지 조져야지. 그렇게 해서 회사가 망하면 사람들은 이렇게 생각하지. '그렇게 썩어 있었으니 망하는 게 당연하다.' 하지만 그건 앞뒤가 뒤바뀐 거야. 썩어 있었기 때문에 망하는 게 아냐. 사람들이 화를 내기 때문에 썩은 걸 그냥 봐 넘기지 못하는 거야. 출생률이 높아지는 게 먼저고, 여자들 치마 짧아지는 게 먼저야. 경제지표가 좋아지는 건 그다음이야."

　노인은 양주를 빅토리아 시크릿 소녀에게 건넸다. 소녀는 단숨에 술잔을 비웠다. 처음으로 소녀가 인간다워 보였다.

　"나라를 통치하려는 사람은 그걸 알아야 돼. 우리는 그걸 다 알았어. 왜냐하면 우리 때는 길게 내다볼 수가 있었거든. 그런 여력이 있었어. 그래서 사회 분위기를 바꿔보려고 여러 가지 노력들을 했어."

　노인은 양주를 따르더니 자기가 마셨다.

"아니, 뭐 아무래도 좋아. 전두환이도 아주 못하지는 않았어. 요즘 정치인들이야…… 그건 정치도 아니지만…… 해마다 선거가 있으니 길게 보고 자시고 할 것도 없을 테지. 정치가 아무런 힘도 발휘할 수 없는 시대야. 난 그것도 좋다고 생각했어. 시대가 바뀌었으니까. 이제 새 시대를 이끄는 건 우리 다음 세대가 할 일이라고 생각했어. 어쨌든 우리는 할 일을 했잖나? 가난과 싸워서 이겨냈잖나? 그러니 내가 할 일은 끝났다고 믿었지. 한 20년은 그냥 돈이나 벌면서 지냈어. 한동안은 신문도 잘 안 읽었어.

그러다가 광우병 시위를 보면서 정신을 차렸지. 지금 사람들이 화가 아주 많이 나 있구나, 그걸 느꼈지. 얼른 희생양을 내놓지 않으면 안 될 타이밍인데도 정부에 있는 자들은 그런 간단한 일조차 하지 못하고 있었어. 이거 큰일이다 싶었지. 신문 챙겨 읽고 서점에 가서 요즘 인기 있는 베스트셀러를 다 사 왔어. 인터넷 게시판들을 보고 노래를 듣고 영화를 봤어. 눈앞이 깜깜했어. 천만 명이 넘게 봤다는 영화 중에 밝은 내용의 영화가 하나도 없더군. 대한민국을 살기 괜찮은 곳으로 그리는 영화도 한 편도 없어.

웹툰이라는 것도 봤어. 웹툰 작가들이 광우병 만화를 그려서 사람들을 선동하고 그랬는데…… 그 작가란 것들 전부 다 돈 없는 젊은 애들이었어. 가난해서 처음부터 사회에 화가 나 있었던 애들. 싹 다 매수하는 데에도 몇 억이면 충분했는데, 정부에 있는 인간들이 그걸 안 하고 방치한 거야. 진즉 알았으면 내가 했을 거야. 내가 그 애들이 그린 만화 몇 장은 따로 보관해놨어. 나중에 대량으로 복사해서 광화문 길거리에 살포해야지. '제 만화는 자유롭게 배포하셔도 됩니다'라고 써 있으니까 아무도 뭐라고 못할 테지."

노인은 삼궁에게 술을 따라주었다.

"그때는 겁이 왈칵 났지. 사람들이 너무 화가 나 있어서 아무 말도 통하지 않았어. 사람들이랑 대화를 해야 할 자들은 대화를 하는 법을 모르는 것 같았고. 이러다 나라가 망하겠구나 싶더라. 그래서 나는 다시 나설 수밖에 없었던 거야. 이 고장 난 몸을 이끌고 말이야…… 개중에 유모차 끌고 나왔다는 년들이 가관이었어. 오늘 널 갑자기 부른 것도 그년들을 제대로 엿 먹였다고 해서야. 정말 잘했어. 아주 잘했어."

"감사합니다."

삼궁이 꾸벅 고개를 숙였다. 비프스튜를 먹는 건 이제 포기했다.

"그런데 나는 이제 그 아이들에 대해 그렇게 화를 내고 있지는 않아."

노인이 말했다. 이칠수의 표정이 처음으로 눈에 띄게 변했다. 그는 약간 놀란 듯한 얼굴이었다. 노인이 이야기를 이었다.

"인간은 말이야, 생각이 바뀌지 않아. 조용필 좋아하던 사람이 늙어서 패티김을 좋아하게 되는 게 아니야. 조용필 좋아하는 사람은 조용필과 함께 늙어가는 거야. 우리 아버지는 백설희랑 같이 늙어갔고, 나는 신중현과 같이 늙었어.

촛불 들고 나섰던 애들도 아마 바뀌지 않을 거야. 1985년부터 1995년 사이에 태어난 애들. 특히 여자애들. 난 그 애들은 아주 버렸다고 생각해. 걔들은 평생 정부 탓이나 하면서 살아갈 거야. 히피들이 추하게 늙어간 것 좀 봐. 애들도 꼭 그렇게 될 거야. 공부도 하지 않고 남 이야기를 들으려고 하지도 않으면서 남이 자기 이야기를 듣지 않으면 소통을 안 하네 어쩌네, 80년 광주만 생각하면 눈물이 나네, 그런 어리광을 늘어놓으며 평생을 살 거야. 그냥 전라도 인구가 그만큼 늘었다고 보면 돼. 그걸 어쩌겠어. 투표를 못하게 하겠어, 인터넷을 못하게 하겠어? 그냥 그렇게 가는 거지. 한동안은 그 애들이 인터넷을 쥐고 흔들겠지. 그리고 인터넷이 현실을 흔들겠지. 암흑시대가 오는 거야.

우린 그다음 세대를 공략해야 해. 아직까지는 머리가 그렇게 굳지 않은 애들. 그 아이들의 정신이나마 건강하게 만들어야 해. 펩시콜라가 말이야, 코카콜라랑 싸우다 싸우다 안 되서 그냥 이십 대 이상은 안 된다, 하고 백기를 들었어. 아무리 콜라 맛을 좋게 하고 비싼 모델을 고용해서 브랜드 이미지를 기깔나게 만들어봐도 스물이 넘은 사람은 설득할 수가 없었던 거야. 그래서 어른들은 포기하고 어린애들을 상대로 마케팅을 했지. 먼 미래를 내디보고. 우리도 그렇게 해야 돼……"

이철수가 고개를 끄덕였다.

"그런데 이 전쟁에서는 우리한테 아주 불리한 점이 있어. 애야, 그게 뭔지 알겠니?"

노인이 이철수를 바라보며 물었다. 이철수가 잠시 침묵을 지키다 입을 열었다.

"선생들…… 입니다."

"그래! 그거야. 아이들의 그 싱싱한 뇌가 선생들에게 인질로 잡혀 있어. 대한민국의 선생들이 어떤 자들이냐. 패배자들이야. 정말

아이를 가르치고 싶어서 그 직업을 택한 인간은 그중 1퍼센트도 안 돼. 나머지는 다 교직원 연금 때문에 임용고시를 친 놈들이야. 고작 서른도 안 된 나이에 모험을 포기하고 안주를 택한 겁쟁이! 비겁자! 위선자들! 학교 밖 세상에 대해서는 아무것도 모르는 무식쟁이들! 심지어 그 1퍼센트도 그냥 어린애 좋아하는 변태들일 뿐, 아이들에게 야심과 열정을 불어넣기에는 턱없이 모자라는 인간들이야! 그런 한심한 녀석들이 우리 아이들을 가르치고 있어!"

노인이 쾅 소리를 내며 테이블을 내리쳤다. 데굴데굴 굴러가는 양주잔을 삼궁이 잡았다.

"게다가 그놈들이 다 빨갱이들이야. 빨갱이가 뭔지 알아? 빨갱이는 지상낙원을 믿는 자들이야. 나는 더 나은 사회를 만들고 싶어. 그걸 위해 한평생을 불살랐지. 하지만 지상낙원은 믿지 않아. 그런 게 존재할 수가 없잖아. 인간이 천사가 아닌데, 어떻게 낙원에 살 자격이 있던 말인가.

지상낙원은 책에만, 이론으로만 존재하는 거야. 어릴 때에는 그런 걸 믿을 수도 있어. 하지만 차츰 나이가 들면서 그런 환상을 버리게 되지. 사람을 천사로 대해주면 아무 일도 되지 않는다는 걸 알게 되니까. 그러니까 사람은 제대로 일을 해봐야 돼. 제대로 일을 하면서 다른 사람을 겪어보면 인간 본성이 결코 낙원에 어울리지 않는다는 사실을 알게 되지. 그런데 일을 망쳐도 혼나거나 잘릴 걱정이 없는 자들은 그런 경험을 못해. 그래서 나이가 들어도 지상낙원에 대한 꿈을 버리지 못해. 달리 추구할 야심이 막힌 자들, 그러면서도 현실에 대한 불만을 버리지 못하는 자들일수록 더. 그게 누구겠나, 어?"

노인은 이번에는 삼궁을 향해 물었다.

"선생들입니다."

삼궁은 기어들어가는 목소리로 대답했다.

"더 나쁜 건, 이놈들이 진짜 빨갱이도 아니라는 거야! 진짜 빨갱이들은 죽을 각오를 하고 총을 들고 나와서 혁명이라도 저지르지. 가짜 빨갱이들은 그러지조차 않아. 그냥 뒤에서 험담을 할 뿐이야. 우리 사회가 지상낙원에 비하면 형편없이 모자라는 사회라고. 가만히 놔두면 지상낙원이 될 수 있는데 그걸 수구 세력들이 막고 있다고.

그자들이 왜 그런 말을 하겠나? 지금 사회에서 자기들의 처지가 어째서 그렇게 한심한지에 대한 변명거리가 필요하니까 그렇지. 그게 바로 지금 선생들이 교실에서 떠들고 있는 얘기야! 이걸 이떻게 믹아야 흰딘 말인기? 아, 징녕 이걸 이떻게 믹아아 흰딘 밀이냐!"

노인은 다시 울음을 터뜨렸다. 빅토리아 시크릿 소녀가 노인을 품에 안았다. 노인은 소녀의 가슴에 얼굴을 묻고 아기처럼 한참을 훌쩍였다. 잠시 뒤에 고개를 들었을 때에는 코에서 콧물이 줄줄 흐르고 있었고, 침이 길게 늘어져 소녀의 가슴으로 떨어졌다.

노인이 그 얼굴을 닦지 않고 자리에서 일어나 삼궁에게 걸어왔다. 삼궁은 뒤로 물러나고 싶은 마음을 꾹 참았다. 노인이 말했다.

"이 늙은이를 도와주게. 우리가 태어나고 아름다운 이곳, 자랑스러운 이곳! 여기서 사랑하는 사람들이 노래를 하게 해줘! 여기서 우리 아이들이 새 꿈을 만들 수 있게 해줘! 그래주겠나?"

"예, 그러겠습니다."

"안 들려, 더 크게 말해봐!"

노인이 절규했다.

"예, 그러겠습니다!"

삼궁이 목소리를 높였다.

"더 크게!"

"그러겠습니다!"

삼궁도 악을 썼다.

"그래, 그거야…… 좋아. 저 친구……"라고 말하며 노인은 이철수를 가리켰다. "저 친구가 너를 칭찬하더라. 쓸 만한 재목이라고. 저 친구가 그런 칭찬을 입에 담은 적이 없는데 말이야. 솔직히 나는 널 봐도 잘 모르겠어. 그냥 비리비리한 애송이가 하나 보일 뿐이야.

하지만 나는 저 친구를 믿어. 저 친구는 희한한 재능이 있지. 사람을 보는 눈이 있어. 우리 때는 말이야, 그런 걸 알아볼 필요가 없었어. 대학을 어디 나왔는지, 군대는 제대로 갔다 왔는지만 확인하면 됐어. 일단 일을 시키고, 못하면 조인트를 까면 됐으니까. 조인트를 까고 두들겨 패도 안 되는 놈은 그냥 버리고 가는 거야. 그러니 처음에 누가 일 잘하는 녀석인지 알아볼 필요가 없지…… 하지만 난 저 친구를 믿어……"

노인의 말을 듣고 있는 동안 삼궁은 뜨겁게 가슴이 벅차올랐다. '겨우 이따위 사탕발림에 넘어갈 쏘냐'라고 생각하며 버티려 했으나 잘되지 않았다. '내가 인정받았다, 인정받았다고!'라는 감격이 그를 사로잡았다. 10년 넘도록 느껴보지 못했던, 낯선 희열이었다.

노인은 이철수와 빅토리아 시크릿 소녀의 부축을 받으며 방을 나갔다. 노인이 나가는 동안 아테네 여신은 자리에서 일어나 있었다. 삼궁도 엉거주춤 엉덩이를 들었다.

'저 늙은이가 설마 저 여자애랑 잠을 자는 걸까?'

이철수는 몇 분 뒤에 방으로 돌아왔다. 그는 조금 전까지 노인이 앉아 있던 상석에 앉고는 넥타이를 풀었다. 아테네 여신이 구석에서 새 잔을 석 잔 꺼내오더니 양주를 따랐다. 이철수는 술을 마셨지만 노인이 있었을 때처럼 잔을 단숨에 비우진 않았다.

"언제 뵈어도 대하기 쉽지 않군."

이철수가 눈을 감고 말했다.

"오늘은 정말 대단하셨어요."

아테네 여신이 이철수를 위로했다.

"게다가 꾸중을 들었으니…… 왜 십 대를 공략할 생각을 못했을까. 바보같이."

아테네 여신이 이철수의 어깨를 쓰다듬었다. 이철수는 아테네 여신에게 기대는 듯하더니 여신의 드레스 어깨끈을 슬쩍 밑으로 내렸다. 옷이 아래로 흘러내려가며 흰 젖가슴이 거의 다 드러났다.

삼궁은 술을 마시는 척하며 곁눈질로 맞은편을 훔쳐보았다. 이철수는 여신의 가슴에 얼굴을 묻고 뺨을 비볐다. 여자는 마치 아기를 달래듯이 이철수의 머리를 쓰다듬었다. 이철수는 입을 벌려 여자의 젖꼭지를 빨기도 했다.

"자네도 아가씨 불러줄까?"

이철수가 자신을 바라보며 묻는 통에 삼궁은 깜짝 놀랐다.

"괜…… 괜찮습니다."

물론 그렇게 말하고 바로 후회했다. 다행히 이철수는 그걸 사양으로 받아들이지 않은 듯했다. 어딘가로 전화를 걸더니 "응, 그래, 이리 보내줘, 남산이다"라고 말했다. 삼궁은 '저는 밖에서 피아노 치시는 분이 이상형인데요'라고 말하고 싶은 마음을 참았다.

이철수가 전화를 하는 동안 아테네 여신이 남자의 혁대를 풀고 팬티를 내렸다. 아테네 여신이 그 위로 이철수의 성기를 쓰다듬었다. 이제 이철수는 노인과 좀 닮아 보였다.

"앞으로 나랑 일하려면 말이야, 그 아마추어 같은 자세부터 버려. 마감이 있으면 지키고, 약속을 했으면 그에 따르란 말이야. 필요한 게 있으면 똑바로 말을 해. 그게 우리 일하는 방식이야. 알았나?"

"예, 알겠습니다."

삼궁이 절도 있게 대답했다.

"난 자네가 어느 대학을 나왔든, 어느 부대를 나왔든 상관하지 않아. 내가 보는 건 재능이야. 자네는 재능이 있어. 자네도 그렇게 생각하나?"

"예, 그렇습니다."

"그 재능이 뭐라고 생각하나?"

"예, 그게……"

삼궁은 머뭇거리다 "잘 모르겠습니다!"라고 힘차게 대답했다.

"자네 재능은 상상력이야. 한국에서 찾기 힘든 능력이지. 자네 팀

전에도 함께 일했던 팀이 있었어. 그 팀은 상상력이 부족한 걸 근 면성으로 메우려 했어. 그러지 마. 안 될 것 같으면 안 될 것 같다고 말해. 알았나?”

“예, 알겠습니다.”

이철수가 양주병을 들고 삼궁 쪽으로 살짝 기울였다. 청년은 잔 에 남아 있던 위스키를 입에 털어넣고 양손으로 이철수가 주는 술 을 받았다. 술잔을 든 손이 떨렸고, 삼궁은 그 사실이 부끄러웠다.

“팀장한테 줌다카페 비밀번호와 아이디를 받았을 때 뭔가 이상 한 걸 눈치채지 못했나?”

이철수가 물었다.

“유령 인간들…… 페이스북 페이지나 트위터 같은 게 좀 사용한 흔적이 있었습니다. 하지만 실제로는 존재하지 않는 사람들이었어 요. 그런 사람들이 있다는 작업을 하려다 만 거였어요.”

“맞아. 그게 자네 전에 고용했던 팀의 작품이야. 자네 ‘모겐슨 기 족 프로젝트’라고 혹시 들어봤나?”

“아니오.”

삼궁은 고개를 저었다.

“미국에서 마케팅 전문가들이 했던 실험이야. 배우들을 뽑아서 모겐슨 가족이라는 가짜 가족을 만들고 캘리포니아 어느 마을에 살게 한 거야. 막 이사 왔다면서. 이 가족이 남편, 부인, 애들 할 것 없이 동네 친구들을 사귀면서 하루 종일 회사가 정해준 물건들을 광고했어. 그랬더니 그 마을에서 그 물건 판매량이 몇천 프로씩 급 증했어.

자네 전에 일했던 친구는 그 프로젝트를 인터넷상에서 할 수 있다고 했어. 돈을 꽤 지원해줬지. 그런데 잘 안 됐어. 자기들은 그게 성공이라고 우기더군. 무슨 '애국 레이싱 걸', '애국 소년'이라고 만들어놓은 가짜 인간들의 페친이 몇천 명이 됐고 트위터 팔로워가 몇만 명이 됐다면서. 그 애국 레이싱 걸이니 애국 소년이 하는 짓거리가 허세 떠는 거랑 새민련 욕하는 거랑 뭐 그런 거였어. 그전에 팀장네 회사가 심리전단 돌리면서 하던 짓이랑 다를 게 없었어. 그런데 몇만 명, 이런 수치는 의미가 없어. 모든 마을마다 가짜 가족을 심어놓을 수는 없잖나. 내가 무슨 이야기 하는지 알겠나?"

"예, 알겠습니다."

"바닷물 싱겁게 만들겠다고 물을 퍼부을 수는 없어. 백만 명, 2백만 명을 한꺼번에 움직여야 해. 마케팅 기법이니 외국 사례니 같은 거 찾아볼 거 없어. 그런 데 없으니까. 정 생각이 안 나면 그냥 누워서 빈둥빈둥 시간을 보내라고. *싱싱력은 시시 돌아다니고 있는 동안에는 발휘되지 않으니까.*"

"예, 알겠습니다."

"그리고…… 자네 팀은 꼭 그런 식으로 운영해야 하나?"

"네?"

질문의 뜻을 이해하지 못한 삼궁이 반문했다.

"찻탓캇이랑 01츕10이라는 친구들이었지? 그 친구들이 꼭 필요한가? 작문 전문가나 IT 전문가라면 내가 더 괜찮은 사람을 소개해줄 수도 있는데. 연설문 작성부터 포토샵까지 분야별로 우리가 함께 일하는 전문가들이 있네."

"같이 오래 일해서 호흡이 잘 맞아서요. 당분간은……"

삼궁은 입술을 깨물었다.

"일단 2억 원을 주겠네. 시간은 석 달 주지. 이것저것 해보게. 도움이 필요하면 얘기하고. 아까 그 전문가들을 불러달라고 해도 좋고, 돈이 모자라면 어디에 쓸 건지 이야기하고 더 받으러 와도 돼. 넉 달 뒤에 결과를 보겠네. 결과가 좋으면 정식 계약을 하지. 1년짜리로. 그때 계약금은……"

이철수가 자기 휴대전화기 화면을 톡톡 두드리더니 거기 적힌 숫자를 삼궁에게 보여주었다. 청년의 입이 놀라서 떡 벌어졌다.

"실적이 만족스러우면 계약금은 매년 올려줄 수 있어. 특별 보너스도 줄 수 있고."

이철수가 말했다.

'뭘 그렇게 놀래? 이 정도는 별거 아냐…… 저 노인이 진짜 빌딩 부자라면 우리와 몇 년 계약을 해봤자 빌딩 하나 값도 안 되잖아.'

삼궁은 정신을 다잡았다.

"저…… 뭐 하나 여쭤봐도 됩니까?"

이철수가 고개를 끄덕였다.

"혹시 저희 말고 다른 팀을 지금 또 고용 중이십니까? 그 팀이 저희가 은종게시판에 사용한 방법을 이용해서 다른 커뮤니티들을 공격하고 있나요?"

"앞의 질문에 대한 답은 예스, 뒤의 건 노야. 자네들이 개발한 방법 자체는 아주 마음에 들어. 그리고 다른 진보 사이트들에 언젠가는 적용할 거야. 그런데 지금은 아니야. 그리고 회장님 돈을 써서 하지도 않을 거야. 공짜로 할 방법이 있지. 그것도 빨갱이들을 제 꾀에 빠지게 해서. 나도 상상력이 좀 있거든. 자네만큼은 아니지만."

이철수의 칭찬에 삼궁은 다시 마음이 붕 떴다. 그때 누군가 방문을 노크했다. 삼궁은 기대에 찬 눈으로 문 쪽을 쳐다보다가 의자에서 미끄러질 뻔했다. 놀라운 일이 연이어 일어나는 밤이었지만, 지금 그의 눈앞에서 일어나는 일만큼 놀라운 일은 아직까지 없었다.

그가 얼굴을 아는 여자가 방에 들어왔다. 여자는 방을 쓱 훑어보더니 자기가 있어야 할 자리를 알고 삼궁 옆에 앉았다.

"너는 그 음료수 CF에 나오는……"

"안젤라예요, 오빠."

신인 여배우가 능숙한 솜씨로 양주잔에 위스키를 따라 삼궁에게 권했다. 이철수는 더 이상 삼궁에게 말을 걸지 않았다. 알아서 즐기라는 뜻인 듯했다.

술이 몇 순배 돈 뒤 안젤라가 그의 바지를 벗겼다. 삼궁은 여배우와 진한 키스를 나누었다. 여자의 입에서 나는 위스키 향이 달달했다. 그는 여배우의 혀를 열심히 탐했다. 도도한 척하던 하이쩜오 업소의 성형괴물들이 떠올라 웃음이 나왔다.

건물에서 나올 때에는 제법 취해 있었다. 건물 주차장에는 은색 BMW 차량이 주차돼 있었다. 안젤라의 매니저가 그를 보고 허리를 숙여 인사했다. 안젤라가 삼궁의 손을 잡아끌고 차에 올랐다.

그는 차 뒷좌석에서 열심히 여배우의 몸을 더듬고 만졌다. 할리우드 배우처럼. 재벌 3세처럼. 스포츠스타처럼. 그가 되고 싶었던 남자들처럼. 그사이에 차는 남산을 돌아 반얀트리 클럽 앤 스파 서울로 갔다.

럭셔리 리조트 주차장에 차가 섰을 때 매니저가 운전석에서 마스크와 선글라스를 안젤라에게 건넸다. 안젤라가 마스크와 선글라스를 쓴 채로 데스크에 가서 방을 잡았다.

방에 올라가서는 삼궁이 먼저 몸을 씻었다. 안젤라가 욕실에 들어가 있는 동안 삼궁은 침대에 누워 눈을 감았다. 그는 이철수가 말했던 것, 노인이 말했던 것을 머릿속으로 복기하려 애썼다.

김추자 처음 나왔을 때에는 정말 충격적이었지……

왜냐하면 우리 때는 길게 내다볼 수가 있었거든……

겁쟁이! 비겁자! 위선자들!

공짜로 할 방법이 있지. 그것도 빨갱이들을 제 꾀에 빠지게 해서……

'그게 대체 무슨 방법일까?'

샤워를 마치고 나온 안젤라가 침대 앞에 섰다. 그녀가 타월을 침대에 휙 던지자 실오라기 하나 걸치지 않은 알몸이 되었다. 여자는 물이 뚝뚝 떨어지는 몸으로 침대에 뛰어들었다. 그녀는 고양이처럼 날름 혀를 내밀어 삼궁의 젖꼭지를 핥았다.

"오빠 하는 일이 뭔지 물어봐도 돼요? 혹시 방송 쪽이에요?"

삼궁은 "아니"라고 대답한 다음 조금 뒤에 "내 직업에는 아직 이름이 안 붙었어"라고 덧붙였다.

삼궁이 웃음을 터뜨리자 신인 탤런트가 함께 웃었다.

"그런 직업이 있어요? 무슨 일을 하는 건데요?"

"상상하는 일."

여자가 고개를 갸웃하더니 생각하기를 포기한 듯했다. 여자는 남자의 몸을 위에서부터 살살 핥으며 내려갔다.

삼궁은 에베레스트라도 오를 수 있을 것 같았다.

*

(11월 4일 녹취록 #1)

챗탓캇 회장이라는 인물을 만나고 온 뒤에 삼궁이 사람이 좀 달라졌어요. 원래 그 녀석이 뭘 그렇게 심각하게 몰두하는 성격이 아니거든요. 정치색도 없었고. 그냥 잘난 척하고 매사에 빈정대길 좋아하고, 어떻게 남 후려칠까 그런 궁리하고, 좀 실없는 구석도 있었고 그랬는데……

임상진 달라졌다고요?

챗탓캇 예.

임상진 어떻게요?

챗탓캇 일단 말수가 줄어들었고, 다른 짓도 안 했고…… 예를 들면 저희 다 일베 죽돌이들이었거든요. 그런데 일베에 올라오는 유머나 개드립을 좋아했던 거지 정말로 진지하게 김대중 노무현이 나쁜 정치인이었고 전두환이 훌륭한 대통령이었다, 그런 생각을 하지는 않아요. 그렇게 글은 써도, 그건 다 놀이인 거죠. 그러면 재미있으니까. 사회적 금기를 어기면 재미있잖아요. 곤충 잡다가 해부하고 사람들 지나가는데 물폭탄 터뜨리고, 그런 거예요. 한마디로 별 생각이 없는 거죠. 거기 있는 애들 중에 95퍼센트는 저희 같을걸요.

그런데 삼궁은 점점 진지하게 자기가 하는 말을 믿기 시작했어요. 걔가 하는 말이 재미가 없어지는 걸 보면 금방 알 수 있죠. 저나 01초10은 노알라 전땅끄 이러면서 낄낄거리는데 삼궁은 옆에서 '좌좀들이 정말 문제다, 나라의 미래를 갉아먹고 있다' 이러면서 분위기 깨고, 그런 식이었죠.

임상진 삼궁 씨는 자기가 왜 달라졌는지 설명을 했나요? 노인을 만났을 때 무슨 일이 있었는지?

챗탓캇 자기 말로는 별일 없었대요. 그냥 계약금이 거금이니까 당연히 제대로 일하고 싶은 마음이 드는 거 아니겠느냐, 이거 제대로 해내면 다음 계약도 또 할 수 있을 거 아니냐, 그렇게 설명했어요. 지희는 안 믿었지만.

임상진 왜요?

챗탓캇 그 회장이라는 인간이 말한 건 십 대 청소년들한테 보수적인 생각을 불어넣는 거였다면서요. 그런데 삼궁은 막 엉뚱한 일도 했어요. 삼십 대 여자들이나 아주 어린 애들을 대상으로 하는 거요. 그건 그냥 자기가 좋아서 한 일이에요.

임상진 그게 어떤 거였는데요?

챗탓캇 가짜 뉴스를 만들었어요.

임상진 가짜 뉴스요?

챗탓캇 예.

임상진 어떤……

챗탓캇 삼궁이 생각날 때마다 여러 개 만들어서 언론사에 보냈는데, 저희가 아는 것도 있고 모르는 것도 있을 거예요, 아마. '엄마가 진보적일수록 아이의 행복 수준이 낮다는 연구결과가 나왔다'라든가 '엄마가 보수적인 가치를 강조할수록 자녀의 성적이 높은 걸로 나타났다'라든가 하는 뉴스였어요. 그 기사들은 삼궁이 저희한테 보여줬기 때문에 알아요. 삼궁이 '사람들이 두려워하는 걸 건드려야 해. 두려움과 죄의식. 백만 명, 이백만 명을 한꺼번에 공략하는 방법은 그것뿐이야'라며 예시랍시고 그 기사들을 보여줬어요.

임상진 아니, 잠깐. 기사들을 아예 거짓으로 썼다고요?

챗탓캇 예. 핀란드 헬싱키대학 같은 데서 그런 연구결과가 나왔다고 하면 누가 그걸 확인할 수 있는 것도 아니잖아요. 그럴싸해 보이지 않아요? 왠지 핀란드에서는 그런 연구를 할 거 같고. 핀란드어 할 줄 아는 사람도 없을 테고.

임상진 그런 기사가 나온 것처럼 속여서 인터넷 커뮤니티에 올려놓는단 말인가요?

챗탓캇 아뇨, 진짜로 그런 기사를 썼어요. 네이버뉴스 같은 데서 검색하면 나와요.

임상진 그런 게 어떻게 가능합니까?

챗탓캇 인터넷신문사 중에 돈 받고 기사 실어주는 데들 많아요. 뒷거래고 뭐고 그런 것도 아니고 그런 인터넷언론 홈페이지 가면 첫 페이지에 그냥 써 있어요. 기사 게재 문의는 어디로 하라고. 인터넷 돌아다니다보면 이게 신제품 홍보인지 기사인지 모를 뉴스들 있잖아요. 보도자료 그대로 올려놓은 거. 그게 다 그렇게 올리는 거예요. 별로 비싸지도 않아요. 30만 원 정도? 그 인터넷신문이 네이버 뉴스에 등록이 돼 있냐 안 돼 있냐, 기사에 '이 기사는 광고 기사입니다'라고 쓰느냐 마느냐, 기자 이름 적느냐 마느냐 그런 거에 따라 가격은 좀 달라지지만.

그렇게 기사 올린 다음에 실시간검색어 순위를 올리면 누리꾼들이 알아서 다 퍼가요. 내용만 재미있으면. 그런데 엄마가 진보적일수록 아이가 불행하다거나 엄마가 보수적일수록 애들 성적 오른다는 건 내용이 재미있잖아요.

조금 있으면 큰 언론사에서도 퍼가요. 언론사에 닷컴부서라고 인터넷뉴스만 따로 만드는 팀들이 있거든요. 그런 데는 실시간으로 클릭수랑 유입량 체크하고 그걸로 광고 팔아서 돈 버니까 조금만 화제가 된다 싶으면 다 퍼가요. 팩트 확인하고 그런 거 없어요.

그러면 사람들이 또 웃기는 게, 신문사 닷컴 사이트에 기사가 오르면 그게 실제로 그 신문에 난 거라고 믿어요. 그리고 신문에 실렸으니 이건 진짜겠구나, 그렇게 생각하는 거죠. 핀란드 과학자들은 만날 이상한 연구만 해, 그러면서. 이런 걸 기자들도 잘 모르더라고요. 신문사 기자들이랑 닷컴 기자들이랑 교류도 없고. 기자님은 이런 거 알고 계셨어요?

임상진 아, 저는, 제가 K닷컴 출신입니다.

챗텃캇 아아…… 예…… 죄송합니다.

임상진 아니, 괜찮습니다. 어쨌든 그런 기사를 올린 건 삼궁 씨 혼자서 한 일이란 말이죠?

찻탓캇 예전에 저희가 몇 번 하긴 했는데, 이거하고 관련해서는 삼 궁이 혼자 썼어요. 자기 사비까지 털어가면서.

임상진 그러면 같이 하신 일은 뭡니까? 십 대를 공략하기 위해 했다는 일은?

찻탓캇 '나강 캠페인'이 저희가 한 겁니다. 혹시 들어보셨어요, 나강 캠페인?

임상진 정말요? 들어보다마다요. 제 사촌동생도 그거 때문에 교복 찢고 그래서 아주 난리도 아니었는데……

찻탓캇 그거 때문에 애들이 많이 다치고 죽어서…… 저랑 삼궁이랑 그거 때문에 많이 싸웠습니다.

임상진 와, 이거 정말…… 저는 그게 무슨 신생 의류업체에서 마케팅하다 꼬여서 포기한 건 줄 알았는데.

찻탓캇 저희가 한 거예요.

임상진 그거 좀 얘기해주십쇼.

찻탓캇 어, 그런데 그건 또 얘기가 기니까, 다음에 하는 게 어떨까요? 나강 캠페인 전에 한 것도 있거든요. 그걸 먼저 말씀드릴게요. 괜찮죠?

임상진 아, 괜찮습니다. 말씀하시고 싶은 순서대로 하십쇼.

찻탓캇 아까 삼궁이 '사람들이 두려워하는 걸 건드려야 한다'고 말했다고 했잖아요. 그 녀석이 하루는 진보 운동에 마음이 기우는 십 대들이 제일 두려워하는 게 뭐인 거 같으냐고 묻더라고요. 뭐일 거 같습니까?

임상진 글쎄요? 부모님의 반대?

챗탓캇 삼궁 얘기로는, 돈 못 벌고 찌질해지는 거래요. 원래 십 대들이 속으로 제일 두려워하는 게 다른 애들한테 찌질해 보이는 거잖아요. 그런데 진보 운동까지 하면 돈도 못 버는 거 아닌가, 그런…… '그런데 진보 운동 하는 인간들은 진짜로 돈 못 벌고 찌질하잖아.' 삼궁이 그렇게 이야기하더라고요. 그걸 그대로 보여주면 된다고. 그래서 저희가 작전을 짰어요. 이건 작전 이름은 딱히 없는데, 그냥 편의상 여기서는 몰카 작전이라고 할게요.

임상진 예, 알겠습니다.

챗탓캇 그러니까 이 작전 핵심이 뭐냐 하면 좀 진보적인 말빨로 유명한 블로거나 트위터리안들 있잖아요. 무슨 활동가, TV 평론가, 문화비평가, 그런 인간들이요. 만화 보는 인문학자라든가 철학 하는 아줌마라든가, 졸업 못한 왕언니라든가 하는 필명으로 활동하는 나부랭이들. 그런 사람들 강연회나 북콘서트 같은 데 가는 거예요. 거서 동영상을 찍어요.

임상진 동영상을요?

챗탓캇 예, 그때부터 팀장네 회사 사람들하고도 같이 일했어요. 거기 동영상 편집 전문가가 있었거든요. 전에 처음에 말씀드렸던 대리랑 사원이 그거 전문이에요. 어쨌든 그 사람들은 그런 강연회 현장에는 가지 않았고, 현장에는 주로 저나 01찿10이 갔습니다. 그리고 제 여자친구랑……

임상진 여자친구분이요?

챗탓캇 예에…… 제 여친이 좀 신세경 닮았거든요. 꾸미고 그러면 꽤 예뻐요. 얘가 굉장히 야한 옷을 입고, 그러니까 가슴이 들여다보이는 블라우스나 엄청 짧은 치마를 입고 저랑 같이 강연회에 갔어요. 이것도 일이니까 정식으로 수당 받아야 한다, 그래서 걔한테 정식으로 돈도 지불했죠.

임상진 그래서요?

챗탓캇 신세경 닮은 젊은 여자가 막 헐벗은 옷 입고 맨 앞줄에 앉아 있으면 아무래도 신경이 쓰이잖아요. 강사가 남자면. 강연 중에 아무래도 그쪽을 흘끔흘끔 볼 수밖에 없어요. 그러면 나중에 동영상에서 그런 부분만 골라내는 거예요. 편집을 하고 나서 보면 엄청 웃겨요. 막 헤겔이 어쩌고 노자가 어쩌고 이야기하다가 젊은 여자 다리 훔쳐보고 그러는 게…… 보면 뒤집어집니다. 꼭 누가 작정하고 코미디를 찍어놓은 거 같다니까요.

임상진 그런 동영상을 만들어서 퍼뜨렸군요.

챗탓캇 예. 그것만 찍은 건 아니고, 다른 것도 찍었어요.

임상진 또 어떤 거요?

챗탓캇 강연 끝날 때쯤 제가 질문을 해요. 선생님 너무 존경스럽다, 선생님처럼 되는 게 꿈이다. 그렇게 거짓말로 살살 아양을 부리면 그 강사 얼굴이 흐뭇해지죠. 그럴 때 '그래서 선생님처럼 살고 싶은데 혹시 연봉이 어떻게 되는지 알 수 있느냐'고 직격탄을 날립니다. 그러면 백이면 백, 다 얼굴이 굳고 어색한 미소만 지어요. 그런 다음에 무슨 변명처럼 '구체적인 액수는 밝힐 수 없고 한국에서 저술가로 사는 게 참 쉽지 않다' 그런 답변을 하지요. 이것도 동영상으로 보면 참 극적입니다. 사람이 실실대며 웃고 있다가 '돈 얼마 버느냐'는 질문에 급정색하는 모습이.

임상진 그런 영상을 아까 여자 다리 훔쳐보는 영상이랑 합친 건가요?

챗탓캇 예. 굉장히 뭐랄까, 사람이 추잡하고 한심해 보인달까, 아무튼 그 영상만 보면 위선자도 그런 위선자가 없어요. 무능력한 것도 그렇고. 입으로는 온갖 고상한 얘기 다 하면서 뒤로 은근슬쩍 여자 엉덩이 더듬을 거 같고, 그런데 돈은 못 벌어서 어린애들 상대로 푼돈이나 뜯고.

그 동영상의 위력이라는 게 정말 굉장하더군요. 작업을 한 대리도 실실대면서 좋아했고, 삼궁은 자기 최고의 작품이라며 흡족해했고. 저나 01츄10도 배를 움켜쥐고 웃었죠. 그 동영상들을 인터넷에 부지런히 퍼다 날랐죠. 〈TV 평론가 ○○○의 실체〉〈문화비평가 ○○○의 실체〉〈만화 보는 인문학자 ○○○의 실체〉, 이렇게 단편으로도 올리고, 아예 한데 몰아서 〈입진보들의 실체〉라고도 올리고. 반응이 엄청났죠.

임상진 당사자들이 굉장히 곤혹스러워했겠군요.

챗탓캇 그랬겠죠. 아무래도 외부 활동 하는 걸 좀 사리게 됐을 테고…… 그런데 저희들의 목표는 그 사람들이 아니었어요. 그 사람들이 아니라 십 대나 대학생들이었어요. 가만히 놔두면 그 사람들을 롤모델로 삼을 수도 있는 아이들. 그 사람들 생각에 설득이 될 수도 있었던 아이들.

이건 삼궁 표현인데요, 우리는 그 아이들한테 개들이 제일 두려워하는 걸 보여준 거예요. 자칫하다가는 그렇게 될 것만 같은 미래의 자신의 모습. '비겁한 낙오자'의 모습. 그 트라우마가 꽤 갈 거라고 삼궁은 주장했고, 저도 동의했어요. 단순히 그 강사들이 웃겨 보이게 되는 문제가 아니에요. '우리 동영상을 본 애들은 그 강사들이 하는 말조차 거부하게 될 거다, 그런 말을 자꾸 듣다보면 자기도 그런 신세가 될 거라고 생각할 테니까'라고 삼궁은 말했어요.

7장

대중에게는 생각이라는 것 자체가 존재하지 않는다.

"애들이 네가 나 공사하려고 만나는 거래."

01査10이 말했다. 그는 원룸 침대에 누워 있었다.

"누가 그래? 오빠 친구들? 친한 사람들이야?"

"응, 친해. 내 친구들이야."

"마음대로 말하라고 해. 난 신경 안 쓰니까. 오빠도 이거 마실래? 해독주스?"

부엌에서 속옷 차림의 여자가 냉장고 문을 연 채 물었다.

"아니, 너 먹어."

"혜리 생각해주는 고야?"

"아니, 맛없게 생겨서."

"칫, 칫. 이게 얼마나 좋은 건데. 한 병에 만 원도 넘어. 싫으면 마,

흥!"

여자의 귀여운 말투가 신경이 쓰였다. 01츄10은 몸을 약간 일으켰다.

"너 정말 나 공사하려고 만나는 거 아니야?"

"오빠 무슨 말을 그렇게 하냐? 사람 앞에서. 내가 지금 장사하는 걸로 보여?"

01츄10은 정면돌파를 감행하기로 마음먹었다.

"내가 넌씨눈(넌 씨발 눈치도 없냐)이잖아. 눈치가 좆망이야."

"좋아, 그럼 설명해줄게. 이거 해독주스만 마시고."

병을 비운 혜리가 침대 모서리에 앉았다. 입술에 주스가 조금 묻어 있는 것이 도발적으로 보였다.

"자, 내가 오빠를 공사하려고 한다 치자. 그러면 이렇게 별 볼 일 없는 원룸으로 오빠를 불러오겠어? 그리고 이렇게 쌩얼을 보여주겠어?"

"어…… 아니."

"내가 쌩얼이 예쁘긴 하지만, 공사하려는 사람한테는 안 보여줄 거야. 그리고 이렇게 낮에 쉽게 만나주지도 않을걸? 만날 듯 말 듯 하면서 애를 태워야지. 둘째로, 오빠는 공사 견적 안 나와. 입고 있는 옷이 명품인가, 명품 시계를 차기라도 했나. 오빠 차도 없다며? 솔직히 내가 마음만 먹으면 지금도 빚 까주겠다는 남자들은 널렸다. 그런데 오빠는 아냐. 내가 뭘 해줬으면 해줬지…… 내가 갑자기 복권 당첨되면 오빠 시계 하나 해준다."

그렇게 논리적으로 설명을 해주는 게 좋았다. 01츄10은 고개를 끄덕였다. 혜리가 담배를 물자 01査10은 담뱃불을 붙여주었다.

"비싼 해독주스 마시고 이게 뭐하는 짓이람. 다 오빠 때문이야! 책임져!"

01査10은 히죽 웃으면서 자신도 담배에 불을 붙였다. 잠시 뒤에 그는 다시 물었다.

"그런데 왜 안 해?"

"뭘?"

"남자한테 빚 갚아달라고 하는 거."

"아유, 오빠는 왜 아까부터 말을 그렇게 해, 진짜. 나 빚 갚아준다는 남자는 부자겠지, 그렇지? 그러면 나이가 많을 거 아냐. 당연히 결혼도 했을 거고, 그렇지? 젊고 돈 많고 미혼이면 뭐가 아쉬워서 술집 여자 만나겠어. 그런데 나이 많고 배 나온 아저씨가 그깟 돈 얼마 내줬다고 막 집에 가두고 그러면 난 못 살아. 어차피 몸 파는 건 미친기긴데, 그냥 술집 다니서 술도 마시고 새로운 사람도 만나면서 파는 게 나아."

"넌 논리적으로 잘 설명을 해줘서 좋아."

01査10은 담뱃재가 침대에 떨어지지 않게 조심하며 돌아누웠다. 그는 여자를 껴안았다.

"그치? 하하하."

혜리가 웃었다. 그러나 아직 가장 중요한 질문이 남아 있었다.

"그런데 너는 나를 왜 만나? 나는 너 스폰해줄 능력 안 되는데."

"오빠는 좀 기인 같아서 좋아."

"기인?"

"그래, 오빠 막 수염 기르고 그래라. 되게 멋있을 거 같아."

혜리가 그의 뺨을 쓰다듬었다. 이제 그는 다른 것이 궁금해졌다.

"너, 그래서 빚은 얼마 있는데?"

"4천만 원."

'뭐야, 그렇게 큰돈도 아니네'라고 01추10은 생각했다.

"어떤 거 찾으세요?"

"잠깐 구경하시고 가세요."

그들이 앞을 지나갈 때마다 상인들이 그렇게 말을 걸어왔다. 찻탓캇은 집창촌 골목을 걸어가는 듯한 기분이 들었다.

그들은 테크노마트 6층에 있었다. 상가는 썰렁했다. 가전제품이나 컴퓨터를 파는 층은 제대로 입점도 되지 않아 매장 곳곳이 비어 있었다. 그나마 휴대전화기 판매점이 있는 층이 상대적으로 북석거렸다. 무료한 얼굴로 손님을 기다리는 통신사 대리점 직원들과 한 층 전체에 스무 명 남짓한 쇼핑객을 가리켜 '북적거린다'라고 말할 수 있다면.

찻탓캇은 지윤과 지윤의 친구가 앞으로 나서지 못하게 했다. 그는 여자들을 대신해서 물었다.

"여긴 할부원가가 얼마예요?"

그 말에 얼굴을 찡그리는 가게는 그냥 지나쳤다.

"아, 이런 요령이 있었구나. 오빠랑 오길 진짜 잘했다."

지윤이 찻탓캇의 팔짱을 끼며 말했다.

"진짜 폰팔이들 너무 싫어. 진짜 인간쓰레기들."

지윤의 친구가 말했다. '진짜'라는 말이 그녀의 입버릇이었다. 찻탓캇은 '보도방 나가는 건 괜찮고 전화기 파는 건 안 괜찮냐?'라고 쏘아주고 싶었지만 그 생각을 입밖으로 내뱉지는 않았다.

　"그러게. 이거 좀 그냥 기계값 밝히고 할인도 해주지 말고 전부 정가로 팔면 안 돼? 왜 이렇게 복잡하게 만들어놓은 거야?"

　지윤이 찻탓캇에게 물었다.

　"손님들 등쳐먹으려고 그러는 거지. 자기들은 이통사에서 주는 리베이트로 먹고사니까……"

　찻탓캇이 되는 대로 아는 척 설명했다. 사실 그도 잘 몰랐다. 뭔가 이유는 있겠지. 양아치들이 이동통신사 대리점과 휴대전화기 판매점으로만 모이는 건 아닐 테고. 그런데 그 이유를 그대로 내버려두는 이유는 뭘까. '이제부터는 정가로만 팔아라,' 이렇게 정책을 바꾸기가 그렇게 어렵나? 한두 곳만이라도 정가로 팔게 하면 되지 않을까? 속고 싶지 않은 사람이 거기서 전화기를 사세.

　지윤도 의문이 풀리지 않은 모양이었다.

　"아니, 그러니까 애초에 왜 리베이트며 할인이며 뭐며 왜 그렇게 복잡하게 팔게 만들어놨느냐고."

　"이 가게 괜찮아 보이네. 여기 한번 들어가볼까?"

　찻탓캇은 슬쩍 말을 돌렸다.

　무턱대고 한 말은 아니었다. 실은 매장 안에 누군가 매직으로 써붙인 글귀가 그의 눈길을 끌었다. '꿈이 있는 사람만이 꿈을 이룰 수 있다'라는 문구였다.

　"여긴 할부원가가 어떻게 돼요?"

순진한 인상의 아르바이트생이 당황한 기색으로 솔직하게 원가를 털어놓았다. 지윤의 눈이 조금 커졌다. 찻탓캇이 어떤 예리한 통찰력으로, 할부원가를 말해주는 가게를 찾아냈다고 믿은 듯했다.

지윤의 업소 친구가 매장 직원에게 설명을 듣는 동안 찻탓캇은 가게에 붙은 글귀를 멍하니 쳐다보았다. 꿈이 있는 사람만이 꿈을 이룰 수 있다. 처음에는 마음이 끌렸는데 계속해서 그 문장을 보고 있노라니 부아가 치밀면서 뭐라고 반박을 하고 싶어졌다. 그러나 그 말은 너무 자명해서 뭐라 대꾸를 할 수가 없었다. 삼궁 새끼는 뭔가 요즘 꿈을 하나 찾은 거 같던데……

그사이에 지윤은 가게를 둘러보다가 핑크색 최신 휴대전화기를 집어 들었다. 그녀는 기계를 만지작거리며 이리저리 살폈다.

지윤의 업소 친구가 기종을 골랐다. 찻탓캇이 조건을 봐주었다. 나쁘지 않았다. 업소 친구가 계약서를 쓰는 중에도 지윤은 핑크색 휴대폰에 정신이 팔려 기계를 손에서 놓지 못하고 있었다.

"그거 사고 싶어?"

찻탓캇이 물었다.

"그거 요즘 잘나가요. 없어서 못 파는 제품이에요."

직원이 끼어들었다.

'폰팔이 새끼들은 입만 열면 거짓말이야'라고 찻탓캇은 생각했다.

"아니, 오빠. 나 지금 폰도 약정 남았어."

"저희가 위약금 대신 내드릴 수 있는데……"

직원이 다시 끼어들었다.

"몇 달이나 남았는데?"

"다섯 달."

"그럼 쓸 만큼 썼네. 새로 사. 내가 사줄게."

젊은 직원의 얼굴이 흥분으로 활짝 펴졌다. 지윤이 놀란 눈으로 찻탓캇을 빤히 쳐다보았다.

"아니, 나 괜찮아. 나 이거 안 살래."

직원의 얼굴이 시무룩해졌다.

"그냥 사."

찻탓캇이 말했다. 그는 지윤이 말리기 전에 얼른 직원에게 물었다.

"아저씨, 이거 얼마예요?"

핑크색 기계의 가격은 백만 원이 조금 넘었다. 찻탓캇은 일시불로 계산했다. 지윤이 머뭇거리다 찻탓캇의 팔꿈치를 잡으며 말했다.

"그런데 오빠, 내가 지금 사정이 있어서 내 계좌로 통신비 내기가 좀 그런데…… 개통만 오빠 이름으로 하면 안 될까? 내가 매달 돈 오빠한테 부쳐줄게."

"그래."

찻탓캇은 시원하게 승낙했다. 신세경을 닮은 그의 여자친구가 미안하다는 표정 반, 감동받았다는 표정 반으로 그의 손을 슬그머니 잡았다.

"와, 남친 없는 년 서러워서 살겠나, 진짜."

옆에서 업소 친구가 한마디했다. 횡재를 한 젊은 직원이 웃음을 터뜨렸다가 황급히 입을 다물었다.

찻탓캇이 계약서를 쓰고 있을 때 업소 친구가 지윤에게 카카오
톡 메시지를 보냈다.

> 남자 견적 보니 공사는 안 되겠고 소소
> 하게 농사는 몇 번 짓겠다. 나 먼저 간다
>
> 동감. 잘 들어가

"쟤는 왜 벌써 들어가? 갑자기."

업소 친구가 가게에서 나오자마자 손을 흔들고 사라지자 찻탓캇
이 지윤에게 작은 목소리로 물었다.

"내가 가라고 했어."

"왜?"

"오빠랑 둘이서 저녁 먹고 싶어서."

지윤이 찻딧캇의 팔찡을 꼈다. 그너기 남지를 데러간 곳은 몇 층
위 식당가였다. 식당가는 휴대전화기 판매점이 있는 층보다도 더
썰렁했다. 유명한 프랜차이즈 식당은 한 곳도 없었고, 한물간 브랜
드거나 지방의 고속버스터미널에서나 보는 분위기의 가게들만 입
점해 있었다. 토스트와 떡볶이를 파는 가게가 연속해서 몇 곳 붙어
있는 걸 보니 임대료가 터무니없이 싼 것 같았다. 그들이 앞을 지
나갈 때마다 토스트를 파는 아주머니들이 기대 섞인 눈길로 그들
을 바라보았다.

'도대체 한국에서는 뭘 팔아야 돈을 벌 수 있는 거지?'

호랑이인형 탈을 쓴 사람이 매장 복도를 돌아다니며 행인들에게

가위바위보를 하자고 몸짓을 하고 있었다. 호랑이인형이 들고 있는 나무판에는 호랑이와 가위바위보를 해서 이기면 그 층에 있는 식당의 할인권을 준다는 설명이 적혀 있었다. 식당 주인들이 어떻게든 손님을 유치해보려고 짜낸 아이디어인 듯했다.

그 층에는 사람이 별로 없었기 때문에 호랑이인형은 멀리서 행인이 보이기만 해도 반색을 하며 달려왔다. 그리고 사람 앞에 서면 요란한 춤을 추며 가위바위보를 하자고 꾀었다. 인형 탈이 너무 열심이어서 오히려 상대하고 싶지 않았다. 보고 있노라면 미안한 마음이 들었기 때문이다.

'하긴, 주변에 있는 식당 주인들이 전부 고용주인 셈이니까 일을 게을리할 수도 없을 테지.'

그들은 인형 탈을 피해 식당가를 몇 번 돌았다. 썩 마음에 드는 가게는 없었지만 그냥 일본식 돈가스를 파는 곳에 들어갔다.

"내가 살게. 오빠 먹고 싶은 기 다 시겨."

지윤이 말했다. 찻탓캇은 그녀가 정말로 자기에게 매달 통신비를 입금해줄 거라고는 기대하지 않았다. 백만 원짜리 휴대전화기와 2년치 통신비를 내주기로 하고 대신 돈가스를 얻어먹는 셈이었다. 그는 히레가스를 골랐다.

"우리 술도 마시자."

여자아이가 그렇게 말하며 생맥주 두 잔을 주문했다.

"너 술 너무 많이 마시는 거 아냐? 일할 때도 마시잖아."

찻탓캇이 힐난했다.

"괜찮아. 이건 오빠랑 마시는 거니까."

"그러다 몸 다 상해."

"아냐, 진짜 괜찮아. 나 약 먹거든."

"약? 무슨 약?"

찻탓캇이 놀라서 소리쳤다.

"아이, 참. 이상한 약 아니야. 나 술 깨는 약 먹어. 그 약 그냥 비타민이야. 술병 난 날 병원 가서 주사 놔달라고 하면 놔주는 것도 비타민이야. 그런 건 몸에 쌓이지도 않아."

지윤이 그렇게 말하며 맥주잔을 들어올렸다. 찻탓캇은 지윤과 잔을 부딪쳤다. 그러나 여전히 마음은 편치 않았다. "대신에 오줌이 샛노래지지"라고 덧붙이며 지윤이 피식 웃었다.

"술집 안 나가면 안 되나?"

종지에 담긴 들깨와 검은 깨를 갈다가, 찻탓캇은 마침내 그 말을 꺼냈다. 그는 혼잣말처럼 중얼거렸다. 하지만 지윤은 그 말을 놓치지 않았다.

"그럼 나 뭐해? 나 식당 나갈까? 아니면, 뭐, 마트 알바?"

"넌 나중에 하고 싶은 거 없어? 어쨌든 그 일을 오래할 수 있는 건 아니잖아."

찻탓캇이 물었다.

"글쎄, 몰라. 온라인 쇼핑몰? 내가 운영도 하고 모델도 하면⋯⋯ 오빠 인터넷 잘하잖아. 나 쇼핑몰 열면 사이트 하나 만들어줄 수 있어?"

찻탓캇은 '당연하지. 사이트도 만들어주고, 홍보도 해줄게'라고 대답할까, 아니면 '그냥 옷 좋아한다고 쇼핑몰 운영이 될 줄 아나?'

라고 핀잔을 줄까 잠시 망설였다. 그는 전자를 택했다.

"아, 진짜 1억만 있으면 이 생활 딱 접고 쇼핑몰 차릴 텐데."

여자가 말했다.

지윤이 계산을 하는 동안 찻탓캇은 화장실에 갔다. 그가 오줌을 눌 때 호랑이인형이 화장실에 들어왔다. 찻탓캇은 처음에 '화장실까지 쫓아오냐'고 속으로 욕을 했다. 그런데 그건 그의 오해였다.

호랑이인형이 머리에 쓰고 있던 커다란 탈을 벗었다. 탈 아래에는 머리카락이 땀에 푹 젖은 찻탓캇 또래 젊은이가 있었다. 여드름이 덕지덕지 난 청년이었다. 청년은 탈을 화장실 바닥에 내려놓고 세면대에 머리를 숙이더니 세수를 했다. 그는 목이 말랐던지 손바닥에 수돗물을 받아 몇 차례나 마셨다. 땀 냄새가 시큼하게 났다.

찻탓캇은 자신이 호랑이인형을 쓰고 춤을 추며 돈을 벌 수 있을지에 대해 생각했다. 그러고 싶지 않았다. 지윤이 식당일이나 마트 아르바이트를 할 수 없는 것과 마찬가지였다.

찻탓캇은 호랑이인형 옆에서 손을 씻었다. 두 젊은이는 서로를 외면하려 애썼다.

*

(11월 5일 녹취록 #1)

임상진 이제 나강 캠페인 얘기해주셔야죠.

찻탓캇 예. 나강 캠페인.

임상진 그걸 어떻게 시작하시게 됐습니까? 합포회에서 큰 그림을 그려줬나요?

챗탓캇 아뇨, 전혀요. 브레인스토밍을 할 때 그 팀장네 회사 사람들, 그러니까 그 대리랑 사원이랑 둘이 끼어 있기는 했는데, 그게 전부였어요. 어차피 그 두 사람은 거의 말을 안 했어요. 아이디어를 낸 적도 없었고. 나강 캠페인은 순전히 저희들 아이디어로 시작한 거예요.

임상진 전적으로?

챗탓캇 예. 전적으로. 음…… 글쎄요. 그렇게 물어보시니까 좀 이상한 기분이 들기도 하는데…… 삼궁이 이철수와 연락을 주고받기도 했고, 이런저런 아이디어 나왔을 때 분명히 컨펌 받고 그런 과정이 있었을 거거든요. 그러면 이철수가 무슨 지침이나 그런 걸 줬을 수도 있겠죠. 삼궁 녀석이 또 그런 걸 이철수한테 들었다고 안 하고 자기 생각인 것처럼 말했을 수도 있고. 기기까지는 질 모르겠습니다.

임상진 알겠습니다.

챗탓캇 예, 하여튼 처음엔 저희가 브레인스토밍을 했어요. 맨 처음에는 몇 가지 원칙을 세우는 걸로 시작했죠.

임상진 어떤 원칙이요?

챗탓캇 일단 어떤 메시지를 하나 정하고 슬로건을 만들자. 그 구호는 십 대들한테 거부감이 없어야 한다. 종북좌빨 때려잡자, 이런 건 안 된다. 메시지를 아주 은밀하게 숨겨야 한다.

예를 들어 메시지는 '나이키 제품은 멋있다'라는 거라도, 카피는

'저스트 두 잇'이어야 한다는 거죠. 메시지는 '아디다스는 멋지다'라는 것이지만, 구호는 '임파서블 이즈 낫싱'이어야 하고. 슬로건이 멋져야 합니다. 들으면 뭔가 불끈하고 마음속에서 솟아야죠. 그러려면 요즘 애들이 뭘 생각하고 있나 살펴야 하고.

나이키 우먼 슬로건이 뭔지 아세요? '나 여기 있다'예요. 여자들이 들으면 좋아할 거 같지 않나요. 평소에 있는 듯 없는 듯하게 취급되니까 그런 카피에 마음이 움직이는 거죠. 그래서 저희도 십 대들이 좋아할 만한 말, 십 대들이 평소에 콤플렉스를 가지고 있던 거, 그런 걸 생각했어요.

임상진 그렇게 해서 나온 게 '나는 강하다. 아무도 탓하지 않는다'인가요?

챗탓캇 '나는 강하다'가 먼저 나왔어요. '아무도 탓하지 않는다'는 나중에 붙인 거고.

임상진 이렇게, 십 대 패널 조사 같은 거라도 하셨나요?

챗탓캇 그냥 저희끼리…… 뭐, 저희가 클라이언트들한테 프레젠테이션할 때는 매번 십 대 패널 조사를 했다느니 이십 대 백 명한테 물어봤다느니 하고 말을 하는데, 그건 다 뻥이고…… 그냥 이것도 저희끼리 얘기하다가 나왔어요. 누가 '나는 강하다 어때?' 이러면 '오, 괜찮은데?' 이렇게.

임상진 그것도 삼궁 씨가 생각한 건가요?

챗탓캇 아니, 그건 제가 제일 처음에 얘기했습니다. '아무도 탓하지 않는다'는 삼궁이 붙인 거고. 우리나라 십 대들의 콤플렉스가 아마 그런 걸 거예요. 부모 품에서 한 발짝도 못 벗어난다는 거. 뭐든지 부모가 시키는 대로 해야 한다는 거. 뭘 독립적으로 하고 싶은데, 그럴 수가 없는 거죠. 한편으로는 자기들 생각에도 냉정히 생각해 보면 지금 나이에 집 나가고 학교 안 나가고 그러는 건 인생 망치는 일이라는 걸 알고 있고. 그러니까 부모나 학교가 시키는 걸 하긴 하지만 가슴은 답답하고. 원래 사춘기 때가 그렇잖아요. 이게 인생을 제대로 사는 걸까, 이러다가 부모가 정해놓은 길대로 살아가게 되는 거 아닐까…… 어느 나라나 다 그렇겠지만 우리나라가 특히 심하지 않은가요. 십 대 애들도 다 알아요, 거기까지는.

임상진 저도 그렇게 생각합니다.

찻탓캇 그러니까 애들이 '내가 몸만 컸지 아직 엄마 품속에 있는 애기나 다름없다' 그렇게 생각을 할 테고, 그런 애들한테 '나는 강하다'라는 말이 매력적으로 다가오겠죠. 그러면 강하다는 게 어떤 거냐. 내가 강하다는 걸 어떻게 증명할 거냐. 십 대들이 따라할 수 있으면서도 자기가 강하다는 기분이 들게 해줄 수 있는 게 뭐냐. 그게 '아무도 탓하지 않는다'는 거죠. 내가 뭔가 힘들고 불이익을 당해도 속으로 누굴 탓하지 말자, 왜냐하면 나는 강하니까. 아니면 거꾸로, 누구를 탓하지 말자. 그러면 나는 강해진다. 또는, 누구를 탓하는 녀석은 약한 놈이다.

저희가 그렇게 슬로건을 먼저 만들고 메시지는 나중에 갖다 붙였거든요. 그런데 척척 잘 맞아떨어지더라고요. 진보 인사들이 비판을 받는 게 뭡니까. '매일 남 탓 한다'는 거잖아요. 그런데 저희 프레임에서는 그런 사람들은 약한 거고, 구린 거죠. 군대에서 총기사고가 난다, 사이코패스가 사람을 죽인다, 그러면 이게 뭐 사회구조

탓이고 교육 탓이고 친일파가 나라를 세워서 그렇다는 게 진보 진영 논리잖아요. 그런데 나강 캠페인으로 '나는 강하다. 아무도 탓하지 않는다' 그런 생각이 박힌 애들 머릿속에서는 그런 진보적인 사고방식이 대번에 추하고 약한 걸로 여겨지는 거죠. 그리고 그 나이때 애들이 제일 두려워하는 게 약해 보이는 거예요.

임상진 소름이 돋네요…… 나강 캠페인에 그런 메시지가 있는 줄 몰랐습니다.

챗탓캇 저희도 메시지가 그렇게 딱딱 맞아떨어지니까 기분이 이상하더라고요. 거기까지는 좋았어요.

임상진 거기까지는?

챗탓캇 예. 그다음에 저랑 삼궁이 틀어졌죠. 이걸 어떻게 바이럴 영상으로 만들까 논의하면서부터.

임상진 말씀해주십쇼.

챗탓캇 이 메시지를 무지하게 쿨한 영상으로 만들어야 한다, 거기에는 저희들 모두 동의했고요. 쿨한데 좀 서툴게 보여야 한다는 데에도 다들 의견이 일치했죠. 십 대들이 직접 만든 걸로 보여야 한다, 그렇게. 뭔가 무지무지 쿨한 영상을 만든 다음에 그 등장인물이 끝날 때 "나는 강하다! 아무도 탓하지 않는다!" 이렇게 메시지를 말하게 하고 싶었어요. 꼭 나이키 광고처럼요.

임상진 왜 영상으로 만들려고 하셨어요? 그때까지는 주로 텍스트로 작업하셨잖아요?

챗탓캇 저희가 조사를 했거든요. 중고등학생들한테 뭐가 유행하는지. 혹시 초딩패딩놀이라고 아세요?

임상진 처음 들어보는데요.

챗탓캇 커플놀이나 떡춤은요?

임상진 그것도 잘…… 초딩패딩놀이면 초등학생들이 패딩 입고 하는 놀이인가요?

챗탓캇 아니오. 허리를 숙여서 패딩 머리 부분을 엉덩이에 걸치고 가는 겁니다. 뒤에서 그걸 동영상으로 찍으면 4등신 난장이가 패딩을 입고 아장아장 걸어가는 것처럼 보입니다.

임상진 그래서요?

챗탓캇 그게 전부예요. 그냥 여러 명이 그러고 걸어가요. 그걸 동영상으로 찍고 놀아요. 웃기고 귀엽다면서. 시체놀이는 아시죠?

임상진 그건 압니다. 그냥 시체인 것처럼 길거리에 누워 있는 거 말이죠?

챗탓캇 길거리에 눕기도 하고, 책상 위에 엎드리기도 하고, 철봉에 몸을 접어서 걸쳐져 있기도 하고…… 그것도 여러 명이서 같이 이상한 자세를 취한 걸 사진으로 찍는 게 전부잖아요.

임상진 그렇네요. 비슷하네요. 시체놀이랑 초딩패딩놀이랑.

챗탓캇 저희가 보니까 십 대 문화는 이십 대랑 또 달라요. 일단 돈이 너무 없어요. 카페 들어가서 커피 한 잔 마실 돈도 얘네들한테는 없어요. 대신에 인건비는 엄청나게 싸요. 그리고 완전히 온라인으로만 뭘 하려고 그러진 않아요. 일단 학교에 모여 있는 애들이잖아요. 그래서 직접 몸을 쓰는 거, 여러 명이 모여서 하는 거, 힘 많이 들고 위험한 거, 대신 돈은 안 드는 거, 이런 게 인기란 말이죠. 그리고 애들은 다 스마트폰이 있고 컴퓨터가 있어요. 돈은 없어도 사진을 찍거나 비디오 영상을 만들어서 편집하는 건 공짜란 말이죠. 애들이 텍스트보다 그런 걸 훨씬 더 좋아해요. 립덥 비디오 같은 것들.

임상진 립덥 비디오는 또 뭡니까?

챗탓캇 음악을 틀어놓고 거기에 맞춰 즉석 뮤직비디오를 찍는 거예요. 그거 있잖아요. 싸이 〈강남스타일〉이 뜨니까 사람들이 거기 따라서 말춤 추면서 스마트폰으로 아마추어 뮤직비디오 찍는 거.

임상진 부산스타일, 여고스타일, 교회스타일…… 그렇게 나온 것들 말이죠?

챗탓캇 네, 그런 거요. 다른 노래로도 그런 거 많이 해요. 돈은 안 들고, 스마트폰만 있으면 할 수 있잖습니까. 재밌고. 찍은 걸 남들한테 자랑할 수도 있고. 그런데 립덥 비디오는 살짝 유행이 지났어요. 요즘 십 대들은 뭐랄까, 더 짧은 걸 좋아해요. 한 곡이 다 끝날 때까지 영상 히니 보는 건 지루한 거죠. 귓방망이춤이리고 이세요?

임상진 하이고, 그것도 모릅니다.

챗탓캇 이건 어느 걸그룹이 만든 춤인데, 별로 뜨진 못했어요. 그런데 여고생들한테서는 굉장히 인기가 있었어요. '귓방망이 댄스'나 '귓방망이 춤'으로 검색하시면 교실에서 애들이 그 춤 추면서 노는 거 많이 나옵니다. 원곡에서 일부분만 떼서 춤을 추는 거니까 시간은 오래 안 걸려요. 길어야 30초 정도? 떡춤도 비슷합니다. 이건 지방 어디서 먼저 시작한 게 전국으로 퍼졌다던데.

아까 커플놀이라고 한 거 있죠? 이것도 올해 초에 십 대 애들 사이에서 유행한 건데, 남자애랑 여자애가 마주 보고 서서 여자애가 남자애 가랑이 사이에 머리를 넣는 거예요. 그렇게 허리를 숙인 여자 엉덩이 뒤로 해서 두 사람이 손을 잡고 남자가 그 손을 확 당겨요. 그러면 고개를 숙였던 여자 몸이 180도 돌면서 남자 허리를 다리로 감싼 채 공중에 뜨게 돼요. 그리고 얼굴이 맞닿게 되는데, 그때 키스를 하는 거죠.

임상진 말로만 들어서는 그게 뭐가 재미있을지 잘…… 나중에 한번 영상을 찾아볼게요.

챗탓캇 그게 사실 옆에서 보는 사람이 재미있지, 직접 하는 사람은 그리 재미있을 건 없어요. 위험하기도 하고요. 인터넷에 올라온 동영상들 보면 실패 동영상도 굉장히 많은데, 여자 쪽이 땅바닥에 패대기쳐져서 아파합니다. 잘못하면 머리부터 땅에 떨어져서 크게 다칠 수도 있고요. 그런데도 상관없다는 거예요.

이게 재미있는 게, 이건 유래가 중국이에요. 이런 십 대들 놀이가 보면 은근히 국제직입니다. 시제놀이하고 비슷한 자빽놀이라는 게 있거든요. 여러 명이 모여서 고개를 숙인 채 로댕의 생각하는 사람처럼 주먹을 이마에 대고 심각한 표정을 짓는 포즈를 찍는 거예요. 이건 미국이 원조예요. 남자 여자가 커플 사진을 찍고 나서 서로 옷을 바꿔 입은 다음 조금 전과 같은 포즈로 다시 사진을 찍는 놀이도 있는데 이건 캐나다가 원조예요.

임상진 놀이가 인터넷으로 퍼지니까, 국경이 문제가 안 되는 거군요.

챗탓캇 예. 바이럴이 엄청 잘되는 거죠. 멋있고 재미있어 보이기만 하면. 저희가 처음에는 그래서 외국 청소년들한테 유행하는 것 중

에서 저희 콘셉트하고 어울리는 거 없나 찾았어요. 자빽놀이나 초
딩패딩놀이 같은 건 저희 콘셉트랑 안 맞죠. 그건 웃기기만 하니까.
저희 건 좀 간지가 나야죠. 그래서 좀 위험한 놀이를 찾아다녔죠.
'목숨 턱걸이' 같은 거요.

임상진 목숨 턱걸이?

챗탓캇 고층빌딩 난간에서 몸을 밖으로 내고 턱걸이를 하는 거죠.
어떤 미국 애가 유튜브에 그런 걸 하는 동영상을 올렸거든요. 그리
고 얼마 되지도 않아서 그게 세계적으로 청소년들 사이에서 유행
이 됐습니다. 우리나라에서도 따라하다가 죽은 애들이 몇 명 있죠.
왕따 당하는 애한테 그걸 시킨 애들도 있고.

러시아 애들 사이에서는 기차선로에 들어가서 달리는 열차 아래
누워 있는 놀이가 있어요. 그걸 동영상으로 촬영해서 유튜브에 올
리고 그래요. 인도에서는 반대로 열차 지붕 위에 올라가서 서 있는
게 유행이에요. '드레인 시핑'이라고 합니다. 미국 애들 사이에서는
'스포츠 킬링'이라고 야구방망이로 노숙자를 때리는 놀이가 있는
데 이런 것들은 아무래도 좀 아니고. 저희가 좀 진지하게 봤던 게,
이것도 미국 청소년들 유행인데, 몸에 라이터 가스를 붓고 불을 지
르는 놀이가 있어요. 그게 액화부탄이라서 증발하면서 불이 붙기
때문에 몸이 타진 않아요. 저건 남자애들한테 인기 좀 끌겠다 싶더
라고요.

임상진 어휴⋯⋯

챗탓캇 뭐, 몇십 년 전에도 젊은이들이 제임스 딘 나오는 영화 보고
치킨 게임 따라했잖아요. 그거랑 같은 거죠.

임상진 그래서 나중에 채택한 게 프리러닝이랑 남자 패는 법, 그리고 옷 브랜드 지우기, 겨드랑이 털 찍기, 교복 찢기죠?

찻탓캇 겨드랑이 털 찍기랑 교복 찢기는 아닙니다. 그건 저절로 유행한 겁니다.

*

"시궁창 오브 시궁창이네. 개막장이다."

"야, 이것도 위키 대첩 항목에 올려야 되는 거 아니냐?"

삼궁과 01查10이 맥주를 마시며 한마디씩 했다. 그들은 목동야구장에 와 있었다. 파쿠르 동호회에 소속된 청소년 여덟 명, 팀-알렙 멤버 세 명, 그리고 팀-알렙 멤버들이 각각 최근에 사귄 여자친구 세 명. 그렇게 열네 명이 단합대회를 갖는 중이었다.

경기는 개판이었다. 그들이 응원하는 팀은 1회에 3점을 내주고 2회에는 무려 8점을 내주었다. 3회에는 어렵사리 득점 찬스를 만들었다가 병살타를 당했다. 반면 상대팀은 선발 전원이 안타를 기록했다.

"아주 관광을 당하네."

지윤 앞에서 욕을 참던 찻탓캇도 마침내 화를 터뜨렸다.

"왜? 재미있구만."

옆에 앉아 있던 지윤이 불쾌해진 얼굴로 말했다. 그녀는 아까부터 관객들이 탄식할 때 환호하고 그들의 팀 주자가 부상을 당했을 때 웃음을 터뜨리는 등 괴이한 행동을 하고 있었다. 야구를 몰라서 그런 건지, 아니면 술에 취해서 그런 건지는 알 수 없었다.

팀-알렙 멤버들은 술집 여자들을 야구장에 데려왔다. 그들이 모두 술집 여자들이라는 사실을 아는 사람은 그 자리에 찻탓캇 하나뿐이었다. 01查10은 혜리에게 열심히 현재 상황을 설명해주었다. 풀살롱 전속 업소녀 혜리가 야구에 별 관심이 없다는 게 찻탓캇의 눈에는 확연했지만 01查10은 그 사실을 모르는 듯했다.

01查10이 기르기 시작한 수염이 보기 거슬렸다. 01查10은 혜리와 커플 시계도 차고 있었다. 찻탓캇이 모르는 명품 브랜드였다. 그러나 소비 문제에 관해서는 찻탓캇이 누구를 비난할 처지는 아니었다. 그는 수입차를 샀다. 푸조 307cc.

'그래도 싸게 샀잖아. 누가 이게 2천만 원도 안 되는 중고라고 생각하겠어. 솔직히 이 정도면 남는 장사지……'

찻탓캇의 눈에는 삼궁 커플이 그나마 다정해 보였다. 여자가 직접 싸 온 김밥을 삼궁에게 먹여주고 있었다. 단란주점에서 처음에는 01查10의 파트너였던 여자. 햇빛 아래서 보니 정말 이모라고 불러야 할 것 같았다. 찻탓캇은 삼궁이 저 나이 든 여자를 진지하게 대하는 건지, 아니면 섹스용으로 무심하게 만나는 건지 알 수 없었다.

정작 삼궁은 속으로 부글부글 끓고 있었다. 동영상 촬영 문제로 파쿠르 동호회 아이들과 대판 논쟁을 벌인 데다, 화해 겸 찾은 야구장 회식이 엉망이 되고 있었기 때문이다. 경기가 너무했다. 5회가 지나자 사람들이 대거 빠져나갔다. 성질 같아서는 그도 나가자고 말하고 싶었으나 그러기에는 자존심이 상했다. 고등학생인 파쿠르 선수들을 데리고 갈 곳도 없었다.

삼궁이 파쿠르 동호회의 소년들과 언쟁을 벌인 이유는 명칭 때문이었다. '파쿠르라는 용어를 아는 사람은 몇 안 되니 그냥 야마카시라고 하자'는 삼궁의 제안에 소년들은 펄쩍 뛰었다. 야마카시는 파쿠르 영화를 찍었던 프랑스 팀의 이름일 뿐이라고 했다. 결국엔 찻탓캇의 중재안대로 '프리러닝'이라는 호칭을 쓰기로 했다. 그러나 삼궁도 소년들도 그런 타협에 썩 만족하지는 않았다.

소년들은 흘끔흘끔 팀-알렙 멤버들을 훔쳐보았다. 01査10은 그 눈길을 의식하지 못했다. 찻탓캇은 소년들이 신세경을 닮은 자기 여자친구를 쳐다보고 있다고 의심했다. 삼궁은 소년들이 야구 경기가 보기 싫어서, 여기서 언제 나가나 하고 눈치를 보고 있다고 생각했다. 그는 참지 못하고 소년들에게 시비조로 말을 걸었다.

"야, 뭘 그렇게 흘끔흘끔 보냐? 하고 싶은 말이 있으면 그냥 해. 우리는 일로 만난 관계야. 이제 그런 아마추어 같은 태도는 버려."

그러자 리더 격인 소년이 주저하다 입을 열었다.

"저…… 저희도 맥주 한 잔씩만 따라주시면 안 돼요?"

뜻밖의 요청에 삼궁의 마음이 무장해제되었다. 그는 피식 웃음을 터뜨리고 종이컵을 들려다가 찻탓캇에게 '어쩔까'고 묻는 눈빛을 보냈다. 찻탓캇은 어깨를 으쓱했다. 그사이에 중견수가 평범한 공을 놓쳤다. 관중들의 야유 소리를 듣는 순간 삼궁에게 재미있는 생각이 떠올랐다.

"좋아. 대신 조건이 있어."

그가 종이컵과 캔맥주를 들고 말했다.

"이름을 야마카시로 바꾸는 거요?"

소년이 짜증이 묻어나는 말투로 반문했다.

"아냐, 그건 끝난 얘기고."

"그럼 뭔데요?"

"우리가 이쪽에서부터 일어났다 앉으면서 파도타기를 할 거거든. 그러면 너희가 받아서 이어가. 두세 명이 저쪽 빈자리 가서 앉으면 좋겠네."

파쿠르 동호회 리더도 뒤를 돌아 다른 소년들을 바라보았다. 소년들도 수비 중에 파도타기 응원을 하는 건 매너 없는 짓이라는 정도의 상식은 있었다. 그러나 그게 뭐 법으로 정해진 것도 아니고…… 소년들이 다 같이 어깨를 으쓱해 보였다.

"그럴게요."

제일 바깥쪽에 있던 01츄10과 혜리 커플부터 손을 들고 일어났다. 그걸 찻탓캇과 지윤이 받고, 삼궁 커플이 함성을 지르며 일어났다 앉았다. 벽을 타는 소년들은 열정적으로 호응했다. 파도가 다소 어설픈 모양새로 이어졌다.

"한 번만 더 하자. 제대로."

삼궁이 말했다. 조금 전에는 '될까?' 하는 의구심으로 쭈뼛거렸던 팀-알렘 멤버들이 이번에는 한결 가벼운 마음으로 소리를 지르며 일어났다. 이번에는 대성공이었다. 파도가 관중석을 반 바퀴 돌았다. 어이없는 수비 실책에 질린 홈팀 팬들은 새로운 놀이에 호의적이었다.

원정팀 관중석에서 야유가 나왔다. 팀-알렘 멤버들과 파쿠르 동호회 소속 소년들은 누가 먼저랄 것도 없이 웃음을 터뜨렸다. 삼궁은 약속대로 소년들에게 맥주를 건네주었다. 여드름투성이 소년들의 입이 함지박만 해졌다.

"한 번 더할까?"

소년들이 맥주를 게 눈 감추듯 비우고 입맛을 다시는 걸 보고 삼궁이 물었다. 소년들은 "당연하죠"라고 입을 모았다. 챗탓캇이 맥주를 사러 자리에서 일어났다.

"왕창 좀 사 와."

지윤이 살짝 풀린 발음으로 챗탓캇에게 부탁했다.

"넌 좀 그만 마셔."

"뭐야? 네가 뭔데 마셔라 마라야?"

지윤이 발끈했다. 진짜로 화를 내는 건지 농담을 하는 건지 분간이 어려웠다. '인터넷 너무 오래하다보니 나도 01查10처럼 사람 표정을 가늠하지 못하게 된 것 아닐까' 하고 챗탓캇은 생각했다.

챗탓캇은 구장 안 매장에서 비닐봉지에 한가득 맥주를 사고 돈을 치렀다. 그는 관중석으로 들어가려다 통로에 지윤이 나와 있는 걸 보았다. 지윤은 누군가와 통화 중이었다. 그리 다가가자 그녀가 "응, 오빠아~"라고 하면서 전화 속 상대방에게 애교를 부리는 게 들렸다.

챗탓캇은 그 앞에서 기다렸다. 지윤이 그를 발견하고 표정이 미묘하게 변했다. 그녀는 "응, 들어가아"라고 말하면서 전화를 끊었다.

"누구야?"

"뭐가?"

"지금 전화한 사람."

"그냥 아는 오빠야."

여자가 그렇게 말하고 관중석으로 쑥 들어가버리는 바람에 찻탓 캇은 대꾸할 기회를 놓쳤다. 관중석에 들어갔더니 공수가 바뀌어 있었다. 투 스트라이크 노 볼. 투수가 공을 던졌고 타자가 멋지게 배트를 휘둘렀다. 헛스윙이었다. 삼구삼진. 야유가 터져나왔다.

"야, 이것도 야구냐?"

누군가가 자리에서 벌떡 일어나 크게 고함을 질렀다. 몇몇 사람들이 박수를 쳤다.

"형님, 한 번 더 하시죠, 그거."

파쿠르 동호회 리더가 삼궁에게 말했다. 맥주를 더 마시고 싶었던 것이다.

"그럴끼?"

삼궁이 봉지에서 캔 맥주를 꺼내들며 호쾌하게 대답했다.

앞에서 치어리더가 무슨 응원가를 부르건 상관없이 그들은 또 파도타기를 일으켰다. 파쿠르 소년 한 명이 웃통을 벗고는 상의를 돌돌 말아 하늘로 집어던졌다가 받았다. 홈팀 팬들은 열렬하게 호응했다. 치어리더도 저 멍청한 야구팀과 한통속이니, 그들이 주도하는 응원은 따라해줄 필요 없다는 정서가 팬들 사이에 스멀스멀 일고 있었다.

"야, 신난다!"

01査10이 일어나 외쳤다.

"오, 예!"

지윤이 자리에서 일어나 잠시 섹시 댄스를 추었다. 파쿠르 소년들이 열광했다.

"그러지 마. 싸 보여."

찻탓캇이 지윤을 자리에 끌어 앉혔다.

삼궁은 계속해서 소년들에게 맥주를 권했고, 계속해서 파도를 일으켰다. 같은 홈팀 팬들 중에서도 몇몇이 "하지 마!"라고 고함을 치며 짜증을 냈다. 몇몇 팬은 재미있다며 자기들도 파도를 타거나 양말을 말아 하늘로 집어던졌다. 그들의 팀이 수비를 할 때에도 팀-알렙과 파쿠르 동호회원들은 파도를 일으켰다. 이제는 술에 취한 소년들이 자발적으로 먼저 일어났다. 원정팀 팬들이 큰 소리로 야유를 했다. 관중석도 개판이 되어가고 있었다.

"아까 그 남자 누구였어?"

찻탓캇이 지윤에게 물었다.

"나 화장실 좀. 아, 너무 많이 마셨다."

지윤이 찻탓캇의 물음에는 대꾸하지 않고 자리에서 일어나다 비틀거렸다. 술에 취해 휘적휘적 관중석을 빠져나가는 여자를 남자가 쫓아갔다.

"야, 아까 누구였냐고?"

"너는 모르는 사람이야."

"그 남자 네 고객이지? 뭐, 단골이야?"

찻탓캇의 말에 지윤이 코웃음을 쳤다.

"저리 비켜. 나 화장실 가야 돼."

"이거 얘기하고 가. 아는 오빠가 누구야? 넌 아는 오빠들한테 다 그렇게 콧소리 내면서 앵앵거려?"

자신을 피해 화장실로 가려는 지윤의 팔을 찻탓캇이 잡았다.

"이거 놔. 안 놔?"

찻탓캇은 여자를 노려보며 팔을 더 단단히 쥐었다. 여자가 별안 간 찻탓캇의 따귀를 정통으로 갈겼다. 어안이 벙벙해진 찻탓캇이 지윤을 놓쳤다. 여자는 화장실로 가는 대신 야구장을 빠져나갔다.

"야, 너 어디가? 너 거기 안 서?"

여자가 달리기 시작했다. 찻탓캇은 주차장 앞에서 겨우 지윤을 따라잡았다. 그는 빽 소리를 지르려다가 지윤의 어깨가 떨리는 걸 보았다. 찻탓캇은 젊은 여자의 앞으로 돌아갔다.

지윤의 얼굴은 눈물로 범벅이 되어 있었다. 젊은 남자는 주춤대 며 여자에게 다가갔다. 손을 들어 뺨을 닦아주려 하니 여자가 그 손을 밀쳤다. 찻탓캇은 어찌할 바를 몰라 가만히 서 있었다.

"술집 나가는 년한테 뭘 기대했어?"

지윤이 화장이 지워져 엉망이 된 얼굴로 물었다. 찻탓캇이 대답 을 못하자 그녀는 같은 질문을 다시 던지며 남자의 가슴을 세게 때 렸다.

"술집 나가는 년한테 뭘 기대했냐구, 엉?"

여자가 찻탓캇의 머리와 가슴을 호되게 때렸다. 멀리서 지나가 던 행인이 그들을 흥미롭게 바라보았다.

"네가 나한테 아파트를 사줬어, 차를 뽑아줬어? 해준 게 뭐가 있 는데 사람을 이렇게 비참하게 만들어? 엉?"

찻탓캇은 지윤의 주먹질 세례를 참다가 그녀를 확 끌어안았다. 여자가 그의 품 안에서 버둥거리며 남자의 등과 머리를 마구 때렸다. 그러다 아이처럼 크게 울음을 터뜨렸다.

"나 화장실 좀 갔다 올게."

한참 운 뒤 조금 진정한 지윤이 말했다. 여자가 구장 밖에 따로 설치된 화장실에 가 있는 동안 찻탓캇은 줄담배를 피웠다. 그녀는 한참 동안 나오지 않았고, 찻탓캇은 여자화장실에 들어가 지윤을 찾아야 할지를 진지하게 고민했다.

지윤은 얼굴을 씻고 나왔다. 민낯에 립스틱만 바른 모습이 오히려 더 감각적으로 보였다. 지윤은 찻탓캇에게 눈길도 주지 않고 그를 지나치려 했다.

"잠깐만."

찻탓캇이 그녀를 불러세우더니 황급히 땅바닥에 무릎을 꿇었다. 그는 이마가 땅에 닿을 정도로 머리를 조아렸다.

"미안해. 한 번만 용서해줘. 내가 잘못했어."

"하!"

지윤이 어이없다는 듯이 코웃음을 치는 소리가 들렸다. 어쨌든 그녀는 그를 돌아보긴 했다. 그리고 제자리에 멈춰 서 있었다.

"못난 소리 해서 정말 미안해. 내가 미쳤었나봐. 질투심이 나서 갑자기 그랬어. 이렇게 무릎 꿇고 사과할게. 한 번만 용서해줘."

"지금 뭘 잘못했는지는 알아?"

지윤은 어쨌든 떠나지 않고 있었다.

"알아."

"뭘 잘못했는데?"

"너한테 화를 냈어. 너한테…… 욕을 했고…… 아무것도 해주지도 못하는 주제에 너를 비난했어. 술집 나간다고……"

거기까지 말했는데 갑자기 울컥하는 기운이 위로 올라오면서 눈이 뜨거워졌다. 찻탓캇은 엎드린 채로 울었다.

"아, 나, 씨발."

지윤이 말했다. 그녀는 어쩔 줄 모르는 것 같았다. 그녀는 엎드려 있는 찻탓캇에게 뚜벅뚜벅 걸어오더니 남자의 옆구리를 구두로 세게 걸어찼다. 찻탓캇이 옆으로 나동그라지자 지윤은 허리를 굽혀 남자의 등을 손바닥으로 철썩철썩 소리를 내며 때렸다. 그녀는 다시 울었다. 찻탓캇이 여자를 안았다.

"미안해. 미안해."

"너, 다음에 또 그러면 진짜 죽인다. 나 아까 그냥 가려고 했어. 알아?"

지윤이 흐느끼면서 말했다.

"알아."

찻탓캇이 그녀를 안은 팔에 힘을 주었다. 지윤의 분노가 서서히 누그러드는 것을 알 수 있었다.

그들은 주차장 바닥에 나란히 쭈그리고 앉아 담배를 피웠다.

"나 술 마시고 싶어."

지윤이 말했다.

"어디 근처에 술집 갈까?"

"소주 마시자. 나 오줌이 너무 많이 나온다."

찻탓캇은 고개를 끄덕였다. 그는 심호흡을 한 번 하고 그때까지 타이밍을 재던 이야기를 꺼냈다.

"같이 중국 가지 않을래? 배 타고."

"무슨 말이야?"

지윤이 어리둥절한 표정으로 되물었다.

"내가 갑자기 돈 들어올 일이 생겼거든. 그런데 잠깐 나가 있어야 돼. 일 년 정도."

찻탓캇이 대답했다.

*

(11월 5일 녹취록 #2)

찻탓캇 프리러닝을 소재로 정하고 나서 동호회 애들을 불렀는데, 걔들을 보자마자 알았죠. 애들이랑 하면 안 된다.

임상진 왜요?

찻탓캇 딱 봐도 정신 나간 애들 같았어요. 한 애는 팔이 부러져 있고, 또 한 애는 이빨이 나갔고. 그런데 아픈 줄도 모르고 자기들끼리 실실대며 웃고 저희 얘기에 집중을 못하는데…… 우리나라에도 파쿠르 공식 아카데미가 있고 연합회가 있어요. 삼궁이 불러온 애들은 그런 게 아니었어요.

임상진 일종의 야매?

찻탓캇 네. 자기들끼리 유튜브 동영상으로 독학한 애들. 그런데 삼궁은 이 아이들이 더 좋다는 거였어요. 야성이 살아있다면서.

임상진 공식 아카데미를 통해서 동영상을 만들지 않은 이유는 뭡니까?

챗탓캇 그런 데서는 파쿠르를 함부로 권하지 않아요. 부상 우려에 대해서 자세히 설명해주고, 스트레칭이나 준비 운동도 엄청 강조합니다. 그런데 저희는 낙법도 폼이 안 난다면서 대충 넘어갈 정도였으니까……

임상진 예……

챗탓캇 애초에 제대로 프리러닝을 가르치려는 동영상을 만들려는게 아니었어요. 제목은 '십 초 만에 배우는 벽 타는 법'이니 '라면 끓일 시간에 공중기 마스터'니라고 돼 있었지만, 그걸로는 절대 파쿠르 못 배워요. 저희도 처음부터 알았어요. 그냥 저희한테는 뭔가 굉장히 멋있어 보이고, 따라할 수 있을 거 같아서 자꾸 보게 되는 동영상이면 됐어요. '아, 죽인다, 나도 할 수 있지 않을까? 별 장비도 필요 없네?' 하는 생각이 들게 하는 영상. 바이럴이 되는 영상. 그리고 그걸 찍은 애가 카메라를 보고 '나는 강하다. 아무도 탓하지 않는다'라고 말만 하면 되는 겁니다. 지금도 상당수 사람들이 그 말이 무슨 야마카시 슬로건이라거나 아니면 그 동영상을 찍은 동호회의 구호라고 알고 있죠.

어쨌든 그렇게 촬영에 들어갔는데…… 저희 모두 프리러닝이라는게 위험하다는 건 알고 있었어요. 그런데 그렇게 위험한 건 줄은 몰랐어요. 잘못하면 정말 사람이 죽겠더라고요. 척추 같은 데를 다칠 수도 있을 것 같고. 이거보단 차라리 달리는 기차 아래 누워 있는 게 안전하겠다 싶었습니다. 몇 번 동영상을 찍다가 '아무래도 이건 아니다, 다른 걸로 하자'고 했는데……

임상진 삼궁 씨가 반대한 건가요.

챳탓캇 네.

8장

언론은 정부의 손안에 있는 피아노가 돼야 한다.

국장실에 들어가는 것은 처음이었다. 각오를 단단히 했는데도 상당히 위압감이 들었다. 각 부 부장들, 그리고 시경 캡이라 부르는 사건팀장이 들어와 있었다.

"어, 임상진이. 거기, 잠깐만 기다려라."

편집국장이 그를 흘끗 보고 말했다.

"오늘 1면 톱은 군 인권센터 추가 폭로로 가자. 사건팀에서 준비한 내부반 인권 실태 기획은 거기에 관련 기사로 붙이는 걸로. 대신에 한 면 줄게. 문화부장, 최민식 인터뷰는 본면으로는 못 빼겠는데…… 어떻게 할래? 좀 미룰래, 아니면 그냥 문화면에 쓸래?"

"문화면에 쓸게요."

문화부장이 대답했다.

"그래. 내용 좋던데 아쉽게 됐다…… 검찰 속보는 이대로라면 의미 없어. 굳이 쓸 필요 없겠다. 이거 밤까지 기다리면 뭐 새로운 거 나오나?"

"지금 희진이가 열심히 취재 중입니다. 담당 검사가 지금은 전화 못 받는다고, 저녁에 잠깐 통화하자고 했답니다."

사회부장이 대답했다.

"그래. 그러면 대강 정리할 건 정리했지? 이만 마칠까? 더 얘기할 거 있는 사람?"

아무도 입을 열지 않았다.

"그래. 그러면 사회부장, 문화부장, 캡, 인터넷뉴스부장만 남고 나머지는 나가라. 임상진이 발제 좀 얘기하자. 임상진이?"

"예! 국장님."

상진이 깜짝 놀라 대답했다.

"넌 인마, 이걸 이렇게 발제하면 어떻게 하냐?"

"예?"

"내가 이놈아, 핸드폰으로 메일도 못 본다. 우리 독자들도 상당수가 그럴 거야. 세상 사람들이 너처럼 그렇게 인터넷을 잘 아는 게 아냐. 기사를 쓸 때에는 항상 우리 독자 눈높이를 생각해야 돼. 당장 부장회의에서도 '무슨 내용인지 모르겠다'는 말이 나오는데 이걸 어떻게 독자들에게 이해하라고 하겠어. 그래, 안 그래?"

"그렇습니다."

상진이 입술을 깨물며 대답했다.

"전에 그거 뭐였지? 인터넷 사이트들 썼던 거?"

"「저항도 연대도 빠르고 쿨하게」입니다."

편집국장의 물음에 문화부장이 대답했다.

"그래. 그때 그 기사 반응이 좋았기 때문에 네 발제를 그냥 안 넘기고 캡까지 불러서 부장들 의견 물어본 거야. 앞으로 발제할 때에는 이렇게 하지 마. 너한테는 당연한 거라도 다른 사람들한테는 아닐 수 있으니까."

"예, 알겠습니다."

상진이 머리를 수그렸다.

"부장회의에서 네 발제를 놓고 아주 격론이 벌어졌는데…… 내가 일단은 쓰지 말자고 했다."

"예……"

"내용은 엄청 자극적이고 솔깃해. 국정원이 댓글 사건 이후에도 계속 여론 조작을 하고 있다, 그 수법이 아주 교묘해졌다, 그냥 댓글만 다는 게 아니라 인터넷 커뮤니티들을 사쥐하고 청소년들한테 보수적인 사고방식을 주입하려고 한다…… 그런데 주장하는 내용은 이렇게 어마어마한데 증거가 너무 없어. 그게 전부 제보자 한 명의 얘기잖아. 임상진이, 〈신동아〉가 가짜 미네르바에 속아서 개망신 당한 거 알지?"

"그거하고는 다릅니다. 이 사람들이 작업한 글들도 있고, 파쿠르 녹화 영상도 있고, 녹취록도 있습니다."

임상진이 항변했다.

"야, 이놈아, 녹취록이야 너하고 그 제보자하고 주고받은 얘기니까 아무 의미가 없지. 이 경우에는 그 합포회 구성원들이 나눈 얘기 녹음 파일이 있어도 소용이 없어. 그게 진짜 국정원 팀장인지, 전문 배우인지 그걸 어떻게 알겠어?"

"그러기에는 정말 내용이 치밀합니다. 제가 그 제보자가 했던 이야기들을 다 확인해봤는데……"

"임상진이, 지금 내가 널 의심하거나 그런 게 아니다. 조금 더 취재를 하라는 거야. 지금 상태로는 기사 못 써. 그 정보기관 사람이 국정원 팀장이라는 것도 그냥 제보자의 짐작일 뿐이잖아. 국정원 팀장이면 몇 차장 밑의 누구라고 이름을 박거나, 팀 이름이라도 적시하란 말이야."

편집국장이 상진의 말을 끊었다. 젊은 기자의 가슴이 불만으로 가득 찼다. 그걸 어떻게 알아낸단 말인가? 111에 전화를 걸어서 물어보기라도 할까?

"합포회 사람들이 모이는 데 잠입할 순 없나? 몰래카메라를 하나 찍어오거나……"

사회부장이 끼어들었다.

"글쎄, 그런 것도 안 된다니까. 그걸 찍어 와서 어쩔 거야? 멤버가 누군지도 모르는 의문의 조직이 흉계를 꾸미고 있다고 보도할 거야? 그런 식이면 탑골공원에 있는 노인네들도 다 내란 선동자들이야. 이름이 나와야 돼. 그것도 의미 있는 이름."

편집국장이 면박을 주었다.

"상진아, 이러면 어떨까."

사건팀장이 입을 열었다.

"예?"

"합포회 멤버 중 한 명은 경제단체나 경제연구소 소속인 것 같다
고 했지?"

"네."

"경제부에 요청하면 경제단체랑 연구소들 간부 비상연락망이나
연락처 수첩이 있을 거야. 거기 사진도 같이 실려 있을 거거든. 그
러니까……"

"아!"

"그건 되겠어?"

편집국장이 물었다.

"한번 해보겠습니다."

상진이 대답했다.

"이름이 나와야 돼."

꾸벅 인사를 하고 국장실을 나가는 상진에게 편집국장이 다시
한 번 당부했다. 젊은 기자가 나가사 편집국장은 사건팀장에게 물
었다.

"박 캡, 저 친구 자네 밑에서 좀 일했지?"

편집국장이 사건팀장에게 물었다.

"예."

"박 캡 보기엔 어때, 저 친구 믿을 수 있는 친구야?"

"열심히 합니다. 글도 잘 쓰고."

"믿을 순 있느냐고."

"좀 욕심이 앞서는 타입이긴 합니다."

"전에 로스쿨 교수들이 소송 거네 마네 하고 시끄러웠던 게 저

친구 기사 때문이지? 제목이 뭐였더라? 「로스쿨은 돈스쿨」이었나, 그때 2세 법조인 명단 쓰면서 동명이인 확인 안 했었지.”

“맞습니다. 그때 제가 주의를 좀 줬습니다.”

*

(11월 5일 녹취록 #3)

챗탓캇 〈미러스 엣지〉라는 컴퓨터게임이 있습니다. 파쿠르를 하는 여자가 미래 도시를 돌아다니면서 물건을 배달하고 적을 쓰러뜨리는 내용이에요. 이게 1인칭 시점으로 하는 게임이거든요. 그래서 막 게임을 하다 보면 플레이어가 빌딩 사이를 뛰어다니고 벽을 타고 활강하는 것 같은 기분이 들어요. 저희는 그런 영상을 만들고 싶었죠. 현실이지만 꼭 슈팅게임을 하는 것처럼 보이는 영상. 그래서 1인칭 시점으로 촬영할 수 있게 장비들도 구입했습니다. 액션카메라라고, 그런 용도로 개발된 제품들이 있습니다. 따로 초점 맞출 필요 없고, 흔들림 현상이 별로 없는…… 머리나 가슴에 밴드로 그걸 달고 프리러닝을 하는 겁니다. 나중에 화면을 보면 〈미러스 엣지〉랑 아주 흡사합니다. 그런데 이 장비는 사놓기만 하고 별로 쓰진 않았어요.

임상진 왜요?

챗탓캇 일단, 요즘 스마트폰들이 성능이 좋아서 굳이 그런 액션카메라가 필요가 없겠더라고요. 그렇다면 최대한 애들이 가진 장비로 애들이 찍는 것처럼 찍어보자는 생각이 있었죠. 3인칭 시점으로 찍어야 되는 부분도 많았고. 이게 그 사원 편집 실력이 예술인 게, 실제로는 엄청나게 잘 편집한 거지만 모르고 보면 그냥 애들이 어설프게 편집한 것처럼 보여요. 배우가 연기를 너무 잘해서 바보보다 더 바보처럼 보이고, 살인범보다 더 살인범처럼 보인 격이랄까.

저희 동영상들도 그래요. 영상만 보면 다 한 번에 쉽게 하는 거 같잖아요. 그게 일종의 사기예요. 저희 애들이 실력이 별로라서 그랬는지, 원래 파쿠르라는 게 그런 건지, 기술이 한 번에 제대로 성공하는 적이 없더라고요. 어떤 건 스무 번 만에 성공한 것도 있어요. 그걸 떡하니 편집해서 올려둔 거죠. 따라하는 애들 다 다치라고……

'세이프티 볼트'라는 기술이 있어요. 난간이나 낮은 담 같은 걸 뛰어넘을 때 쓰는 기술이에요. 한쪽 다리랑 한쪽 손을 난간 위에 대고 뛰면서 나머지 다리는 미끄러뜨리듯이 접어서 난간을 넘는 거죠. '볼트'라는 게 뛰어넘기 기술인데, 그중에 이게 안전하다고 이름이 '세이프티 볼트'래요.

그런데 막상 하는 거 보면 별로 안전하지 않아요. 가만히 서 있다가 낮은 담을 넘을 때에도 열 번쯤 하면 한 명은 실수로 다리가 난간에 걸리거나 해요. 달려오다가 하면 훨씬 더 위험하고요. 몸에 멍들고 손바닥 찢어지는 건 기본이에요. 뛰어오를 타이밍을 놓쳐서 장애물에 정면충돌 해버리면 차라리 낫죠. 뛰어넘다가 다리가 걸리면, 그것도 거의 다 넘은 상태에서 발등이 걸리거나 하면 턱이 그대로 땅에 꽝 하고 부딪히는 거죠. 그러면 이 미친 애들은 좋다면서 막 웃고⋯⋯

임상진 웃어요?

챳탓캇 네. 다 웃어요. 웃으면서 욕해요. 병신아, 그것도 못하냐, 이러면서. 다친 애도 웃어요. 살이 찢어져서 피가 철철 흐르는데. 그때 아프다고 비명을 지르거나 울거나 하면 왕따 되는 모양입니다. 저희가 구급약을 들고 옆에 있었는데 처음에는 애들이 그걸 필요로 하는 줄도 몰랐어요. 아무도 뭘 발라달라고 요청하질 않았으니까. 그 애들 사이에서 허용되는 건 뿌리는 파스뿐이었죠.

그런데 저희가 약을 주면 다 내키지 않는 표정으로 받더라고요. 그랬더니 삼궁 그 녀석이 아이들에게 타이레놀을 먹여대기 시작했는데 그건 진짜⋯⋯

임상진 타이레놀이요?

챳탓캇 어디 부딪혀서 아프다는 애들한테 괜찮다고, 이 약은 부작용 없다고 타이레놀을 먹여댔으니⋯⋯ 그런데 그나마 그 애들한테는 진통제라도 줄 수 있지, 이걸 입문 영상이라고 믿고 그걸 따라 하는 애들한테는 저희가 뭘 어떻게 해야 하나요.

'월런'이라는 기술이 있거든요? 일명 벽치기, 벽 오르기라고 하는. 키보다 높은 벽을 발로 차서 몸을 띄운 다음에 손으로 벽 위를 잡고 폴짝 뛰어오르는 게 있어요.

그런데 이건 사실 벽을 넘는 건 그리 어렵지 않아요. 그렇게 벽을 넘은 다음에 착지하는 게 어렵죠. 다치기도 그때 더 많이 다치고. 저희가 이걸 두 장면으로 나눠서 찍었어요. 벽을 타는 거, 그리고 공중 기술 쓰면서 착지하는 거. 파쿠르 소년들 중에 이 기술을 제대로 하는 녀석이 없었던 거예요. 애들 수준이 그런 수준이었어요. 저희 영상만 보면 쉬워 보이는데, 절대 그렇지 않아요.

그런 편집 장난이 많았는데, 예를 들어서 관객 영상을 따로 찍어서 삽입하기도 하고, 보호장구를 쓰고 기술을 쓴 다음 부분 촬영을 다시 해서 꼭 아무 보호대 없이 위험한 기술을 쓰는 것처럼 보이게도 하고 그랬어요. 건물 옥상이나 공사장 같은 데서요. 고층아파트 난간을 타는 영상 같은 것도 실제로는 밑에 발판이 있는 거예요.

임상진 관객 영상이라는 게 뭔가요?

찻탓캇 아, 그게, 저희들이 연기 아카데미에서 연예인 지망생 여자애들을 시간당 얼마씩 주고 알바로 고용했거든요. 열네 살, 열다섯 살, 그런 애들을. 그래서 걔네들이 지나가던 여자애들인 것처럼 슬쩍 화면에 나오게 했어요.

파쿠르 소년들이 연습을 할 때 그 여자애들이 놀란 눈으로 소년들을 바라보는 거예요. 그런 장면이 길면 너무 작위적으로 보이니까, 1초도 안 되게, 그냥 그런 여자애들을 카메라가 휙 지나치게 찍었죠. 그래도 다 알아요. 인간의 눈썰미라는 게, 이성의 눈빛 같은 건 절대 놓치지 않게 설계가 되어 있어요.

저희가 그런 여자애들을 굉장히 다양한 스타일로 고용했어요. 머리 긴 애, 가슴 큰 애, 어려 보이는 애, 안경 쓴 애, 보이시한 스타일…… 프리러닝을 하면 인기남이 될 수 있다, 인기남은 남 탓 하지 않는다, 그런 거죠. 그게 성공한 건 틀림없는 게, 저희 동영상에 '3분 48초쯤 나오는 여자애 귀엽지 않냐?' 같은 댓글이 많이 달렸어요. 그리고 실제로 남자애들 사이에 파쿠르 열풍이 불잖아요, 지금. 이게 옛날 스노보드나 인라인 유행보다 열기가 못하진 않을걸요?

임상진 인라인만큼은 아니죠. 그때는 중장년층이나 여성 스케이터도 많았는데.

챗탓캇 뭐 여하튼……

임상진 이렇게 인기를 끌게 될 줄 아셨어요?

챗탓캇 이 정도로까지 히트할 줄은 몰랐습니다.

임상진 이렇게 유행하게 된 원인이 뭐라고 보세요? 영상을 잘 찍어서? 연예인 지망생들이 출연한 덕분에?

챗탓캇 결국엔 언론이 도와준 덕분 아닐까요?

임상진 언론이요?

챗탓캇 이게 TV 고발 프로그램에 나간 다음부터 붐이 확 커졌어요. 그 프로에서 이걸 되게 아찔하게 보이게, 저희보다 훨씬 더 편집을 잘했어요. 그 방송 전에는 솔직히 그냥 운동 좋아하고 아드레날린 넘치는 애들이 호기심으로 하는 거였는데 방송 나간 다음에는 분위기가 달라졌죠. 이제 학교에서 일진 행세 하려면 프리러닝 기술은 기본적으로 몇 개 익혀야 할 정도가 됐으니. 그다음에 학교에서 프리러닝 금지하고, 학부모 단체에서 안전그물 같은 소리 하면서부터 이게 아주 반항의 아이콘, 청춘의 상징처럼 되어버렸습니다.

임상진 그런 방송이 나갈 것도 예상하셨어요?

챗탓캇 아뇨. 음…… 글쎄요. 삼궁은 거기까지는 아니어도 비슷한 걸 은근히 기대하기는 했던 거 같아요.

처음에 제가 파쿠르는 아무래도 위험하다, 다른 걸로 하자, 그랬을 때 삼궁이 그러면 대안을 제시하라고 했거든요. 그때 제가 대안으로 낸 게 웨이크보드였어요. 그랬더니 삼궁이 그건 돈이 드니까 유행이 될 거 같지 않다고 거부했어요. 그다음에는 제가 저글링을 하자고 했죠. 그것도 제대로 하면 멋있게 할 수 있다고. 아래에서 캠코더를 달고 하거나 엄청 위로 띄우거나 야광 볼로 하거나 곤봉으로 하거나 하면 멋있다, 아니면 슬랙라인 같은 걸 하자.

임상진 슬랙라인이요?

챗탓캇 줄타기입니다.

임상진 아. 예, 계속 말씀하십쇼.

챗탓캇 제가 저글링 얘기를 꺼내니까 삼궁이 웃으면서, '그게 뜨겠냐? 사람 한둘 죽어야 뉴스도 나오고 주목도 받는 거야' 그러더군요. 그때는 농담인 줄 알았는데……

임상진 정말 사람이 죽었죠.

챗탓캇 너무 많이 죽었습니다. 덕분에 뉴스는 원 없이 탔죠.

임상진 삼궁 씨는 뭐라고 반응을 보이던가요? 그런 뉴스에.

챗탓캇 모르는 척하더라고요. 나강 캠페인 시즌2 들어가야 한다면서 아이디어 구상하는 척했죠.

임상진 남자 패는 법이 시즌2에 해당하는 건가요?

챗탓캇 저도 삼궁이랑 똑같은 놈입니다.

임상진 너무 자책하지 마세요. 이렇게 폭로를 결심하셨잖습니까.

챗탓캇 그런다고 죽은 애들이 돌아오는 것도 아니잖아요.

                                    *

"저는 그 사람을 만난 적이 두 번밖에 없는데요. 그것도 한 번은 술 마실 때 본 거라서……"

"그래도 한번 봐주세요."

난처해하는 챗탓캇에게 임상진이 종이뭉치를 들이밀었다. 챗탓캇은 귀를 긁으며 당혹감과 호기심이 반반씩 섞인 표정으로 그 책자들을 펼쳐보았다.

전경련 수첩, 대한상의 조직도, 한국무역협회 조직도, 경총 간부 비상연락망, 2014년 홍보업계 유관기관 연락처, 2014년 중소기업 중앙회 직원주소록, 2015 한국경제연구원 연구인력 연락처, 산업연구원 부서 및 휴대전화 연락처……

"잘 모르겠어요. 여기 사진들은 너무 작고 흐려서……"

챗탓캇의 밑대로였다. 싱진도 가슴이 답답해졌다.

"담배 한 대 피우고 오겠습니다."

젊은 기자가 자리를 일어나려 하자 챗탓캇이 같이 피우러 가자고 했다.

"아예 이걸 다 들고 밖으로 나가시죠. 테라스 자리로."

"저는 상관없는데, 괜찮으시겠어요? 쌀쌀할 텐데."

"괜찮습니다."

그들은 카페의 야외 테이블에 앉아 벌벌 떨며 줄담배를 피웠다.

"만약 제가 여기서 누군가를 찾아낸다면, 그다음에는 어떻게 하실 건가요?"

찻탓캇이 물었다.

"그 사람에게 찾아갈 겁니다. 이거 사실이냐고 확인 취재를 해야겠죠."

"그걸 순순히 인정할까요, 당사자가?"

"봐야죠. 뭘 숨기는 기색인지 아닌지. 태연하게 딱 잡아떼면 헷갈려지는 거고, 대답 피하고 기억 안 난다고 하면 맞는 거고요."

"심증은 가는데 당사자가 계속 아니라고 하면요?"

"그땐 그냥 쓸 거예요. 기사를. 저희는 검사나 판사가 아니에요. 정황만 있어도 그게 충분하면 쓸 수 있어요. 명예훼손이나 뭐 그런 걸로 처벌 받지도 않아요. 공익 목적으로 보도할 때에는 괜찮아요. 판례도 많고. 그래도 당사자가 아니라고 하면 아니라고 했다고 반론을 실어줘야죠."

상진은 연기를 옆으로 내뿜은 뒤 담배를 재떨이에 비벼 껐다.

"쓰면 어떻게 쓰실 겁니까? 이게 얼마나 크게 실릴 수 있을까요?"

"최소한 전면 기사고요. 어쩌면 시리즈로 쓸지도 몰라요. 후속 기사도 계속 내보내야죠."

"자세하게 쓰실 건가요? 저희가 한 일을?"

"자세하게 써야죠. 왜 그러세요? 노하우 뺏길까봐서요?"

딴에는 농담이라고 상진이 던진 질문이었으나, 찻탓캇의 표정은 심각했다. 상진은 얼른 "죄송합니다. 그럴 뜻은 아니었는데⋯⋯"라고 사과했다.

"아니, 괜찮습니다. 저도 좀 이상한 생각이 얼핏 들어서⋯⋯"

찻탓캇도 당황한 것 같았다.

"어떤 생각이 드셨는데요?"

"진짜로 이게 노하우 공개잖아요? 이 기사 보고 따라하는 사람들이 더 많이 생기는 거 아닐까요. 그럴 수도 있잖아요? 솔직히 뭐 돈 드는 일도 아니고."

찻탓캇의 말에 상진은 불을 붙이지 않은 담배를 손가락으로 이리저리 빙글빙글 돌리며 대꾸할 말을 찾았다.

"글쎄요. 거기까지는 제가 신경 쓸 영역이 아닌 것 같습니다만…… 그런 식으로 따지면 범죄 보도는 아무것도 못하게요?"

"하긴…… 지금 이게 기사가 나갈지 안 나갈지도 모르는 판에……"

찻탓캇도 멋쩍게 웃었다.

그는 서류를 살펴보기 시작했다. 이번에는 집중하는 눈빛이었나. 그는 철 지난 헤어스타일을 하고 있는 중년 남자들의 얼굴을 하나하나 유심히 들여다보았다. 임상진은 그동안 멍하니 '만약 이걸 기사로 쓰게 되면 제목을 뭘로 뽑아야 할까'에 대해 공상했다.

15분 정도 뒤에 찻탓캇이 고개를 들었다.

"이 사람입니다."

찻탓캇의 손가락 아래에는 펑퍼짐한 얼굴에 찢어진 눈을 한 사내의 칼라 사진이 있었다. 전국경영자연합회 이인준 상무. 직책은 사회경영본부장 겸 인터넷비즈니스위원회 부위원장.

"이 사람이요?"

"틀림없습니다. 이 사람입니다."

*

(11월 6일 녹취록 #1)

임상진 나강 캠페인 시즌2는 언제 시작했나요?

챗탓캇 얼마 안 됐습니다. 아직 한 달이 안 됐어요. 계속 아이디어를 추가하는 중이에요. 어떤 건 저절로 생겨난 것도 있고.

임상진 남자 패는 법이 시즌2인 거죠?

챗탓캇 예. 나이키가 나이키 우먼 광고를 따로 하는 것처럼 여자애들용 영상도 따로 만들 생각이 있었죠. 그게 남자 패는 법이었죠. 호신술 영상이라고 하면 듣기에 촌스러우니까. 인터넷에서는 '엽기 호신술'이라는 제목으로도 돌아다녔죠. 보셨죠?

임상진 봤죠. 한 열 편쯤 봤습니다. 눈 찌르기랑 목 치기랑…… 그거 다 합치면 종류가 수십 게 이닌가요?

챗탓캇 기본 종류는 스무 편쯤 되고요, 웃긴 버전이랑 진지한 버전, 편집판, 짧게 줄인 버전, 이런 식으로 영상이 많아서 다 합치면 아마 50편쯤 될 겁니다. 이게 처음 의도랑 달리 웃기다고 보는 애들도 있어서, 웃긴 버전을 나중에 추가했죠. '불알 차기 시리즈'도 나중에 추가하고요. "불알! 차!" 이렇게 외치면서 물 채운 콘돔 차고 그런 거. 진지한 버전은 '진실 혹은 거짓'이라는 거랑 같이 붙은 버전이에요.

임상진 혹시 〈진실 혹은 거짓〉에 나오는 내용도 거짓말인가요? 무술을 전혀 못해도 저항을 하는 게 강간 모면율을 높여줄 수 있다거나 하는 내용이……

챗탓캇 아니, 그렇게 막 지어낸 건 아닙니다. 출처는 저희도 잘 모르지만. 무술 전혀 못해도 가만히 있는 것보다 어떻게든 저항하는 게 좋다는 건 호신술 강의에도 많이 나오는 내용이에요. 보통 여자들이 저항을 했다가 더 크게 다치거나 할 거 같아서 저항을 아예 안 하는데 그러지 말라는 거죠. 하다못해 비명이라도 질러라. 강간범들도 사실은 겁이 많은 놈들이니까. 그렇게…… 그거 말고도 뭐 유용한 거 많았는데? 벽돌로 머리 내리쳐도 사람 잘 안 죽는다, 눈알 찔러도 눈 잘 안 먼다, 그런 거. 얼굴 몇 대 맞았다고 포기하지 마라. 이런 거 진짜 유용한 정보 아닙니까?

임상진 사실 저도 여자친구한테 〈진실 혹은 거짓〉 영상을 보여줬거든요.

챗탓캇 예. 이게 제목이 '남자 패는 법'이고 내용이 좀 자극적이라서 그렇지 사실 좋은 내용이에요. 프리러닝하고는 달리요. 어초 사이트에 올라온 글들 보면 아버지나 남자친구가 보라고 해서 봤다는 내용이 꽤 많아요. 영어 번역본도 나와서 외국에서 인기 좀 끌었고.

저희가 신경 써서 만들었어요. 일단 모델부터 십 대 여자애들이 좋아할 만한 애들로 골랐어요. 또래 중에서 특히 여자애들이 좋아할 만한 외모로. 여자애들한테 물어봤죠. 그리고 보통 호신술 영상 보면 너무 어려워서 따라할 수가 없잖아요. 저걸 내가 할 수 있을까 싶고. 그런데 저희는 철저히 초보가 할 수 있는 걸로, 그걸 초보가 하는 걸 찍었죠. 보면 아, 저건 나도 하겠다 싶은 거. 애써 기억할 필요도 없이 요령이 간단한 거.

그리고 요령도 얼핏 보면 말도 안 되고 엽기적이거나 웃긴 거 같지만 사실 그게 제일 설득력 있는 거죠. 하드코어인 만큼 현실적으로 와 닿는 거죠. 칼 들고 자기 강간하려는 남자 팔을 어떻게 잡아서 비틀어요? 그런 때 명치가 어디인지 알고 그걸 때려요? 손가락으로 눈 찔러라, 짱돌을 던져라, 불알을 까라, 이런 게 효과적인 거죠. 저희가 막 지어낸 게 아니라 진짜로 여성 호신술 강의에 나오는 내용이에요. 그런데 다들 점잔 떠느라 그걸 말로 잘 안 하는 거죠. 저희 영상은 안 그래요. 언제나 영상이 끝날 때 보면 남자한테 일격을 먹인 다음 동작이 근처에 있는 돌을 집어 들면서 '난 강해!'라고 비명을 지르는 거예요.

무술도 좀 때깔 나는 걸로 골랐어요. 태권도나 권투, 합기도, 이런 거 너무 촌스럽잖아요. 저희 건 일단 베이스는 러시아 군용무술인 시스테마로 했어요. 그게 동작이 되게 멋있거든요. 상사로 나오는 여자 분은 시스테마 한국지부 회원이시고. 그분은 저희 의도까지는 모르고 그냥 일당 받고 도와주신 거죠.

임상진 이제 남은 건 옷 브랜드 지우기인가요?

챗탓캇 예. 이건 하도 등골브레이커니 뭐니 하면서 애들 사이에 명품 브랜드 패딩 옷 사 입는 게 유행이 됐으니까 거꾸로 가보자 싶어서…… 설명해드려야 하나요? 이건 다 아시지 않나요?

임상진 그래도 설명해주십쇼, 또 모르니까.

*

"자, 보고해봐. 이인준이 확실해?"

편집국장이 물었다.

"확실하답니다. 제보자가 '이 사람 같은데'도 아니고 '이 사람이 틀림없다, 만나서 대질해도 좋다'고 그럽니다."

상진이 대답했다.

국장실에는 편집국장과 그 외에 사건팀장, 전국경영자연합회를 출입하는 경제부 기자, 그리고 사회부장과 인터넷뉴스부장이 들어와 있었다.

"그건 그 제보자 얘기고. 이인준 얘기는 들어봤어?"

"그게 진짜 의심스러운 게, 반론을 들으려고 전화를 걸었더니 잘 듣다가 갑자기 바쁜 일이 생겼다면서 나중에 다시 걸어달라고 하는 겁니다. 그다음부터는 전화를 안 받아요. 그래서 전국경영자연합회 유선전화 번호로 걸었더니……"

"걸었더니?"

"제 전화 받은 다음에 조금 있다가 조퇴했답니다. 급한 집안일이 생겼다면서."

상진이 설명했다. 그는 국장의 얼굴이 살짝 부드러워졌다고 생각했다.

"그 인간 집으로는 지금 누구 보냈나?"

"지금 경찰기자 하나 보내놨습니다. 상진이도 지금 십 분 간격으로 그 사람 핸드폰으로 전화하고, 보이스메일 남기고, 문자 보내고 있습니다."

사건팀장이 대답했다.

"이 인간이 어떤 인간이야? 이런 짓 할 만한 인간이야?"

"출입기자들 사이에서 평은 좋습니다. 스마트하고, 마당발이고…… 공채 1기로 들어와서 임원 달았으니까 전국경영자연합회 안에서는 아주 엘리트입니다."

이번에는 경제부 기자가 대답했다.

"스마트하고, 엘리트고, 단점은 없어?"

"술이랑 여자 좋아한다는 거? 술집 가면 그렇게 더티하게 논답니다."

"논답니다? 자기는 같이 안 가본 것처럼 얘기하네."

국장의 말에 경제부 기자가 "뭐 한두 번……"이라고 대답하며 머리를 긁적였다. 이 회의가 열린 뒤 처음으로 참석자들 사이에서 웃음이 나왔다.

"그래서, 경제부에서 보기에는 어때? 전국경영자연합회 상무가 그런 비밀 모임에 끼어서 이런 일을 할 수 있어?"

"딱히 말이 안 될 것도 없는 게, 전국경영자연합회가 전에도 어느 대선후보 캠프에 기업 관련 공약 초안 만들어줬다가 걸린 적이 있거든요. 지금도 정당이나 국책기관에서 자기 입맛에 맞는 보고서 만들어야 할 때 경영자연합회 많이 이용할 거예요. 이 상무도 그런 일 마다하지 않았으니까 인맥이 넓어졌을 거고……

특기할 만한 게 두 가지 있는데요. 일단 이 사람이 올해 초에 경영자연합회가 내는 월간지에 칼럼을 실었는데, 거기에 상진이가 얘기한 거 같은 소리를 써놨어요. 인터넷에서 급진 세력들이 여론을 좌지우지하는 걸 경계해야 한다, 재계가 인터넷 여론 형성과정에 적극적으로 참여해야 한다, 그런 이야기. 그리고 그때쯤 연합회에 인터넷비즈니스위원회라는 게 생겼는데, 이 상무가 여기 부위원장을 겸직하고 있거든요. 그런데 이 위원회가 위원장도 없고, 하는 일도 없어요. 여태까지 실적이 뭐냐, 무슨 일을 하는 거냐고 물어도 홍보실 대답이 그건 지금 비밀이다, 아는 게 없다, 그런 소리만 합니다."

"그러니까 일단 지금까지는 상당히 신빙성이 있는 거네?"

편집국장이 말했다. 그 질문에는 상진 혼자 "네"라고 답변했다. 다른 사람들이 침묵을 지키는 모습에 젊은 기자는 당황해했는데, 그 순간 그의 휴대전화기가 크게 울렸다. 상진은 얼굴이 붉어져서 국장실 밖으로 나가 전화를 받았다.

젊은 기자는 잠시 뒤 돌아왔다. 편집국장실에 다시 들어설 때 그의 분위기는 나갈 때와는 딴판이었다.

"국장, 지금 제가 제보자한테서 전화를 받았는데, 이인준이 확실하답니다. 자기 동료 지갑에서 이인준 명함을 발견했다고 합니다."

잠시 침묵이 흘렀다. 편집국장이 자리에 앉은 사람들의 얼굴을 둘러보더니 테이블을 내리치며 말했다.

"그래, 쓰자!"

*

(11월 6일 녹취록 #2)

챗탓캇 원조는 몽클레어 패딩을 방바닥에 펼쳐놓고 그 로고를 유성매직으로 벅벅 지우는 10초짜리 동영상이죠. 끝날 때 손 주인이 '나는 강하다. 아무도 탓하지 않는다'라고 말하고. 그걸 네이트 판 같은 데 올려놓고 '병신 같지만 멋있다'라든가 '좀 간지 나는 거 인정' 같은 댓글을 달아서 순위를 올려줍니다.

하루쯤 뒤에 다른 옷이랑 다른 사람 손으로 똑같은 영상을 찍고 그 글도 베스트 게시물로 만들어주고요, 그렇게 몇 번 했죠. 칼하트로도 하고, 네파로도 하고. 패딩으로만 한 게 아니라 뉴발란스나 아디다스 신발로도 했죠. 이게 안 뜰 동영상이었으면 아무리 이렇게 했어도 안 냈을 거예요. 그런데 떴죠. 뜰 만했던 거예요. 나중에 홍대 길거리에서도 브랜드를 매직으로 지운 옷이 더러 보이더라고요.

임상진 이것도 그렇게 뜰 줄 아셨어요?

챗탓캇 저희가 하기 전에 노찢남 영상이라고, 어떤 남자가 길거리에서 노스페이스 패딩을 막 찢는 영상이 있었어요. 명동 한복판에서 노스페이스 패딩을 가로등에 걸고 거기에 청테이프로 '일진'이라고 쓴 다음 야구방망이로 막 때리다가 나중에 찢어버리는 영상인데…… 그게 좀 화제가 됐거든요. 노스페이스에서 그거 영상보이는 대로 다 지운다고 했는데 결국 그러지 못했죠.

저희가 보기에는 영상이 촌스러운데, 아이들 반응은 그렇게 부정

242

적이지는 않았어요. 속 시원하다는 댓글도 꽤 있었고. 노스페이스 비꼬는 글이나 사진 같은 건 십 대들 게시판에 한때 많이 올라왔으니까, 애들이 그런 브랜드 쫓는 유행에 반감이 상당히 있구나 했지요. 고급 브랜드 유행에 끌리는 애도 있고 유치하다고 싫어하는 애들도 있고, 끌리면서 싫어하는 애들도 있고, 그렇겠죠. 저희는 그런 유행을 싫어하는 애들만 잡아도 지분이 확실하죠.

임상진 겨드랑이 털 사진 찍기랑 교복 찢기는 저절로 생겨난 거라고 하셨죠?

챗탓캇 자기 겨드랑이 털 사진 찍어서 SNS에 올리는 건 중국 여학생들 인스타그램에서 먼저 유행한 게 한국으로 건너 온 거예요. 그게 저희 캠페인이랑 합쳐져서 사진 아래 '나는 강하다'라고 글 쓰는 게 덧붙은 거죠. 나는 겨드랑이 털 제모 안 한다, 나는 강하고 당당하다, 그런 메시지니까 저희 콘셉트에 잘 맞죠. 환영이죠. 그 나이 때 애들이 겨드랑이 털을 제모할 상황 자체가 없을 텐데, 싶지만.

교복 찢기는 3, 4년마다 되풀이되는 유행이라고 하는데 제가 학교 다닐 때는 본 적 없고, 그걸 저희가 막을 수 있는 것도 아니고, 뭐…… 큰 틀에서 보면 어른들이 하지 말라고 하는 일을 애들이 하면서 또래들 사이에서 잘나간다는 평판을 얻는 거니까 얼추 들어맞습니다. 저렇게 다 찢어져서 너덜너덜한 교복 입고 학교에 다니고 싶을까, 저도 의아하긴 합니다. 그런데 십 대 애들이 하는 건 이해하지 않기로 했어요.

*

상진은 거의 탈진 상태였다. 새벽에 회사로 출근해 점심도 거르고 오후까지 기사를 혼자서 이백자 원고지로 40장 분량이나 썼다. 그러나 배가 고프진 않았다. 기분은 자못 상쾌하기까지 했다. 돌도끼를 들고 사냥에 나섰던 원시인의 피가 그의 몸에 흐르고 있었다.

"상진아, 편집부에서 부속물로 쓸 만한 거 뭐 좀 없겠냐던데?"

사건팀장이 헐레벌떡 달려와 그에게 물었다.

"다 넘겼는데요. 아까 세 시쯤에."

"편집자 얘기는, 그 게시판 캡처한 화면이 너무 많아서 지면이 좀 무성의해 보인다는 거야. 다른 부속물 거리는 뭐 없을까?"

"글쎄요. 그거 말고는 딱히…… 삽화를 하나 그리면 안 되나요?"

"지금 화백이 그거 그릴 시간이 없을 거다. 개념도 같은 거 네가 한 장 그리면 안 되겠냐?"

"개념도요?"

"그래. 그 합포회랑 팀-알렙이 어떻게 엮여 있는지 보여주는 개념도나, 아니면 팀-알렙이 진보 성향 카페나 게시판 공격할 때 어떤 식으로 했는지를 그림으로 보여주는 거지. 복잡할 거 없어. 그냥 1차 공격은 어떻게 했다, 사이트에서는 이런 반응이 나왔다, 2차 공격은 이렇게 했다, 사이트 반응은 어땠다, 이런 거 그냥 네모 칸에 넣어서 그려주면 돼."

"해보겠습니다."

"그래. 20분 안에 그려서 편집부에 갖다줘야 한다. 조금만 고생

하고, 이따가 시내판 마감한 다음에 시원하게 소폭 한잔하자."

"예, 선배."

그 뒤로 두 시간은 시간이 어떻게 흐르는지도 모르게 훌쩍 지나 갔다. 대장을 확인하고, 편집자가 요구한 용어설명 기사를 추가로 쓰고, 지방판 회의에 들어갔다가, 김밥을 먹으며 시내판용으로 기 사를 고치고……

겨우 한숨 돌렸다고 생각했을 때 시계를 보니 밤 열한 시였다.

"인터넷에는 막 올렸지만 시내판은 아직 고칠 수 있으니까 어디 틀린 데 없는지 꼼꼼히 살펴봐."

사건팀장이 몇 년은 늙은 것 같은 얼굴로 말했다.

"예, 선배."

상진은 담배를 피우러 나가는 척하며 자리에서 일어났다. 그는 비상계단에 가서 전화를 걸었다.

찻탓캇은 신촌 오피스텔에서 게임을 하다가 상진의 전화를 받 았다.

"여보세요."

"여보세요. 임상진입니다."

"아, 네. 기자님. 안녕하세요."

찻탓캇이 전화기의 마이크 부분을 막으며 컴퓨터 볼륨을 줄였 다. '기자님'이라는 말에 삼궁이 흥미로운 눈길로 찻탓캇을 바라보 았다.

"지금 기사를 막 인터넷에 올렸습니다. 한번 확인해보세요. 내일 자 1면 톱에 4면, 5면 전면 기사입니다. 미리 알려드리려고요."

찻탓캇은 얼른 K신문 웹사이트에 접속했다. 대문짝만 한 기사 제목들이 눈에 들어왔다.

「"나는 2세대 댓글부대원, 공격 대상은 진보 성향 사이트" 충격 폭로」

「"국정원 댓글 청문회 열리는 시기에도 댓글 달며 여론 조작해"」

「사건 막후 '합포회' 정체는? "국정원 심리전단보다 훨씬 유연하고 유능"」

「정보기관-경제단체 손잡고 운영 논의…경영자연합회 이모 상무도 멤버」

"한번 읽어보시고, 혹시 잘못된 곳 있으면 30분 안에 알려주십쇼. 그때까지는 고칠 수 있으니까."

"알겠습니다."

"다시 한 번, 정말 고맙습니다. 앞으로 며칠간 후속 기사를 쓸 텐데, 계속 연락드리겠습니다."

"저…… 기자님, 그런데 제가 내일 오전에는 이 번호로 연락이 안 될 겁니다. 오후쯤에 새 전화번호로 연락드릴게요. 오늘은 일단 제가 전화를 안 드리면 기사에는 별 문제가 없는 걸로 생각해주세요."

찻탓캇이 목소리를 죽여 말했다.

"알겠습니다."

찻탓캇이 전화를 끊었다. 옆에 삼궁이 와서 서 있는 바람에 그는 흠칫 놀랐다.

"기사 났대?"

삼궁이 물었다.

"어. 같이 보자."

찻탓캇이 모니터를 삼궁 쪽으로 돌렸다. 삼궁은 마우스 휠을 내리며 첫 번째 기사를 유심히 읽었다. 두 번째 기사를 읽던 그가 말했다.

"오오, 씨발 잘 썼네…… 좌빨 기자 주제에. 그런데 합포회가 뭐냐?"

삼궁이 물었다.

"몰라, 씨발. 그냥 존나 생각나는 대로 지어냈어."

찻탓캇이 대답했다.

"임상진이 그 말을 다 믿었어?"

"다 믿었으니까 기사로 썼겠지, 병신아."

찻탓캇이 냉장고에서 맥주를 가져와 뚜껑을 땄다. 삼궁이 킬킬대며 웃었다.

9장

승리한 자는 진실을 말했느냐 따위를 추궁당하지 않는다.

가장 먼저 연락한 것은 이인준 상무였다. 그는 새벽에 전화를 걸어왔다.

"이건 정말 심한 거 아닙니까? 어떻게 당사자한테 확인도 안 하고 이런 기사를 쓸 수 있습니까?"

이 상무는 어찌나 흥분했던지, 목소리가 덜덜 떨리고 있었다.

"어제 제가 상무님한테 전화를 몇 통이나 걸었는지 아십니까? 그렇게 음성메시지랑 문자메시지를 남겼는데 답장도 안 주셨으면서 당사자한테 확인을 안 했다니요. 후배 기자가 상무님 집까지 찾아갔었습니다. 저희는 할 만큼 했습니다."

상진이 대꾸했다.

"내가 지금 집안일이 좀 있어요. 그래서 전화를 확인을 못했어요.

오늘도 휴가를 낸 상태예요."

"그러시겠죠."

"여하튼 임 기자가 낸 기사는 처음부터 끝까지 말이 안 됩니다. 합포회라는 게 있는지, 그런 조직이 댓글 공작을 했는지는 모르겠지만 거기에 전국경영자연합회나 내가 간여한 거는 조금도 없소. 당장 기사 안 내리면 고소하겠습니다."

"그러십시오, 상무님. 저희도 후속 기사 계속 내보내겠습니다."

"그리고 임 기자 기사에는 내가 올해 7월에 무슨 회의에 참석했다고 돼 있던데, 난 그때 미국에서 단기연수 중이었어요. 7월 한 달 내내 한국에 들어온 적이 없어요. 원하시면 출입국기록 떼서 갖다 드릴 수도 있어요."

"예. 갖다주십쇼. 직접 그 기록을 보기 전에는 뭐라 말씀을 못 드리겠네요."

임싱진은 "씹새, 어디서 약을 팔아?"라고 욕을 내뱉으며 전화를 끊었다.

인터넷은 온통 난리였다. 그가 쓴 기사는 포털사이트 뉴스섹션의 제일 윗자리에 걸려 있었다. '오늘의 가장 댓글 많은 기사'였다. 댓글은 대개 '소름끼친다, 그럴 줄 알았다, 어쩐지 이상한 댓글들이 많더라'는 반응들이었다. 아직 출근시간이 되기 전인데도. 상진은 기분 좋게 웃음을 지어 보였다.

전국경영자연합회를 출입하는 선배는 연합회가 우왕좌왕하고 있다고 알려 왔다. 홍보실 실무자들이 긍정도 부정도 못하고 "우리는 잘 모르는 일이다, 지금 확인 중이다"라는 말만 되풀이하고 있다고.

오전에 김가인의 남편이라는 사람이 K신문으로 전화를 걸어와 임상진을 찾았다. 남자는 몹시 흥분해 있었다.

"임상진, 당신 기자 맞아? 뭐? 내가 허깨비랑 살고 있다고? 내 아내가 정신과 치료 받고 그런 게 다 거짓말이라고?"

"선생님, 누구세요?"

"누구냐고? 네가 알아봐. 너 기자잖아. 기자가 그런 것도 몰라?"

상대방을 진정시킨 뒤 사연을 들어보니 자신이 기사에 쓴 카페에서 고소전을 벌인 당사자라는 것이었다. 남자는 아내가 문제의 카페와 일베 간의 전쟁에 휘말려 신경쇠약을 앓았고 그 꼴을 도저히 보지 못하겠어서 카페 회원들을 자신이 고발했다고 했다.

"아내가 아직도 그놈의 카페 회원들한테 시달리고 있어요. 그런데 저희가 의도적으로 그 카페를 없애려고 그런 짓을 벌인 거라고요? 지금 이게 사람을 두 번 죽이는 게 아니면 뭡니까?"

김가인의 남편이라는 사람은 처음 전화를 걸었을 때보다는 진정하기는 했으나 끝까지 적개심을 가라앉히지 못했다. 고소할 거라는 얘기도 빠뜨리지 않았다. 상진은 뭔가 이상하다고 생각했다.

점심께 국정원이 보도자료를 냈다. 국정원은 강도 높은 자체 개혁을 추진 중이며, 오늘자 일부 언론 보도는 사실무근이다, 해당 보도에 대해서는 법적 조치를 검토 중에 있다는 내용이었다.

오후에 경영자연합회 출입 선배가 전화를 걸어왔다.

"그 이 상무 말이야, 어제 오늘 전화 안 받고 급히 휴가 낸 건 좀 납득이 되더라."

"그래요? 왜 그랬대요?"

임상진이 물었다.

"이혼을 해서 아이를 전처가 키우고 있는데, 그 애가 희귀암이 있대. 어제 갑자기 애가 상황이 안 좋아져서 입원하는 바람에 병원에서 밤을 보냈다더라. 그래서 집에 못 들어간 거래. 이 상무가 그런 사정을 숨기고 있어서 주변 사람들도 다 몰랐대."

초판을 마감할 때쯤 인터넷에 글이 하나 올라왔다. 오늘자 K신문 보도에 난 내용 중 A게시판에 관련한 내용이 자기가 쓴 연극 대본 〈2세대 댓글부대의 영광과 몰락〉을 표절한 것 같다는 주장이었다.

게시물 작성자가 주장한 시나리오 작가 카페에는 확실히 석 달 전 날짜로, 임상진이 쓴 기사 중 A게시판과 관련한 부분이 거의 똑같이 올라와 있었다. 이 예비 작가는 자신이 A게시판에서 벌어진 일을 보고 아이디어를 얻어 희곡 대본을 썼지만, 실제로 A게시판이 그런 음모 때문에 망한 것은 아니라고 주장했다.

부장회의에서는 대체 어찌된 일이냐며 이것저것 확인하라는 지시가 쏟아졌다. 임상진은 찻탓캇에게 수없이 전화를 걸고 문자메시지를 남기고 보이스메일을 녹음했지만 답장이 없었다.

저녁에는 파쿠르 동호회 소속 소년들이 왜곡 보도에 항의한다며 K신문사 건물로 찾아와 그 앞 도로에서 프리러닝 퍼포먼스를 펼쳤다.

임상진의 기사는 K신문 사상 최악의 오보가 되어가고 있었다.

친형한테 들은 현재 K신문 상황(약스압)

치킨먹는게이

게이들 안녕

오늘도 발기찬 하루 맞고 있냐???

몇년째 눈팅만 하다가 처음으로 올려본다

모바일로 쓰는 거라 필력 병신이라도 이해 앙망 ㅇㅋ???

나 새가슴이라 민주화 주고 그러면 상처 받는다

우리 형이 K신문 다니는데 기자는 아니다... 좌빨이라고 비난하진 말아줘

(원래 신문사에 기자는 몇 안 된다. 신문사도 기업 아니겠노... 그래서 기자 아닌 사람도 많이 다닌다)

근데 형 말에 따르면 이번에 2세대 댓글부대 기사로 회사가 발칵 뒤집어졌다고 한다

임상진 하나한테 걸린 고소가 무려 다섯 개...

손해배상 돈 다 합하면 오천만원이라고...

이게 회사로는 안 걸고 전부 임상진 개인한테만 걸어서 회사가 변호사도 못 대준다고 한다

근데 K신문도 소송은 피했지만 이 기사 때문에 이미지 망가져서 피해가 막심하다고 한다

항의전화도 엄청 많이 온다고...

우리 형이 임상진 씨발새끼라며 씨발씨발하고 있다

솔직히 K신문이 나꼼수 때부터 얼마나 헛발질이 많았노...

명불허전 선동찌라시 아니노

아무튼 임상진은 지금 유체이탈 상태고 그 위로 차장 부장 편집국장

다 줄줄이 징계 각오하고 있단다...

(임상진은 계속 자기가 제보 받은 거라고 제보자 찾아서 데려오겠다

고 주장하는데 믿는 사람은 없다고 함)

원래도 임상진이 옛날부터 아님 말고식으로 무리한 기사 많이 쓰고

회사 허락 안 받고 블로그나 트위터에 글 많이 올리고 팬카페 만들고

스타 기자랍시고 좌빨 행사나 강연회 자주 뛰고 그래서

K신문 안에서도 안 좋게 보는 사람 많았다고 한다...

기자냐 블로거냐 이런 말 많이 들었다고 함.

자기 뜨는 것만 신경 쓰고...

좌상진 새끼 통진당 옹호하는 글도 많이 올렸제

근데 딴 얘긴데

그 기사만 보먼 방법 자체는 그럴싸하지 않냐?

진짜로 여러 명이서 가짜 회원 되서 그런 방법으로 댓글 달면 무너질

좌빨사이트가 한둘이 아닐 거 같은데...

솔까 게시판에서 걔들이 맨날 쓰는 정치적 올바름 타령 늘어놓으면

지들이 어쩔 거냐. 그걸 금지할 수도 없고...

여태까지 쭉 해왔지만 매번 화력이 모자라서 실패했던 좌좀사이트

산업화와는 차원이 다른 거 같다

발상 전환이 신선하달까

혹시 이 글 보는 게이 중에 나랑 한번 같이 해볼 애국 게이 없냐?

있으면 chickeneatgay@naver.com으로 메일 보내줘

첫 번째 목표는 김치년들 대피소인 쌍커다

제대로 산업화 한번 시켜 볼랑게.. 응원도 앙망한다

세줄 요약

1. 좆좌빨 임상진 멘붕. 존나꼬심

2. 좌좀사이트 쌍커 산업화 해보려고 함. 퀘스트 같이 뛸 용자 모집한다

3. 민주화는 사양

　징계위원회는 편집국 위층의 작은 회의실에서 열렸다. 상진이 경력기자 공채 면접을 치렀던 장소였다.

　상진이 보기에 징계위원들은 자신의 이야기를 들으려 하지 않았다. 그들은 이미 답을 정해놓고 있었다.

　징계위원들은 상진에게 이런 질문들을 던졌다.

　"이인준 상무기 연락이 닿지 않았다면 연락이 닿을 때까지 하두나 이틀 더 기다릴 수도 있지 않았습니까?"

　"국정원에 정식으로 취재 요청을 할 수도 있던 사안 아니었습니까?"

　"김가인과 그 남편을 찾아서 확인 취재를 해볼 생각은 해보지 않았습니까?"

　그런 질문을 듣다보니 오기가 생겼고, 도리어 서서히 정신이 들었다. 기사를 쓴 뒤로 며칠간 대인기피증까지 겪던 상진은 처음으로 고개를 들어 사람을 정면으로 바라보았다.

　"제가 한 말씀 드려도 되겠습니까?"

상진이 말했다.

"짧게 해주세요."

징계위원 중 한 사람이 못마땅한 기색으로 대답했다.

"경솔한 기사로 회사에 누를 끼치게 되어 정말 송구스럽게 생각하고 있습니다. 어떤 징계라도 달게 받겠습니다. 하지만 저는 지금도 팀-알렙은 실존하는 단체라고 생각합니다. 그리고 이 모든 게 우리 신문과 저를 궁지에 빠뜨리기 위해 정교하게 계획된 음모라고 생각합니다."

징계위원 한 사람이 큰 소리로 혀를 찼다. 상진은 어깨를 움츠렸으나 잠시 눈을 감았다 뜨고 말을 이었다.

"제가 반드시 그 찻탓캇이라는 자를 찾아서 그 음모를 밝히겠습니다. 우리 신문에 드리운 불명예를 꼭 걷어내겠습니다.

그자들이 했던 말이 전부 날조된 거라고는 생각하지 않습니다. 자신들이 실제로 벌인 일을 고유명사만 바꿨을 가능성이 높습니다. 저는 프리러닝 동호회도 하나하나 찾아다닐 거고, 호신술을 가르치는 여성 무술인들도 만나볼 겁니다. 또는 소송을 낸 고발자들조차 미리 준비한 사람들일 가능성이 있습니다. 어차피 경찰 조사가 진행되면 그 고발자 신원에 대해 정보가 들어올 거라고 예상합니다.

저는 찻탓캇이라는 자의 사진을 몰래 석 장 찍어놨습니다. 음성 파일도 하나 있습니다. 성이 양씨라는 것도 압니다. 그리 흔한 성은 아니니까 찾는 데 좀 도움이 될 겁니다. 나이나 키, 몸무게도 대강 압니다. 그자 고향이 마산이라는 것도 압니다. 아는 경찰 형님한테 그자가 쓰던 핸드폰 번호 조회도 부탁해볼 거고요, 그자의 사진은 제 팬카페에 올려서 제보를 기다릴 겁니다. 염치없습니다만, 혹시 회사에서도 사건팀에서 경찰에 신원조회가 가능한지 알아봐주시면 감사하겠습니다."

징계위원들은 고개를 끄덕이는 척했다.

"알았습니다. 징계 수위는 여기서 논의는 하겠지만 최종 결정은 사장 결재를 받아야 하는 거예요. 그러니까 임 기자한테 통보는 내일쯤 갈 거예요. 일단 내일은 인사팀으로 출근하세요."

임상진은 고개를 꾸벅 숙이고 소회의실을 나갔다.

젊은 기자가 나가자 징계위원들 사이에서 피식거리는 웃음들이 나왔다.

"참 요즘 젊은 기자들 문제다. 저런 애가 어떻게 편집국에 들어와 있었대? 뭘 미안해하는 구석이 없네. 저런 놈은 다시는 편집국에 발을 못 붙이게 해야 돼."

창가에 앉아 있던 징계위원이 어이없어하며 말했다.

"아니, 전 저 친구 정신이 좀 걱정이 되는데요. 충격이 컸나본데…… 어디 병원이라도 소개해줘야 하는 거 아닙니까?"

반대편 가장자리에 앉은 징계위원이 걱정했다.

"우리가 사람이 없다고 경력기자를 너무 아무 데서나 받았어. 저 친구도 닷컴기자로 뽑은 걸 일 좀 한다고 편집국에서 데려간 케이스인데, 그게 실수한 거야. 그전에는 어디 환경노동뉴스인가 인터넷신문에 있었다잖아."

가운데 앉아 있던 징계위원이 목소리를 높였다.

"진짜 인터넷 출신 데려오는 건 지금이라도 그만둬야 돼요. 거기기자들이 기자야? 수습 교육을 제대로 안 받은 애들은 반드시 사고를 내게 돼 있어요."

옆자리 징계위원이 맞장구를 쳤다.

"언제 가요?"

선장이라는 사람이 불쑥 다가와 물었다.

"선장님, 딱 한 시간만 더 기다려보고 가면 안 될까요?"

삼궁이 찻탓캇을 대신해 부탁했다.

"애 입장도 조금만 생각해주세요. 지금 떠나면 한동안 한국 못 들어오는 건데……"

01查10도 거들었다.

찻탓캇은 고개를 숙인 채 줄담배를 피우고 있었다. 머릿속엔 오로지 한 가지 생각뿐이었다.

'왜 안 와? 씨발년, 왜 안 오냐고!'

그들은 경기도 화성의 한 항구에 모여 있었다. 밤이었다. 선장이 낚싯대와 낚시도구를 준비해 왔다. 그들은 밤 낚시꾼으로 위장하고 있었다. 찻탓캇은 커다란 등산용 배낭을 메고 있었다.

말뚝에 묶인 배는 한 척뿐이었다. 아주 작은 어선이었다. 배를 보고 찻탓캇이 겁먹은 표정을 짓자 선장은 바다로 나가서 더 큰 중국 배로 갈아타게 된다고 설명했다.

"무슨 심정인지는 알겠는데, 지금까지 안 왔으면 안 오는 거야. 안 왔으면 안 왔지, 늦게 오는 사람은 없어. 난 이 인간 없이는 도저히 못 떠난다, 놔두고 갈 수가 없다. 그런 사정이 있으면 그냥 떠나지 마. 한국에서 숨어서 살아, 그냥."

선장이 말했다.

"선장님, 이거 하나 드시죠."

삼궁이 웃으며 맥주캔을 하나 선장에게 내밀었다. 선장은 무표정하게 그걸 받더니 뚜껑을 따 마셨다.

"딱 30분만 더 준다. 저쪽에서 기다리는 배도 있고, 우리도 빨리 갔다가 돌아와야 돼."

선장은 그렇게 말하고 배 쪽으로 걸어갔다. 찻탓캇이 01查10에게 걸어갔다.

"핸드폰 한 번만 다시 빌려줘."

"그래."

01查10이 스마트폰을 찻탓캇에게 내밀었다. 하도 여러 번 전화를 걸어서 미리가 아닌 손이 번호를 외우고 있었나. 그러나 지윤은 전화를 받지 않았다. 아예 전화기가 꺼져 있었다.

"안 받아?"

01查10이 걱정이 가득한 눈으로 물었다. 찻탓캇은 대답하지 않았다.

01查10은 전화기를 돌려받은 다음에도 찻탓캇의 옆에서 떠나질 않았다. 뭔가 말할 게 있는 눈치였다.

"왜?"

찻탓캇이 묻자 01查10이 겨우 입을 열었다. 그는 삼궁에게 들리지 않게 작은 목소리로 빠르게 말했다.

"그 여자애 안 와서 너 혼자 가게 되면…… 중국에서 생활비가 궁
잖아."

"그런데?"

"혹시 나 5백만 빌려줄 수 있냐? 너 한국 돌아오면 꼭 갚을게. 이자
쳐서."

찻탓캇이 허탈한 웃음을 터뜨렸다.

"야, 씨발, 너는 지금 5백이 없냐? 돈 뿅빠이한 건 벌써 다 써버렸
어? 너 씨발 그거 그 혜린가 하는 여자애 주려고 그러지?"

"야, 어떻게 하냐. 들어보니까 사정이 딱하게 됐던데. 걔가 가
게 옮기자마자 갑자기 몸이 아파서 며칠 못 나갔다가 이자가 복
잡하게 붙어서 그렇게 된 건데, 그런다고 사채 쓰게 놔둘 순 없잖
냐……"

"야 씨발, 넌 그걸 믿냐? 씨발 그년들 다 술집 년들이야. 존나 입
만 열면 거짓말하는 년들이야. 씨발 뭐 발로는 사랑한나 어쩐나 하
다가 다 씨발……"

찻탓캇이 갑자기 울음을 터뜨렸다. 그는 바닥에 주저앉아 몇 초
간 눈을 비비고는 벌떡 일어났다. 그는 눈물이 흐르는 걸 애써 무
시하면서 배낭을 벗어 입구를 열었다. 배낭 안에는 중국 돈다발과
한국 돈다발이 섞여 있었다. 그는 대충 돈뭉치를 세어 01査10에게
건넸다.

"고맙다. 너나 나나 김치년들한테 엮여서 존나 고생하는구나."

돈뭉치를 허겁지겁 지갑과 주머니에 쑤셔 넣은 01査10이 딴에
는 위로랍시고 말을 건넸다.

"그게 김치년이라는 건 아냐? 야, 내가 진짜 중국 가면서 친구로서 충고 하나 하는데, 한국년들 믿지 마라. 뒤통수 때리는 게 김치년들 종특이다."

찻탓캇은 말을 마치고 뚜벅뚜벅 선장이 있는 쪽으로 걸어갔다.

"가시죠."

선장이 고개를 끄덕이더니 배에 올랐다.

"야, 아직 10분쯤 남았는데 그냥 가게?"

삼궁이 물었다.

"씨발, 그 김치년이 오겠냐?"

찻탓캇이 짐짓 아무렇지도 않은 척 대답했다.

"그래, 씨발. 잘 생각했다. 다 털어버려. 예쁜 여자는 대륙에 훨씬 많다. 중국에서 자리 잡으면 바로 연락해라. 이메일 주소 계속 그대로 둘 테니."

삼궁이 말했다. 그는 그렇게 말하고는 갑자기 찻탓캇을 와락 껴안았다. 두 청년 가슴에서 동시에 뭔가 뜨거운 것이 위로 올라왔다.

"나중엔 이것도 분명히 추억이 될 거야."

삼궁이 말했다.

"꿈이 있는 사람만이 꿈을 이룰 수 있어. 우리 꼭 성공하자."

찻탓캇이 대답했다.

"씨발놈, 꼭 연락해. 안 그러면 중국 쫓아간다."

01촨10이 말했다. 그도 찻탓캇을 꽉 안았다.

삼궁과 01촨10은 작은 어선의 희미한 조명이 더 이상 보이지 않을 때까지 바닷가에 서 있었다. 삼궁은 연신 줄담배를 피웠고,

01査10은 아무것도 보이지 않는 밤바다를 향해 열심히 손을 흔들었다.

파도가 그리 높지 않은데도 배는 깜짝 놀랄 정도로 크게 흔들렸다. 파도를 하나 넘을 때마다 작은 폭포에서 떨어지는 느낌이었다. 찻탓캇은 배에 오른 지 5분도 되지 않아 멀미가 났다. 그는 선장을 흘끔흘끔 쳐다봤다. 밀항자 한 사람을 태운 밀항선 선장은 아무렇지도 않은 표정이었다. 찻탓캇은 파랗게 질린 얼굴로 가까스로 30분가량을 버텼다.

"다 왔어. 조금만 기다려."

선장이 그렇게 말하고 엔진을 껐다. 배가 바다 위에서 부드럽게 위아래로 흔들렸다. 찻탓캇은 선실에서 나와 배의 난간에 몸을 기댔다. 그는 크게 호흡을 하며 어지럼증을 극복하려 했다. 검은 바다가 그를 삼킬 것만 같았다. 선장은 헤드라이트를 끄고 선실에 작은 등 하나만 켜놓았다.

중국 배는 보이지 않았다. 홀린 듯한 기분으로 찻탓캇이 검은 바다를 내려다보고 있을 때 케이블타이가 뒤에서 그의 목을 감았다. 조여지기는 해도 풀리진 않는 플라스틱 끈이었다. 목이 너무 꽉 조인 나머지 비명도 나오지 않았다. 그는 두 손으로 그 끈을 풀려 했지만 무의미한 시도였다. 손톱에 목이 긁혀 피가 났다. 얼굴 핏줄이 터질 것처럼 부풀어올랐다.

선장은 찻탓캇의 몸뚱이가 밖으로 떨어지지 않도록 다리를 붙잡아 배 가운데로 당겼다. 찻탓캇은 배 위로 올라온 생선처럼 바닥에서 몇 번 발버둥을 쳤다. 선장은 조용히 그를 지켜보았다.

찻탓캇의 몸이 뒤집혀졌다. 그는 누운 채로 몸을 비틀고 있었다. 별이 가득한 밤하늘이 그의 눈에 들어왔다.

사실 찻탓캇은 이런 일을 얼마간 예상하고 있었다. 배를 처음 보았을 때부터 이런 일이 생기지 않을까 두려워하고 있었다. 죽기 전에 그는 마음이 편안해졌다. 어쨌든 두려움으로부터 벗어날 수 있었기 때문이다. 좋아하던 여자아이가 자신을 따라오지 않아 목숨을 건질 수 있게 된 것도 다행이라는 생각이 들었다.

찻탓캇의 몸이 움직임을 완전히 멈추었다. 선장은 청년의 목에 손을 대고 맥박을 확인했다. 선장은 주머니에서 스마트폰을 꺼내 혀가 밖으로 밀려나온 청년의 얼굴을 카메라로 찍었다. 그런 다음 선실에 들어가 청년의 배낭을 열고 돈을 꺼내 신중하게 세었다.

선수를 돌려 해안 쪽으로 배를 몰았다. 다시 이동통신 전파가 잡혔을 때 그는 청년의 사진을 문자메시지로 전송했다. 그런 다음 그 번호로 전화를 걸었다. 전화기에는 도청방지장치가 달려 있었다.

"수고했네."

이철수가 전화를 받으며 말했다.

"돈이 5백이 모자라는데."

선장이 말했다. 이철수가 그 말의 의미를 깨닫는 데에는 조금 시간이 걸렸다.

"그런데?"

이철수가 물었다.

"돈이 5백이 모자란다고."

선장이 말했다.

"보내줄게."

이철수가 말했다. 선장은 전화를 끊었다.

그는 선실에서 가위를 가져와 찻탓캇의 목에 감긴 케이블타이를 잘랐다. 선장은 겨드랑이에 팔을 끼워 시체를 들어올린 뒤, 배 난간 너머로 던졌다. 물소리는 크지 않았다. 그곳에서는 조류가 바다 쪽으로 흘렀다.

그들은 풀살롱에 푹 빠졌다. 간단한 회의는 풀살롱에서 열기도 했다. 풀살롱에서 회의를 할 때에는 먼저 여자들의 신고식을 보고, 한 차례 사정을 한 뒤에 회의를 했다. 그럴 때에는 여자들을 옆방으로 보내서 기다리게 했다.

"왜 매번 그렇게 여자애들 입을 벌려서 확인을 해요? 뭐가 달라요?"

팀장이 본부장에게 물었다.

"가끔 보면 정액을 안 삼키고 입에 머금고 있다가 물수건 같은데 뱉는 애들이 있거든요. 난 그건 영 못마땅하더라고."

본부장이 대답했다.

"어차피 별 상관없잖아요. 그걸 먹든 말든."

"에이, 그게 또 기분이 그렇지 않지. 그것도 엄연히 서비스에 포함되는 건데."

본부장이 반박했다.

"그런가?"

팀장이 고개를 갸웃했다.

"임상진이는 어떻게 지낸답니까? 들려오는 소식 있습니까?"

이철수가 미소를 지으며 물었다.

"우리 출입기자랑 며칠 전에 술을 마시면서 들었는데, 뭐 완전히 폐인이 됐다고 합니다. 회사에서 받은 징계도 징계지만 인터넷에서 너무 공격을 많이 받아서…… 트위터도 탈퇴했다면서요."

본부장이 대답했다.

"그건 저희 작품입니다."

삼궁이 거수경례를 하는 시늉을 했다.

"트위터로 흥한 자, 트위터로 망하리라. 하여튼 한심들 해요. 그게 뭐라고……"

팀장이 말했다.

"덕분에 홍보 거하게 됐잖아요. 우린 고마워해야지."

본부장이 말했다.

"참 타이밍도 희한해. 이인춘 상부인가 그문은 하필 또 그날 아이가 아팠대요?"

팀장이 중얼거렸다.

"옆방에서 아가씨들 기다리니까, 빨리 진행합시다. 다들 팀-알렙에서 보내온 기획안 읽어보셨죠? 어떻게 생각하십니까?"

이철수가 말했다. 남자들은 얼굴에서 웃음기를 거두고 허리를 폈다. 바지는 여전히 벗은 채였다.

"아이디어는 좋다고 봅니다. 그런데, 제가 걱정인 거는, 이 정도 돈으로 세우는 기획사는 너무 규모가 작아서 영향력을 발휘하지 못하지 않느냐는 건데, 그런 건 어때요? 어차피 인디에서만 활동할 거니까 상관없는 건가?"

본부장이 물었다.

"이 회사 그렇게 작은 회사 아닙니다. 연예기획사들 보면 동네 구멍가게 수준도 안 되는 영세회사들 수두룩합니다. 5억 원이면 꽤 큰 회사를 세울 수 있어요. 그것도 힙합 전문 연예기획사면, 힙합 한다는 어린애들 다 쓸어 담을 수 있을 거예요. YG엔터테인먼트 자본금이 50억밖에 안 됩니다."

삼궁이 대답했다.

"사람 모으는 건 그렇다 치고, 결과물을 우리가 원하는 방향으로 이끌어 낼 수 있을까?"

팀장이 물었다.

"할 수 있을 겁니다. 제가 프리러닝 애들이랑 어울리면서 깨달은 건데, 일일이 통제하는 건 불가능하지만, 넌지시 방향을 찔러주고 그 방향으로 달리게 하는 건 할 수 있어요."

"어떻게 할 거지?"

이철수가 물었다.

"저희는 쿨한 회사가 될 거예요. 애들을 아티스트로 대접해주고, 최대한 자유를 보장하는 것처럼 보이는. 매출에 대한 압박이 없으니까 애들 보기에도 다른 데랑 확 달라 보일 겁니다. 애들한테 마음대로 가사 쓰고 너희 부르고 싶은 노래 만들어라, 우리는 노터치다, 이럴 거예요. 그러면서 슬쩍 옆구리를 찔러줘야죠. 사회를 비판해라, 반항정신을 담아라, 그렇게. 누구에 대한 반항정신이냐, 너희들 할아버지 세대에 대한 비판은 필요가 없다, 너희들 부모 세대를 비판해야 한다……"

"386들을."

이철수가 말했다.

"네. 저희가 386 씹는 문화를 십 대들 사이에 일으킬 겁니다. 그게 쿨해 보인다 싶으면 금방 유행이 될 거예요. 다른 세대로 퍼지는 것도 시간문제예요. 얘들이 몇 년 뒤면 이십 대가 될 거잖아요. 대중문화에서는 사십 대가 삼십 대 따라하고, 삼십 대는 이십 대 따라하거든요. 이십 대가 핵심이에요."

삼궁이 설명했다.

"그 애들이 그렇게 말을 잘 들을까? 자유로운 영혼들 아니야?"

"들을 겁니다. 자기들한테 이익이 된다고 판단하면. TV에서 오디션 프로그램 보셨어요? 그렇게 끼 넘치고 자유분방한 애들이 심사위원이나 멘토 나부랭이들 앞에서는 그보다 더 깍듯할 수가 없어요. 요즘 애들 영악합니다. 먹이를 주는 손은 절대 물지 않아요. 그리고 저희한테는 방송 출연이나 앨범 발매 같은 절대적인 권한이 있잖아요."

"잘되면 우리도 연예인 지망생 만나보고 그런 거야?"

팀장이 히죽대며 물었다.

"저희는 아마 주로 남자애들 위주로 운영할 거 같습니다."

삼궁의 말에 팀장은 아쉽다는 표정을 과장되게 지었다. 삼궁과 본부장이 웃음을 터뜨렸다. 그들은 몇 가지 세부사항을 더 토의했다.

"그 글 잘 쓰던 친구한테서는 그 뒤로 혹시 무슨 연락 없었나? 찻탓캇이라는 친구. 중국에는 잘 갔나?"

이철수가 문득 생각났다는 듯이 삼궁에게 물었다.

"아직 연락을 못 받았습니다. 완전히 자리 잡기 전에는 잠수 타고 있기로 해서요. 그 친구 걱정은 하지 않으셔도 됩니다. 입은 진짜 무거운 녀석이거든요."

삼궁이 대답했다. 이철수가 알았다는 의미로 고개를 끄덕였다. 이철수는 이 삼궁이라는 젊은이가 정말로 마음에 들었다. 가능하면 몇 년 더 살려두고 싶었다.

K신문 보도 이후 진보 성향 사이트들에서 자중지란이 벌어지고 있다고 삼궁이 보고했다. 정치적 올바름을 지적하는 댓글이 올라오면 회원들이 서로를 댓글부대라고 공격했다. 이철수가 한 손을 들었다.

"그 얘기는 술 마시면서 듣는 게 더 좋을 거 같은데. 술맛 나는 얘기잖아."

칭찬을 들은 삼궁이 씩 웃었다. 본부장이 화색이 가득한 얼굴로 방 안에 있는 유선 전화기를 들더니 말했다.

"야, 언니들 다시 들어오라고 해라. 이제부터 진짜 쇼타임이다!"

올해로 3회째를 맞는 제주4·3평화문학상엔 모두 55편의 장편 소설이 응모되었다. 그중 예선을 통과해서 본선에 오른 작품은 《깃들》 《지에렌》 《RED ISLAND》 《개비릿길》 《댓글부대》로 모두 다섯 편이었다.

본심 심사에 앞서 심사위원들은 작품의 수준이 낮을 경우 당선 작을 내지 않는 것으로, 일단 의견을 모은 뒤에 토론을 시작했다. 다섯 편 가운데 세 편이 제주 4·3을 다뤘고 나머지 한 편은 한국 국민이지만 한국인의 정체성을 주객관적으로 정립하지 못해 불안한 삶을 살아가는 소수자와 그들에 다가서려는 사람들 또한 그들과의 동질성 확보에 실패한다는, 그러므로 양자 모두를 경계인으로 설정한 소설이다.

나머지 한 편은 현재 저변으로 확대된 인터넷저널의 순기능과 역기능을 정치권력이 악의적으로 이용하고 그것의 하수인으로 살다가 결국 용도폐기 되는 낙오자들의 참혹한 조건을 사실적으로 그려냄으로서 소위 댓글정치가 지닌 대중조작의 폭력성을 다뤘다.

이들 작품 중에 4·3을 다룬 소설들은 대체로 소재 자체가 가진 필연적 비극성에 작가 스스로 객관적 거리와 시선 두기에 실패한 공통점이 있었다. 취재한 이야기들이나 자료로 알게 된 사건, 삶, 사람들을 주제에 맞춰 취사선택하는, 구성의 기본적 틀을 갖추지 못한 점도 비슷했다. 결국 상처와 슬픔, 잔인함과 절망 등의 사건과 인물을 불필요하게 몰아넣어 정작 문학성을 놓쳤다. 결과적으로 구성이 난삽해서 작품의 밀도를 떨어뜨리고 짜깁기 현상을 보인 작품도 있었다. 이런 맥락에서《것들》과《지에렌》을 탈락시키고 나머지 세 편으로 의견을 좁혀 심도 깊은 토론을 시작했다.

우선《RED ISLAND》는 4·3 힝쟁을 그 당시의 시점으로 돌아가 사실적으로 묘사함으로서 비극을 겪은 당대 인간군상의 다양한 모습을 제시하고 있다. 다만 평범한 구성과 통속적인 묘사들이 작품의 격을 떨어뜨린다는 약점을 안고 있어서 4·3의 핵심에 다가서지 못한다는 아쉬움을 남긴다는 지적이 있었고 또한 스토리텔링이 무미건조하고 제주 사투리가 잘못 쓰인 것이 많았다는 지적도 있었다.

《개비릿길》은 4·3사건과 월남전쟁을 대비시킨 작품이다. 기왕에 발표된 작품에의 의존도가 지나치게 높고 비교가 상투적이어서 감동을 떨어뜨리는 약점을 보이고 있다. 더군다나 4·3의 비중이

낮고 표현과 비유가 적절치 않다는 결함이 지적되었다.

당선작이 된《댓글부대》는 매우 지적인 글쓰기라는 평가를 받았다. 인터넷 저널리즘의 하나로 자리 잡은 SNS는 실시간 소통의 전파효과는 물론 새로운 연대와 참여의 순기능을 가졌으나 그것이 사악한 특정의 목적을 위해 사용될 때에 전 사회적으로 미치는 역기능은 일찍이 나치독일에서 자행했던 대중조작과 흡사함을 암시했다. 작가의 경쾌하고 날렵한 문체, 이야기를 밀고나가는 힘, 치밀한 취재로 현장감을 살린 것도 좋은 평가를 끌어냈다. 또한 해박한 지식과 풍부한 상상력으로 대중조작을 하고 있는 정치적 암흑세력을 현실적으로 그려, 우리에게 그런 정치적으로 교활하고 사악한 음모가 앞으로도 행해질 거라는 상상을 불러일으킨다. 작가는 폭력을 드러냄으로써 궁극적으로 평화를 소망하게 하는, 4·3 평화정신에 부합한다는 점에 당선작으로 선택되는 영광을 안았다.

소설 공모에 참여하신 모든 분들에게 격려를 보내고 당신자에게도 축하의 인사를 보낸다.

심사위원 염무웅(문학평론가), 현기영(소설가), 이경자(소설가)

출처에 대하여

이 소설은 전적으로 허구입니다. 간혹 현실에 실제로 있는 인물이나 단체, 인터넷사이트의 이름이 등장하지만, 그 묘사는 모두 제가 지어낸 것입니다. 익숙한 이름들을 섞어 그럴듯한 분위기를 내고 싶었던 소설가의 욕심을 너그러이 봐주시길 부탁드립니다. 어떤 개인이나 단체도 비방하거나 모욕하려는 의도는 없었습니다. 작가인 저는 이 소설에 나오는 어떤 견해도 찬성하지 않고, 어떤 인물도 지지하지 않습니다.

삼궁, 찻탓캇, 01査10은 저의 소설집 《뤼미에르 피플》(한겨레출판)에 수록된 단편 〈삶어녀 죽이기〉에도 나오는 인물들입니다. 이들은 이 단편에서도 '팀-알렙'으로 활동하며, 인터넷 여론을 조작합니다.

《댓글부대》전체의 모티프는 물론 2012년의 국가정보원 여론조작 의혹 사건입니다. 의혹 내용을 한동안 믿지 않았던 저는 뒤늦게 큰 충격을 받았습니다.

소설 초반에 팀-알렙이 벌이는 상품 홍보 작업은 '오늘의 유머' 사이트(www.todayhumor.co.kr)에 올라온 게시물에서 착안했습니다. 한 담배 회사가 인터넷에서 가짜 계정으로 젊은 여성이 나오는 자극적인 상황들을 꾸미고 신제품을 홍보하는 바이럴마케팅을 벌였다는 의혹을 담은 글입니다. 원본은 지워졌지만, '소름 돋는 인터넷 간접광고들'이라는 제목으로 검색하면 사본을 볼 수 있습니다.

〈위클리경향〉(현 〈주간경향〉) 2009년 6월 30일자 커버스토리 「온라인 커뮤니티 '저항의 본거지'」 기사에서 합포회의 단초를 얻었습니다. '이런 움직임을 탐탁지 않게 여기는 세력이 의지를 갖고 행동한다면 어떤 책략을 꾸밀까' 하는 생각이 들었습니다. 이 기사는 소설에서 언급되는 K신문 기사의 모델이기도 합니다.

팀-알렙이 파괴 공작을 벌이는 은종게시판과 줌다카페, 쌍커, 마홀 등의 인터넷 사이트에는 모델이 된 커뮤니티와 모티프가 된 상황·사건들이 있긴 합니다. 그러나 구체적인 사이트 이름이나 주소, 게시물은 언급하지 않는 편이 나을 것 같습니다. 소설 속 모습은 여러 사이트에서 따온 파편에 제 상상을 한데 합쳐서, 극단적으로 과장해서 그린 것입니다.

가장 많이 참조했던 인터넷 사이트는 리그베다위키(rigvedawiki.net)입니다. 특히 키보드 배틀, 여초 사이트, 친목질, 진영논리, 깨시민, 정치적 올바름, 아이피, 가상사설망, 개인정보 유포, 대첩 등의 항목이 많은 참고가 되었습니다.

'미그라 코리도스'는 엘리 프레이저의 책 《생각 조종자들》(알키)에서 알게 됐습니다. 다만 노래 가사 등의 세부사항은 저의 창작입니다. '모겐슨 가족 프로젝트'는 마틴 린드스트롬의 《누가 내 지갑을 조종하는가》(웅진지식하우스)를 통해 알게 됐습니다. '사회 분위기는 경제의 결과가 아니라 원인이며, 기업비리 뉴스가 경기침체를 일으키는 게 아니라 경기침체 때 사람들이 기업비리에 분노하는 것'이라는 남산 노인의 말은 존 L. 캐스티가 《대중의 직관》(반비)에서 펼치는 주장입니다.

인터넷신문에 기사를 게재하는 방법이나 기존 언론사의 인터넷 뉴스 부서에 대한 챗탓캇의 설명은 저의 창작입니다.

서울 명동에서 한 남자가 노스페이스 패딩을 찢는 '노찢남' 동영상은 실제로 유튜브와 판도라TV 등에 올라왔습니다. 시체놀이, 자빽놀이, 초딩패딩놀이, 커플놀이, 목숨 턱걸이, 열차 서핑 등 기이하거나 위험한 국내외 십 대들의 장난은 인터넷을 통해 알게 됐습니다. '귓방망이 춤'은 4인조 걸그룹 배드키즈의 노래 〈귓방망이〉의 안무입니다.

각 챕터의 제목은 요제프 괴벨스의 어록이라고 하여 인터넷에 돌아다니는 문장들입니다. 그 말들을 정말 괴벨스가 했는지는 명확치 않습니다.

평화와 인권, 진실과 화해, 민주주의 발전을 모토로 하는 제주 4·3평화문학상을 받게 되어 큰 영광입니다.

서울에서 나고 자란 저는 4·3을 겪지도 않았고 깊이 알지도 못합니다. 이 소설의 무대도 제주가 아닙니다. 그런데도 제가 이 귀한 상을 받은 것은, 제주도민께서 4·3의 기억으로 모은 힘을 과거가 아닌 미래에, 제주뿐 아니라 한국 사회 전체에 쓰라고 기꺼이 내주셨기 때문이라고 생각합니다.

이 나라를 비판하면서 사랑하는 작가가 되어라. 그런 소설을 써라. 올해는 너를 도와준다. 아직 많이 부족한 제게 제주가 그렇게 말하는 것처럼 느낍니다.

그 뜻을 깊이, 무겁게 가슴에 새기겠습니다. 계속 도와주시고 또 이끌어주세요.

　제주도민과 제주4·3평화재단, 제주4·3평화문학상 운영위원회 관계자 분들, 심사위원님들께 감사드립니다. 염무웅 선생님, 현기영 선생님, 이경자 선생님, 김병택 선생님, 고맙습니다. 열심히 쓰겠습니다.

　은행나무 관계자 분들과 강건모 팀장님께도 감사의 말씀을 드립니다.

　HJ에게, 고마워, 사랑해.

2015년 11월

장강명

제3회 제주4·3평화문학상 수상작

댓글부대

1판 1쇄 발행 2015년 11월 27일
1판 13쇄 발행 2023년 5월 15일
개정 1판 1쇄 발행 2024년 3월 18일
개정 1판 2쇄 발행 2024년 4월 15일

지은이 · 장강명
펴낸이 · 주연선

(주)은행나무

04035 서울특별시 마포구 양화로11길 54
전화 · 02)3143-0651~3 ┃ 팩스 · 02)3143-0654
신고번호 · 제 1997-000168호(1997. 12. 12)
www.ehbook.co.kr
ehbook@ehbook.co.kr

ISBN 978-89-5660-945-4 03810